滋味童年

李春波 ◎ 著

青岛出版集团 | 青岛出版社

图书在版编目（CIP）数据

滋味童年 / 李春波著. — 青岛 : 青岛出版社,2024.5
ISBN 978-7-5736-2281-5

Ⅰ.①滋… Ⅱ.①李… Ⅲ.①散文集 – 中国 – 当代 Ⅳ.①I267

中国版本图书馆CIP数据核字（2024）第095830号

书　　名	滋味童年
作　　者	李春波
封面题字	丁汝鹏
封面绘图	尹昭璇
出版发行	青岛出版社（青岛市崂山区海尔路 182 号）
本社网址	http://www.qdpub.com
责任编辑	刘海波　　王雅然
照　　排	青岛新华出版照排有限公司
印　　刷	青岛国彩印刷股份有限公司
出版日期	2024 年 5 月第 1 版　2024 年 6 月第 2 次印刷
开　　本	16 开（710mm×1000mm）
印　　张	19.25
字　　数	173 千
书　　号	ISBN978-7-5736-2281-5
定　　价	68.00 元

编校印装质量、盗版监督服务电话：**4006532017　0532-68068050**

序　言

回味无穷话乡情

一个雪后初晴、夕阳斜照的傍晚，在电脑屏幕前敲打了一天，终于写下最后一个句号的我，站起来穿好外套，来到院子里悠然踱步。这是多年来形成的习惯，每当我完成一篇作品，或者写毕某部书中的一个章节，总要走到外面活动活动腰腿，呼吸一下新鲜空气。

为了充分利用时间，我还会打开手机中的"微信""今日头条"等，一边走一边倾听新闻、音乐抑或配乐诗文朗读，一举两得。时令已是初春，天气乍暖还寒，曾经的风雪虽已过去，树木草丛间依然残留着白色的星星点点。蓦地，我的手机里跳出了一个短视频，不知是哪位网红或自媒体制作的，引起了我的关注——

伴随着婉转深情的音乐，以及乡间小路、村庄和儿时游戏的画面，响起了深沉凝重的画外音：时光匆匆流逝，辗转物是人非，每次回到老家，目光所及皆回忆。村里的长辈们渐渐离开了，年轻人也都去了城市。故乡，失去了往日的喧嚣，没有了过去的谈笑风生，我们也不是当初少年的模样了。到不了的地方叫远方，回不去的名字叫故乡。然而，当你回到故乡，你会慢慢发现，自己一直思念的或许不是故乡，而是回不去的童年……

聊聊数语，声声诉说，竟强烈地拨动了我的心弦，如同身边的黄海浪潮，一波一波地拍打着岸边的沙滩礁岩。此时，我情不自禁地联想起刚刚审读过的一部书稿《滋味童年》。作者是我的朋友、曾在山东省委宣传部工作多年的李春波。尽管他与视频中说的可能不是同一个年代、更不会是同一个地方的人，但那种浓浓的乡愁、深深的情感，却大有异曲同工之妙，令人一咏三叹、感慨万千。

说来有缘。我与李春波同庚，生于上个世纪五十年代，都是属羊的，只不过他大我几个月，我对他一直以"老兄"相称。在我的印象中，他是一位正直善良、真诚坚毅且勤勉敬业的宣传干部。十几年前，他作为上级机关委派的领导小组负责人，曾到我们单位检查工作，他坚持原则、旗帜鲜明，用今天的话说就是满满的正能量。由此，我们意气相投、友情长在。对于他的理论功底和在民俗研究方面的成果，我是了解的并十分钦佩。没料到的是，他在退休后一直笔耕不辍，捧出来一部回荡着天籁韵律的散文作品集。

后来由于我从省城调至青岛工作和生活，与他见面的机会就很少了，但彼此信息还是相通的，他对我这些年取得的些许成绩真切地表示祝贺，我也时常祝福他安康快乐。一天，他通过微信给我发来了这部书稿并邀请我作序。我毫不犹豫地一口应承下来，只是手边正在写一部新书，一时难得抽暇。好在这位老兄说不急，可以耐心等待。这一等就从兔年到了龙年。我是个"言必信，行必果"的人，从不应付了事。近日我将书稿全部认真地阅读了一遍，心里再也放不下了，因为它拨动了我心弦，让我产生了强烈共鸣。

如果按文坛"标签"来说，我认为这部作品属于地道的乡土文学范畴，通过娓娓道来、亲切风趣的文字，生动地讲述了童年时期的生活、见闻和感受；同时也有对故乡风俗、农家岁月以及山野生活的描绘、介绍与解读。全书分为三个部分："乐呵童年""原技原味"和"遗风旧俗"。作者完全是用一种讲故事抑或是回忆录的笔法，引领读者穿越时空隧道，可谓丰富多彩，让人回味无穷。

在我看来，这部文集具有如下特色——

一是抒发了浓重深厚的感情。我们知道，文学作品，不管是虚构的小说、诗歌、影视、戏剧，还是纪实的散文、报告文学和传记文学等等，都应突出一个"情"字。古人讲："问世间情为何物，直叫人生死相许。"这样才能吸引读者、打动人心。《滋味童年》一书，虽然写的是儿时记忆中的乡间生活，但给读者印象最深的，还是渗透在其中的那些浓得化不开的亲情和乡情。

作者通过一篇篇文章，呈现出了父亲、母亲甚而大哥、大姐、外甥女的形象。他们有的已经离开了世间，有的青春不再、老态龙钟，可在作品中，音容笑貌栩栩如生。这在《生日蛋》《我的全家福》《大酱是这样炼成的》等篇什里，特别明显。其中那篇《写给娘的信》，可以说是典型代表。作者在自己60岁生日时，想起了离世的娘亲，在回忆了母子连心的种种往事之后，他写道：

　　您走了以后，我的灵魂就像断了线的风筝，逢年过节，少了许许多多幸福甜蜜的牵挂。年关靠近的那几天，隐约听到远处传来"哞"的一阵火车汽笛声，或者看到同事们筹划着买票回家，我突然发现，自己成了无家可归的孤儿，凄凉和伤感顿时袭上心头……

　　前不久，我带着您的孙女，到您的坟前烧纸、磕头，倒不是求您保佑我们获得荣华富贵，因为您已经保佑了我整整60年，您的大爱像高山一样巍峨、似大海一般深广，您的隆恩大泽、懿德风范，必将惠及子孙好几代；我只想跟您说，将来我在阴曹地府与您相会时，请您不要拒绝我，希望您……继续……做我的……亲娘！

如此文字，如此亲情，读来令人心碎，情不自禁地为之潸然泪下。

二是写出了细致到位的农家生活。作者李春波大学毕业后留校工作，后因表现出色被调入省级党委宣传部门，从事思想政治理论方面的研究与写作。虽说他已在城市生活多年，但毕竟是在家乡——山东省昌潍地区胶县（现在属于青岛胶州市）农村长大的，所以一直对那片生他养他的土地情深意长，总也忘不了渐行渐远的童年往事。

越是退休以后进入人生暮年，那些流年碎影就像泡在显影剂中的胶片似的，越会渐渐清晰地显现出来。作者借助文字记述的往事，犹如一幕幕闪回镜头，使有过类似生活经历的人，仿佛回到了已逝多年却难以忘怀的过去；不曾经历过那个时代的年轻人，也可以从中了解前辈们苦中作乐的年华。请看《磨旮旯里耗时光》《白富美的大豆腐》《道不尽的地瓜情》《推铁环》《擦滑》《醉人的年味》等作品，有些简直就是农家生活乃至传统技艺的教科书。

比如，他写母亲做酱的过程——

　　她就按照计划，放心地进入第二道工序：晒酱。把全部丝闹好了的酱坯碎块儿，带到碾屋，进行二次碾压，碾压成粗沙状，收起来，带回家，倒进提前刷得很干净的小缸里。同时，烧一锅开水，加上适量的咸盐和花椒，等水温降下来以后，倒进小缸里，用勺子反复搅拌，最后盖上盖顶，让其慢慢地进行二次发酵。

　　倒多少水合适呢？这个没有绝对标准，而是根据经验和口味，约摸着操作。水加少了，做出来的酱太稠糊；反之就太稀薄。嫌酱太稠糊了，可以再添一点水；嫌太稀薄，那就被动了，不可能再从酱里向外撇汤沥水。

好啊，我们看着这样的描写，似乎也会做酱了……

三是运用了别具一格的写法和语言。俗话说，文无定法，水无常形。意即在写作中不要受到束缚，完全可以在符合逻辑的前提下，天马行空，独树一帜。而且写散文随笔，更是不用像诗歌、戏剧那样讲究格律或构建冲突等等，按照自己的理解和感受，随心所欲，有所创新，或许更有吸引力。李春波此书中不少篇章，虽说内容不一、立意各异，并不是一个整体，可他在某些篇章之后，借鉴了说评书及连续剧的方法，最后来一个"敬请垂阅下篇"之类的句子，或者做一个扣子制造悬念，很自然地就把读者引向了下一篇的阅读。

此类作品大多在第二编《原技原味》中可以见到。比如，写完了《推碾是个体力活》，接着写《磨旮旯里耗时光》；还有，说完了《糕，高，年糕的高》，便预告下边写的是做酱。这样一环扣一环，让人爱不释手地看下去。可以说，这种引人入胜的写法，是作者别具匠心的独创。另外，他讲述童年时光，偶尔使用风趣的抑或黑色幽默的语言，让人忍俊不禁。请看他笔下的"磨黄豆"——

这些即将沦为磨下囚的黄豆们，这两个梦想都无法成真了，只能无助地任人摆布，仅仅是在粉身碎骨之前，有一次喝足清水的待遇而已。这很像古时候那些死刑犯，在被开刀问斩之前，都有一次酒足饭饱的机会，吃饱喝足之后，就该"上路"了。

还有，在《打懒老婆》一文中，他是这样写的：

把手中的鞭杆,往身体一侧,猛地一甩,"懒老婆"得了这种动力,像突然从被窝里被拍醒了似的,打一个激灵,即刻站立起来,底下的钢珠与冰面一接触,几乎没有摩擦力,以无与伦比的速度,在冰面上飞转起来;一个个平顶上涂着颜色的"懒老婆",像舞台上的芭蕾舞演员似的,翩翩起舞,各领风骚……

瞧,既有口语化的活泼自然,又有书面语的韵律美感。这样生动而又形象的文字,比纯粹的理论教程抑或汇报材料,更容易让人产生阅读快感,从而顺畅地接受所传达的内容与思想。

简言之,《滋味童年》接地气、近人情,堪称一幅怀旧的乡村风情画,又是一曲往昔的儿时咏叹调。文字中散发出的乡土味道,在某种程度上,契合了当前的绿色发展理念——"留得住青山绿水,记得住乡愁"。

书中还有许多笑中含泪、充满着酸甜苦辣的文章,我就不一一列举了,读者可以打开细细品味。那种童年的滋味,也是故乡的滋味、乡愁的滋味,读后五味杂陈、百感交集。

行笔至此,我又联想到开头那段视频的感言:多想回到小时候啊,穿上母亲亲手做的鞋,再走一遍故乡的小路;多希望在那胡同的拐弯处,有年轻的父亲在那儿等着童年的我放学回家。小时候真傻,竟然盼望着长大……

刹那间,令人泪目。

从某种角度上说，李春波的这部散文集，也真切地体现了上述情怀，如同某些非物质文化遗产的民俗展览一样，通过回顾种种逝去的苦乐年华，提醒人们不要忘记过去的沧桑岁月。就像他在书中说的那样："推碾是在原地转圈，但历史的车轮不会在原地转圈，更不可能倒着转。我陶醉在这种回忆里，绝不是要鼓动人们重回推碾的时代、感受推碾的滋味，而是让自己在享受现代生活的时候，别忘了那段艰辛的推碾历史。"

虽然书中个别篇章稍有雷同现象，但整体不失为一部佳作，值得广大读者阅读和收藏。我相信作者还会有更多更深的生活感悟，并不断有新的作品问世。我们期待着。

是为序。

许　晨

2024 年 3 月于青岛

（许晨，山东德州人。鲁迅文学奖获得者，中国报告文学学会理事，山东省作家协会原副主席，青岛市作协名誉主席。《山东文学》社原社长、主编。著有长篇报告文学《第四极：中国蛟龙号挑战深海》《一个男人的海洋》《耕海探洋》等海洋三部曲，以及《琴声如诉》《山海闽东》《渤海魂》《生命至上》等作品。）

自　序

　　光阴逝去，宛若清风，经过之处，人事皆非，唯有这点记忆尚存，且似有似无，如梦如烟，飘荡迷离。闲静下心，细品慢咂，童年经历，贫穷不堪，但其中依然藏着不可复制的美好。那些零星的美好，凝结在心底，酿成了浓郁的乡恋和乡情，它唯一的用处，就是用来回味的。回味，也是一种享受。

　　几年前，一位师兄开车拉着我，到黄河以北野外踏青，他说那里有很多水渠、池塘，他经常骑着摩托车前往垂钓。这次到来，举目四望，曾经的水渠、池塘，纷纷匿影藏形，一夜之间，冒出了一片片高楼，还有纵横的马路、林立的店铺。这位师兄怅然若失，其情其状，强烈地激发了我的同理心。

　　现代文明的推土机，威力无穷，隆隆一过，蓦然回首，换了人间，曾经"日暮雀鸟返巢，草屋炊烟轻绕"的景致千年不变，如今短短几十年，沧海骤然变桑田，儿时的场景，只能到古人的诗词笔墨间寻踪觅迹了。不久以前的村舍、街巷、水井、水渠、水库、水湾，顷刻间都被居民社区和厂房商店取而代之；很多民间手工技艺，没有传承，也没有记载；爷爷和孙子仅有一代之隔,却很陌生,爷爷说起"过去的事情",孙子则视为天方夜谭。仅凭这些,我也觉着很有必要作些抢救性的记录,为后人了解祖先来时的路,尽一点绵薄之力。

长期置身异乡,时常由异乡的山水、街巷、美食、方言、器具、娱乐,联想到自己生命的起点,联想到为之倾注热情、为之神魂颠倒的街头游戏,联想到亲手制作并曾经滋养过生命的各种美食佳肴。纵有数年饥馑、剥啮草木的不堪回首之经历,但存留心底的,更多还是为活着而拼搏的快乐,也有在拼搏中成长的自豪,尤其是亲近自然、与玩伴嬉戏、与畜禽为友、与草木共生、心中充满彩虹的那一幕幕,可谓当今儿童高不可及的奢侈。

被异乡情境勾起的这些浓浓的故乡恋情,像一杯陈年精酿的美酒,越品越觉醇香、越觉味浓;如一本百读不厌的好书,越读感慨越多、感悟越深。我甚至很担心,担心把隐藏在灵魂深处的故乡弄丢了,无以寄托自己的乡思。为此,我愿借用粗陋文字,讲述童年往事,向农耕文明的余晖作一次深情揖别。

作为非物质文化遗产的儿童游戏、民间技艺、方言俗语,在不同地域,名称、做法、玩法、音调,都有很大的不同,正所谓"五里不同音,十里不同俗""一家门口一个天"。这种迥异的特色,恰恰是地方民俗记录和研究的价值所在。

如今,农耕文明在几十年间,就成了遥远的过往,人们的衣食住行,骤然跃升到当年想都不敢想的境界。而我却在津津乐道那些艰辛的往事，触摸那些破碎的记忆，说是吃饱了撑的，也不为过。可是，若说念念不忘这些过往的事、物、情、景，就会成为精神拖累，甚至会阻碍民族前行的脚步，那是您高估了这些文字的能量。

我回忆那些过往的趣事，看似云淡风轻，其实我并非留恋那段历史，也不是赞美那些苦难，更不是希望回到从前，而是抚今追昔、鉴往知来，用这种方式提醒自己：不忘来时路，开心度晚年。

抒发乡思乡情，并不想通过煽情去刺激别人的泪腺；搔首弄姿，不是我的长项，更不是我的追求。我把小时候经历过的事情翻腾出来，借着回放的机会，一帧帧给它涂上明亮的颜色，如同一键修复老照片，黑白立马变彩色。

六七十年过去了，有些技艺，有些规则，有些讲究，我也渺渺茫茫、恍恍惚惚；向他人请教，时常被漠然置之；偶尔遇到个热心人，他至多也就给个只言片语的回复。故我在叙述描写中，难免存在诸多漏洞。

加之文学素养不高，初次试着用散文体裁撰写故乡民俗、回忆童年生活，手法之生疏是显而易见的。仿佛在平坦的水泥大道上走惯了，猛然步入山花烂漫、风光旖旎的崎岖山路，脚底下感觉很不实落，总是踉踉跄跄、跌跌撞撞。明眼人一看就会发现，这些民俗散文更像民间手工艺说明书，只是我硬给它披上一件散文的外衣罢了。这件外衣，用料低劣，做工粗糙，款式老旧，可谓非马非驴、不伦不类，挂着散文的羊头,兜售民俗的狗肉。

鲁迅文学奖得主、山东省作家协会原副主席、青岛市作家协会名誉主席许晨先生,在繁忙的文学创作和社会活动中拨冗为之作序。王俊冰、翟晨灼等同志,也通过不同形式,对该书的出版提供了鼎力帮助。借此机会,我向他们一并表示诚挚谢意!

李春波

2024 年 1 月 1 日

目　录

第一编

乐呵童年

第二编

原技原味

第三编

遗风旧俗

第一编

乐呵童年

引　子

逢秋花木凋蔽枝，翌年重书自由诗；人在髫龄万般好，转身再无少年时。

我的同龄人普遍感慨：童年一转身，就登上了青壮年的高冈，再一回头，童年竟成了永远回不去的念想。

对于老年人而言，童年渐行渐远，阔论未来没有半点优势，且显得过于矫情，谈论往事却是自信满满。因为往事丰盈，所有的美好都在对往事的追溯之中。

如果说"故乡"这个词语是一台能掀起话语风波的强力风扇，那么"童年游戏"这个词语，就是能开启我同龄人话匣子的灵敏旋钮，一旦有人起个话头儿，很容易在同龄人中邂逅知音，都有若干话要说，说起来总是绘声绘色、滔滔不绝、知无不言、言之不尽。

自从有了互联网和手机微信，经常被人泼一些甜腻的心灵鸡汤，被劝说"不要惦记再也回不去的过往"云云。我不知道持有这种观点的人自己如何，反正我做不到。很多往事，眼睁睁着被岁月的筛子无情滤掉，我倍感失落和懊恼。

人越走到黄昏，越需要呼吸清晨的空气；不让自己衰老的秘诀，就是在心里始终住着一个孩子。于我而言，追忆往事，恰是在呼吸清晨的空气；回味童年，重复享受童年的愉悦，正是在挽留心中的那个孩子，甚至觉得自己恰恰就是个孩子。

拥有这样的心态和意念，与服用返老还童的灵丹妙药无异。我试过多次，每次沉醉其中，都仿佛置身于天真无忧的从前，不知不觉便收获了超值的返老归童之效。

说是自鸣得意、聊以自慰也好，说是敝帚自珍、顾影自怜也罢，总之，怀旧追忆，发思古之幽情，这是老年人的通病。这个通病，在我身上症状尤为昭彰。

既然不想遗忘，也不可能全忘得了，那就反其道而行之，打开生命之车的后备箱，拂去岁月的尘埃，划拉划拉残存的记忆碎片，把有滋有味的童年游戏付诸文字，归类打包，了却自己梦回童年的心愿，也是一件挺有趣的事儿嘛！

把童年往事付诸文字，既不能安邦治国，又不能养家糊口，人多视之为雕虫小技，不足为之劳心费神，甚至鄙夷不屑、嗤之以鼻，而我却乐此不疲，愿以宗教般的虔诚，恭敬地拿来祭奠早已失去的童年。这种邪劲上来了，摁都摁不住，自己很清楚，可笑又可怜。

回望童年岁月，总有两个互不相干的单词形影不离、相互牵手、载歌载舞，那就是"贫穷"和"快活"。它们亲密无间，互相交融，缠绵悱恻，常被人称之为"穷快活"。

这个概括，非常准确。在童年那桌丰盛的精神大餐上，游戏就是风味独特的八珍玉食，我们那些乡村小孩儿，美美地饱餐了好些年，个个都穷得只剩下快活了，从中获得的富足感和幸福感，是无法车载斗量的，消费了大半辈子，至今仍然盆满钵满。

　　种类繁多的游戏，妆点了我们那代人的童年岁月，为我们的沧桑人生打了一层光鲜亮丽的底色。您若有机会步入我的记忆宝库，定会发现，每一种童年游戏，都是一幅浓墨重彩的图画。

推铁环

推铁环的游戏，很多小孩都为之着迷。

动手能力比较强的小伙伴，总会千方百计去找一根粗铁条，弯成圆环，把两头用炉火烧化，用锤子敲打为一体，再把接头锉得天衣无缝，一个圆环就做成了。再找一截铁条，把一头钉在木把手上，将另一头折出 U 型，一个推铁环的推钩也出品了。

铁环，无非就是一个用粗铁条弯成的圈圈，直径两三拃不一，虽然不是奢华的玩具，但也不是人人都有的。有铁环的小伙伴，他自己也稀罕得像宝贝似的，很少舍得拿到学校供大家玩耍，而是放在家里，匆匆写完作业，再到街上去向别人炫耀。

等把众人的目光吸引过去以后，他把铁环往地面上一送，铁环就摇摇晃晃起步了，他接着就把推钩往上一顶，恰好顶在铁环的半截腰以下，铁环就乖乖地在街上滚动起来。人在后头推，铁环在前头滚，以铁环不倒为原则，想推到哪儿就推到哪儿。

铁环与推钩一经摩擦，就哗哗啦啦地唱起了悠扬欢快的歌，让推铁环的人陶醉不已。透过他那乐不可支的表情，我隐隐约约觉察到，驾驭和驱使带给他的是满满的成就感，那个时刻，什么痛苦和无聊，似乎都会被淹没在身后带起的尘土之中。

有同伴比赛，更来劲，没有同伴比赛，他就自己推着跑，直跑得气喘嘘嘘，跑得汗流浃背。

我很遗憾，没有自己的铁环，大多时候，只能以看客的身份，在街上给人捧场，至今也没忘记当时的羡慕与自卑。

跳　绳

相比推铁环而言，参与跳绳的人似乎较多，只要想跳绳，找根两米来长的绳子，就具备了全部的条件。在校园，在胡同，在自家天井里，小伙伴们跳动的身影，像蜡烛燃烧时的火苗，一起一落。

两个人，就可以比赛谁跳得多。可以各用自己的绳子跳，也可以共用一根绳子，轮流着跳。

三个人的时候，要用较长的绳子，由两个人各扯着绳子的一头，同时上下摇动，绳子从低处向高处升起的那一刻，跳绳的人瞅准了时机，蹭地蹿进去，随着绳起绳落的节奏，轻轻跺一下脚，随之跳一下……节奏卡得不准，将绳子一绊，就输了。输了就去摇绳，由别人来接着跳。第二个人输了，就去摇绳，让第三个人来跳。

四个人要比赛跳绳，那就分成两组，一组摇绳，一组跳绳。双人跳，难度增加了，需要动作的高度协调，正应了那句歌词："步调一致，才能得胜利。"

假若是四五个乃至更多的人同时跳，那就需要使用更长更粗的绳子。那个大阵势一旦摆开，会引来很多旁观者，不约而同地帮着喊数字，顿时，整个校园就像开了锅的水一样沸腾起来。

所谓的比赛，仅仅是刺激运动的手段而已，既不赢钱，也不输物，要的就是数字的对比，在对比中各自体会"成王败寇"的感觉，至于谁赢了、谁输了、谁荣了、谁辱了，转身就会在"死去元知万事空"的谶言里，变成昨天的故事。

跳绳的程序很简单，消耗体力却不小；不比赛的时候，自己不用计数，照常可以跳得兴致勃勃、大汗淋漓。

跳累了，那就换个轻松的耍法，权当休息。打牌如何？好啊！在同龄人当中，随便都可以找到兴趣相同的玩伴。

打　牌

俺那儿说的"打牌"，不是"打扑克"，而是"摔纸牌"。纸牌都是自己老早就折叠好了的，装在口袋里，说耍咱就耍，说玩咱就玩，闲着没意思，不玩白不玩。

纸牌的折叠，一看就懂，一学就会。无非就是找一些陈旧年画之类的废纸，不管有没有图画，不管带不带文字，厚一点就行；用削笔刀裁或折叠成两张同长宽的长方形纸片，垂直交叉，叠压成十字形；再把两张纸片探出来的四个方块区域，各自对角折成三角形；最后，将这四个三角形，逐一向中间折叠，后一个压住前一个，最后一个插入第一个底下，一个纸牌就折叠好了。

打牌，两个人玩就行。每人从口袋里拿出一个纸牌，放在地上，两人面对面站着，通过"将军宝"的方式，决定谁先摔、谁后摔。

两个人喊"将军"二字时，就作预备动作，喊"宝"的那一瞬间，同时作出一个具有象征意义的手势。每种手势都被赋予不同的内涵，伸出手掌代表"包袱"，伸出食指和中指代表"剪刀"，伸出拳头代表"锤子"。实际上，城市小朋友喊"剪刀锤子……布"，跟我们农村小孩的说法不同，但形式、内容、目的，并无二致。

包袱遇到剪刀，意味着包袱能被剪破，故剪刀优先；剪刀遇到锤子，意味着剪刀能被锤子打断，故锤子优先；锤子遇到包袱，意味着包袱能把锤子包起来，故包袱优先。不同的手势，安危相易，福祸并存，不管形而下的手势怎么变化，形而上的道法从未游离其外。

这种决定先后顺序的方法，赐给双方的机遇都是均等的。有心计的人，善于揣摩对方的心理，能在举起拳头的瞬间，根据对方上次作出的手势，预测他这次可能作出的手势，并根据自己预测的结果，作出有利于自己的应变，从而稳拿优先权。

参赛双方，都要另外掏出一个纸牌，用来摔打地上的纸牌，凭借摔打的弹力，或借扇动的风力，只要能把地上的纸牌掀翻，就可以心安理得地据为己有。扇翻一个，俘虏一个，接着再摔打第二个，如果连续两个都被扇翻，就可以斩获两个纸牌；另一方只能无奈地接受损兵折将的现实。

谁英雄，谁好汉，再来一轮比比看。第二轮，还得通过"将军宝"的方式决定优先摔牌权。

每一轮比赛中，拥有先摔权的甲方，都有机会连续摔翻两个牌，或者只摔翻一个牌；如果连一个也没有摔翻，那么两个纸牌很可能都归乙方所有。如果乙方失利，连一个纸牌都没有摔翻，那么甲方还有赢牌的机会。

如此这般，可以进行多轮比赛，到最后，谁赢了，谁输了，看看自己手中的纸牌，多了还是少了，一目了然。

小小纸牌，你摔我也摔，貌似公平公正，实则暗藏玄机。纸牌并非厂家统一制作，而是出自个人之手，尺寸大小各异，厚薄硬软有别，谁手中若有几个大纸牌、硬纸牌、厚纸牌，谁的底气就足，主动挑战的往往是他，霸气应战的往往也是他。

据说，有心计的人，早在折叠纸牌的环节就开始作手脚了，让自己某张纸牌分不出正反面，在光线暗淡的场合下比赛，被对方掀翻了也看不出来，很容易蒙混过关，能做到虽输犹赢。

噫，玩此小伎俩者，非狡即猾也，为诚实本分者所不齿。

摔纸牌的游戏也玩腻了，怎么办？没关系，可玩的游戏多着呢！掷杏核这项游戏，同样也让俺如痴如醉地迷恋了好几年呢！

掷杏核

掷杏核，只要有两个及以上的人，就可以酣畅淋漓地玩起来。

我们小男孩，几乎每人都收藏着一两枚特别大的杏核，称为"本"或"母子"，装在口袋里，没事儿就攥在手里摩挲。久而久之，杏核吸收了我们的汗水和手渍，包浆了，变得油光沉静，愈加让人爱不释手。

几个人不约而同地聚在一起，在地上挖个拳头那么大的窝，各自拿出一枚杏核，放在窝里，先通过"将军宝"的形式决出顺序，然后，按照顺序，各人用自己的"本"，撅着屁股，弯着腰，猛地扬起胳膊，对准了窝里的几枚杏核，狠狠地掷进去，甭管冲出几个杏核来，都可以作为战利品，光明正大地收入囊中。

有的人，一下子就能把窝清了，不过，那种完美的结局可遇不可求。一旦清窝了，这一局就宣告结束，每人再拿出一个杏核丢进窝里，重新开始。也有的连一枚杏核也没冲出来，白白丧失了一次投掷的机会。

还有的人，笨手笨脚，掷得力度不够，或者偏了角度，不仅没有从窝里冲出一个杏核，反倒把自己的"本"也落在窝里了。

深入敌阵，本想探囊取物般地轻松活捉几个鬼子，却因技术不对头，不仅一个鬼子没抓到，反而自己深陷绝境、成了俘虏，只好从口袋里再掏出一个杏核放进窝里，把"本"赎出来。

这种严重失利的战况，谁摊上，谁就自认倒霉，说不自卑、不失落，鬼才信呢！

斗　鸡

20世纪五六十年代，有根贫穷的绳索，把乡村孩子购买玩具的欲望，捆绑得结结实实。我们几乎没有花钱买玩具的念头，因陋就简，早就成了无奈的习惯。

倒不是我们刻意遵循勤俭节约的伟大方针，而是很多游戏项目，它本身不需要玩具和器械，也无需太大的空间，几个小伙伴一商量，就可以玩个酣畅淋漓、笑逐颜开。

斗鸡，就很有代表性。

参与斗鸡的人，各自用手搬着一条小腿，放到另一条腿的膝盖之上，单腿站立，一蹦一跳，用朝前突出的那个膝盖，当矛又当盾，可以在划定的范围内左冲右突、见谁撞谁，谁被撞倒，或者被撞出界线，谁就是失败者。

玩腻了这种"军阀混战"式的乱碰乱撞,偶尔也来个一对一的单挑,或者分帮进行对抗赛,都是顺手就来、抬腿就是的事,任何玩具和器械,都是多余的。

挤油油

挤油油,同样也不需要玩具和器械。大家背靠同一堵墙,左边往右边挤,右边往左边挤,就这么简单。

七八个人在一起,可以玩挤油油,十几个人在一起,也可以玩挤油油,没有特别的规则和技巧,也没有男女性别的界限。

谁在左边往右挤,谁在右边往左挤,自己并没有选边站队的资格,必须经过两个"自立为王"的人提前分帮。

这两个"自立为王"的人,身强力壮,性格强势,敢作敢为,颇有担当精神和指挥协调能力,小伙伴们都甘愿受命,自觉地背靠着墙,站成一排,接受他们两个的挑选。

甲乙两个孩子王,要分别组建自己的队伍。甲先用脚尖逐一触碰小伙伴们的脚尖,碰一个,就说一句话,一边碰,一边移动脚步:"大脚盘,盘三年,三年整,地瓜梗,梗梗叶叶,小脚一个,就是这个。"最后碰到谁那儿,谁就立刻从队列中站出来,他就属于甲那一帮的人。

甲挑一个,乙再挑一个⋯⋯靠墙站立的人,就这样被分成了两帮，各自有了组织归属，无不心甘情愿地为其王者效命。

挤油油这个游戏的名称和内涵，很可能来源于古法榨油。话不说不清，理不辩不明，木不钻不透，油不榨不出。对大豆和花生米，要施加一定的压力，它才会出油。古法榨油那项传统工艺的影子，在这个游戏中若隐若现。

谁不想被挤出去，又能承受住挤压，那就得把身子使劲往墙面上贴；实在受不了那种高强度的挤压，贴墙的力度一旦降低，马上就会被挤出队伍。那些意志坚强、死要面子的人，宁可被挤扁了、挤碎了，也决不泄气，决不妥协，咬紧牙关，用力往墙上贴。

寒冷的冬天里，时常会看到几个老人，蹲在朝阳的墙根，接受阳光的抚摸而取暖。小孩子也愿意到这种环境凑热闹，只是取暖的方式与老人迥异。我们只要凑在同一墙脚下，你蹭我，我蹭你，蹭着蹭着，就玩起了挤油油的游戏，不一会儿的工夫，就把寒气挤跑了，挤得周身暖融融，挤得满头大汗，一个个红扑扑的脸蛋，就像一堆熟透了的红苹果。

大家的抗压力和忍耐力，或许就是这么挤出来的；棉衣上的破窟窿，差不多就是挤油油获得的"福利"。若被父母当场抓个现行，一巴掌就能被打出好几条胡同去。即使没被父母当场发现，回家以后，屁股上招来母亲的笤帚疙瘩，那也是经常要付出的代价。

扳泥钱

有些游戏，需要道具，但我们没有课外培训班，只要写完作业，只要不放牛、不放羊、不铲草、不剜菜，就有充足的时间，可以就地取材，自己制作道具，甚至直接把泥土当玩物，无需花费一分钱。"扳泥钱""摔泥碗"这两种游戏，就很有代表性。

身为乡下娃，土里生，土里长，年龄不大，却对方圆几里内的土质都了若指掌，什么土质适合种什么庄稼，什么土质适合脱墼，什么土质适合抹屋笆，什么土质适合做玩具，心里都门儿清。

我们沿着村前的河沿往东走，大约一里之外，过了南北的漫桥（河里的水，少的时候，从桥下流；发大水的时候，石桥就被大水漫过了），到河南沿，再往东，大约走半里路，就到了名为"面汤湾"的地方。

那儿有一条南北走向的大沟，沟里常年都有从南向北的涓涓细流，清澈的流水底下，是赭红色的泥土，黏性高，柔性强，又很细腻，没有颗粒状的沙石。

春末夏初，我们就带着小铲子，去挖回一些泥土，手托，肩扛，带回村上，用它作泥钱，或者直接用来摔碗碗。

从家里翻箱倒柜，找出两枚铜钱作模具。

里方外圆的铜钱上面，带着"雍正通寶"或"乾隆通寶"或"嘉慶通寶"之类的字样，凸凹之处，黄绿相间。

要制作泥钱，就找块大石条当工作台，门口的台阶也行。我们撕下一小块泥巴，团搓得像小枣似的，把泥巴夹在两枚铜钱中间；再从两个铜钱的中间方孔，穿入一根小木棒作中轴，两手捏住中轴往中间促着，在平整的石面上，前后滚动几下；抽出木棒，卸掉铜钱，一枚泥钱就制作完毕，厚度大约是铜钱的两三倍。

泥钱，都是批量生产出来的，做好了，就摆在墙头顶上暴晒，一两天就干透了。晒干以后，我就用布条或者麻绳串起来，挂在墙上。想玩扳泥钱的游戏了，就提溜上一串，走出家门，像拥有万贯家财的小土豪似的，优哉游哉，去找自己的玩伴。

扳泥钱的"扳"，俺那个墱儿的方言发音为"bēn"。扳泥钱，是两个人玩的简单游戏。两人各拿出一枚，放在平整地面上，通过"将军宝"的形式，决出先后顺序。

获得先扳权的人，将食指肚放在自己那枚泥钱的边沿上，向一侧斜着发力，轻轻一扳，泥钱就像个调皮的小孩儿，在地上打个滚儿，一翻身儿，恰好有半个身子，压在对方的泥钱上，这就算赢了，被压在底下的那枚泥钱，就归扳者所有。

泥钱不是钱，不具备金钱的功能，但它的象征意义，约等于当今网络上的虚拟金币，依然能让赢者脸上洋溢着兴奋的神色。

翻身的泥钱若是马失前蹄，没压在对方的泥钱上，那就是一次严重的失误；对方就可以扳动他的泥钱，果敢地进行有力反攻。

一方取得压倒性的胜利，就代表着一局的圆满结束。就这样，一局接着一局来，直杀得如痴如醉、人仰马翻，忘记了饥饿，也冷落了时间。

扳泥钱，有点儿过于斯文，无需多少技巧，不足以显示男生的力量、智慧和野性。玩着玩着就玩腻了，天一暖和，我们的注意力，就转移到"摔碗碗"的游戏上来了。

摔碗碗

摔碗碗，俺那儿的土话叫"摔娃娃"。

一听到"摔娃娃"这个发音，您会觉得这个游戏带有明显的暴力倾向。

其实您误解了，它只是"摔碗碗"的音变而已，如同济南人说"去"的时候发音为"qì"一样，韵母发生了改变，意思并没有随之改变。

摔碗碗这项游戏，比扳泥钱粗糙得多，显得极为豪放，能让我们获得比扳泥钱更大的刺激。

不管是两三个人，还是四五个人，每人都撕下一块泥巴，团搏圆了，放在地上，两手拇指朝里，插入泥巴之中，其它指头朝外，将泥巴捏出一个小碗的形状。

看看差不多都做完了，各自小心翼翼，把泥碗托在手里，站起身来，顺势高高扬起手来，倒扣着泥碗，猛地摔在光滑结实的地面上。泥碗随之就发出"噗、噗"的声响，每个泥碗的底部，都会被冲出一个很不规则的破窟窿。

低头一看，谁的窟窿大谁就是胜者，谁的窟窿最小谁就是失败者。大家集体确认，都无异议了，就进行"结算"，失败的一方就得撕下一块泥巴，把对方那个窟窿补上。

赢家虽然只是赢了对方一小块泥巴，但那也是能力的体现，是胜利的象征，是强者的标志，是王者的荣耀，照样能让他喜上眉梢。

经常玩泥巴，最显著的收获就是，每个人的手背都皴裂着小口子，破衣烂衫上总有扑拉不完的泥土，有了鼻涕也是顺手一抹，浑身上下总是拖泥带水，但这些都掩盖不住我们内心的喜乐。

遗憾的是，摔碗碗这项游戏，只适合在暖和的季节玩，一到深秋，天凉下来，再用手鼓捣泥巴就不合时宜了。

弹弹儿

天冷了，玩啥好呢？总不能闲着吧？

当然闲不着，弹琉璃球，就特别适合冬季玩耍，参与游戏的人，一般是四五个。

弹琉璃球，俺那儿叫"弹弹儿"。第一个"弹"是动词，弹射的意思；第二个"弹"是名词,弹丸的意思。

比赛之前,随便找块带尖儿的石头,在坚硬的地面上镪出一个拳头大的窝,然后在距离窝两三米远的地方画一条横线。

游戏开始了,大家要依次站在窝那儿,朝着那条横线,将琉璃球扔出去,琉璃球滚落停止的位置,必须超过那条横线才算有效;谁的球离那条横线最近,谁就拥有了优先往窝里弹球的资格。

开始弹球了,大家依照顺序,蹲在那条线之外,对准那个窝,弹出自己的琉璃球。琉璃球一次被恰到好处地弹进窝里的极为罕见,或者出现方向性的错误,偏向一边,或者尚未抵达目的地就停滞不前。

第二次弹球,是谁的球离窝近,谁先向窝里弹。弹球的结果怎样,既有弹射方向的正确把握,又有弹射力度的有效拿捏,也有运气孬好的因素制约。

最先把球弹进窝的人,那个窝就成了他的根据地,他就有了对别人的球实施重点打击的资格,把别人停在窝边的球,干脆利索地顶出去,就是他的唯一目的。

这时,他会用圈起来的中指、无名指、小指,轻轻挡住大拇指,同时用大拇指隆起的关节,把琉璃球抵在弯起的食指内侧,以地上的窝为据点,瞄准别人的球,大拇指突然发力,手中的球瞬间被弹出,啪的一下就把别人的球顶出去了,顶得越远,他越得意;自己的球受后坐力影响,一般不会跟着被弹的球前赴后继。

自己的球停在哪里，他就蹲下来，拿起自己的球，以自己的球停留的位置为起点，对准其它尚未进窝的球，凝心聚力，不急不躁，弹出自己的球，要么把某个球顶到远处去，结束了自己的弹球，要么把某个球顶进窝里去。

某个球一旦被他顶进窝里，他就可以从窝里捞出那个球，用一只手的拇指和食指轻轻捏住，站起身来，另一只手拿着自己的球，对准以后，实施近距离的空中弹射——啪的一声脆响，前边那个球，就像被弹簧猛地顶了一下似的，打着滚儿飞出老远，运气不好的话，被顶成两半，那就全废了。

谁遇上这样的高手，谁就只能自认倒霉，没有了进窝的资格是次要的，可怜的是，球被打残了，失去了再上战场的机会，除非他口袋里还有备份。

琉璃球，是我们唯一花钱买的玩具，三分钱一个。三分钱，当时在我们眼里，那也是个大额消费，可以用它买一张封窗纸。一张封窗纸，经过来来回回折叠，叠成 32 开，用刀子将周边裁开，用针线在一头装订起来，就是一个很好的练习本。

甭管是谁，眼看着自己的琉璃球被废了，内心不免会涌起一团愁云惨雾，但仍然会强装笑脸，表示无所谓——男人嘛，这点挫折算什么！

再看那个弹球的人，正如战场上杀红了眼的猛士一样，迅速转移目标，依照此法，或者再次进窝，对窝边的某个球进行远距离驱逐；或者把某个球顶进窝里，以便实施近距离精准射杀。

不过，战场上是没有常胜将军的。游戏场如同战场，再强的球手也不可能做到百发百中，一旦瞄得不准，放了空炮，弹球的机会就要交给下一个赛手。

经过这样三番五次的弹球比赛，每个人的琉璃球都会挂彩，只是轻重有别罢了，原来表面光滑透亮的琉璃球，都陆续变得坑坑洼洼、伤痕累累；即使胜者的琉璃球，也难保完美无瑕。

宁可自损八百，只为杀敌三千。作为胜利者，手里的琉璃球，纵然有所损伤，他也满不在乎，胜利带给他的成就感，足以让他心花怒放、春风满面、乐不可支！

踢毽子

小孩子玩的游戏，大多没有性别界限，只是某些项目被某个性别的人玩得多了，才渐渐被赋予了性别色彩，比如踢毽子、拾博果、翻绳、跳房、跳皮筋等。这类游戏，多数无需太强的爆发力，不发生碰撞，没大有危险，特受女生喜欢，成为她们之间加深了解、增进友谊、沟通感情、展现灵性的很好载体。

一说起毽子，很多人立马就会想到，把一撮鸡尾毛的根部插进铜钱的中心，接着再用红布条把鸡尾巴毛的根部与铜钱缠拉在一起，那个物件就叫毽子。这个"毽子"的"毽"，看偏旁部首，非"毛"莫属。

不好意思，按这种造字规律，没法解释俺小时候踢的毽子。

俺踢的毽子，是把六块正方形布头拼接起来，里面装上半布袋沙子是也。这个立方体沙包，像小朋友的拳头那么大，朴朴实实，没有鸡毛毽子那么秀丽和苗条，它却代表着上、下、东、西、南、北，是六合的天地宇宙之象征。按照"毽"这个形声字的标准来看，将这个沙包叫作毽子，颇有欺世盗名之嫌。

有的女生，不喜欢其中的沙子，就改装玉米或黄豆，踢起来唰唰地响，心情也就随之爽快起来。但在缺衣少食的那个年月里，拿着粮食用脚踢，内心很难消除那种强烈的负罪感。

踢毽子，运动量较大，左脚右脚都可以踢，内侧外侧都可以踢，只要不把踢的数字记错了，能交给玩伴一个清楚的账目，就可以顺畅地跟对方玩下去。她们哼哧哼哧，喘着粗气，红扑扑的脸蛋儿挂着汗珠儿，依然乐在其中。

比赛踢毽子，一般是两个人轮流着踢，一个踢的，一个看的。踢着踢着掉了，就是输了，俗称"拉了"。一个人踢拉了，就换另一个。双方各自踢了多少，两个人都有数。

踢毽子也有一定的表演性。那些初学者，一般只会用一只脚的内侧踢，一旦踢熟练了，花样就多了起来：有的用两脚内侧轮流往里兜，左兜一个，右兜一个；有的用左脚内侧踢一个，再用右脚外侧踢一个……常常一连踢几百个也拉不了。

更有甚者，竟然可以手脚并用，倒腾着同时玩两三个毽子，抛起这个，踢起那个，接住那个，踢起这个，已经上升到了杂技艺术的层面。

胡同里，校园里，经常看到女生在踢毽子，她们踢得技巧娴熟、花样繁多，让我赞佩不已，但在表面上，我还得装出不屑一顾的样子。若看到哪个男生也在踢毽子，我就强迫自己瞧不起他，用意念使劲把他往"太娘们儿"的行列里推，发狠不把他当男子汉看待。

若干年以后才知道，我那是强迫症，强迫症是心理疾病，心理疾病属于精神病的范畴。我并不承认自己是精神病患者，但又无法否认，那是严重的"酸葡萄心理"，明明自己无能，却要以鄙夷不屑的神态，维护自己的男子汉形象。这种心理越强，踢毽子的机会就越少。一个花花绿绿的毽子，在人家身前一起一落，异常顺从，半天不见毽子落地，到了我这儿，最多踢不到 10 个就拉了。

翻　绳

最具女性化的游戏项目，当属"翻绳"了。

翻绳是两个人玩的游戏，不需要很大的空间。

玩之前，先把手中的线绳两头系起来，褛成双股。

A方用双手拇指和食指，把双股的线绳撑起来，送到B方的面前。

B方伸出双手，用拇指和食指，分别捏住一侧的某一股，然后把捏着线绳的手指，或向上翻，或向外翻，或向下翻，或向内翻。有时候同时用两个小指，先钩住两侧的某一股再翻，能分别翻出若干个花样来：琪子块儿、平行的线条、长方形的容器，不一而足。同时，她就会根据所象之形，随口说出"琪了"，或"面条""麻花""驴槽"……

经常会看到两个少女，面对面站在那儿，挽弄着灵巧的小手，变戏法似的翻着手中的线绳，轻松愉快，嘻嘻哈哈，还不耽误闲拉呱儿。

这跟踢毽子相比，翻绳最省气力，两个人动动手指就行了；这又是个道具最简单的游戏，有几尺长的一根毛线绳就够了；这也是个很从容的游戏，玩的时候无需奔走呼喊，无需大动干戈，两个人可以随时随地玩耍，你一下，我一下，轮流下手，在谁那里停住，实在翻不出新花样儿了，就算谁输了。

这个看似最轻松、最和气的小游戏，其实也暗藏着的机关与谋算。撑绳的心静如水，翻绳的总要眉头紧锁。看来，怎么翻、翻成什么样才能让对方难以接招，才能形成一副死局，才能逼得对方俯首，下手之前也是要动一番心思的。

有些女孩子惯使的一些小心眼儿和小伎俩，莫非就是在这些小游戏中训练出来的？只见她们一会儿冷静思考，一会儿笑语盈盈，手底下却在暗暗使绊子较劲，真真应了兴儿对王熙凤的那句评语："明是一把火，暗是一把刀。"

这样形容，委实言重了。旁人看到的，是她们翻动的线绳，是眼花缭乱的动作，是变化多端的象形；旁人看不到的，却是她们之间那种难以言传的纯洁友谊。谁跟谁能玩得起来，意味着情投意合，非闺蜜知己者，莫能与之共嬉也！

拾博果

若论轻松而从容的女生游戏，再就是"拾博果"了。

玩这种游戏，首先要挑选一副博果。一副博果，需要五枚石子，大小要一把能超超量量地握住，每一枚石子都像独粒儿花生似的，稍显圆溜点儿的最好，太长和太扁的都不合适。

玩的时候，把一副博果攥在手里，用拇指和食指捏住名叫"拐"的一枚石子，把其余的四枚石子，用弯起的三个指头攥在手心里，将拐朝上一扔，紧接着把手中的四枚石子放在地上，瞬间腾出手来，把正在下落的拐接住；再把拐扔起来，空出手来，把地上的四个博果一把撮在手中，随之把手一翻，接住拐。五枚石子全被攥在手中。这叫"磕把"。

四枚石子，若没全部被撮在手里，就算失败，就得交权；即使四枚石子全被撮在手中，但没接住拐，就是"掉头了"，也得交权。

磕把，相当于一首歌的前奏曲、一部小说的引子、一项体育活动的热身。

磕把，若没有失误，"拾博果"的大幕，才正式拉开。

先从"拾仁"开始。用拇指和食指捏着拐，把其余四枚石子攥在手里：把拐扔起来，将手中的四枚博果撒在地上，瞬间翻手，接住拐。

这会儿，对四枚石子的处理方式，与"磕把"时的"放"，略有不同，强调一个"撒"字。放，谋求的是集中，便于一把撮起来；撒，谋求的是分散，便于拾的时候不发生碰撞，但又不能撒得过于分散，免得"拾仁"时增加难度。

"拾仁"时，第一次扔拐，先拾一枚石子，再接住拐，不可触碰到另外那三枚石子；第二次扔拐，要把剩余的三枚同时撮在手中，再接住拐。这样，五枚石子又一次集中被攥在手里了。

"拾仁"成功之后，就"拾对"，一次拾两枚，分两次拾完。两枚之间，假如出现"牛女二星河左右，参商两曜斗西东"的格局，就要麻烦一些，对于拾者来说，检验其技能高下的时刻到了。在拐急剧下落的瞬间，只见拾者手指在地上欻欻两下，精准麻利，分毫不差，将两枚石子尽收掌中。这时，若有丝毫的磨叽，要么拾不起，要么接不住，二者有其一，都会前功尽弃。

"拾对"如能顺利过关，就升级为"拾个"。每扔起一次拐，就赶紧捡起一个石子，攥在手中，然后随之把手翻过来，迅速接住急剧下落的拐。这样连续四次，四个石子都被逐一拾在手中,加上每次都稳稳接住的拐,最终手里还是五枚石子。

然后再经过"磕把",宣告上半场结束,进入下半场。

下半场的程序,也是按照"磕把 — 拾仨 — 拾对 — 拾个 — 磕把"的顺序依次进行。下半场与上半场的最大区别,在于难度更高:每次抛起拐,就用手在地上轻轻一拍,然后再按规矩,该拾几个拾几个。每拾起一次,就把刚刚拾的石子,递到另一只手里,空出手来,便于下次抛拐以后拍地。

与上半场相比,下半场增加了用手拍地的环节,所以每次抛拐,都要抛得相对高一点,以获取较大的时间差。

谁若能从头至尾一路走下来,谁就赢了一盘;谁在半路上失误了,就算输了一盘。如果双方都能从头到尾顺利闯关,那就是打了个平手。时间允许的话,就开始第二盘的比赛。如果两人都没有一次性地贯通到底,那就各自从头再来。

拾博果的技巧,在于稳和准,考验的是手指的轻巧和利索,拇指和食指,要像小鸡啄米一样精准,要特别小心谨慎,该拾几个拾几个,不能触碰到其它任何一个,如有半点拖泥带水,就是抹了;一旦没有接住扔起来的拐,就是掉了。不管是抹了还是掉了,都算失败,就得痛痛快快地让给对方来拾。这个规矩贯穿于拾博果的全过程。

这个游戏的运动量很小,对空间要求也不高。有的女生,口袋里装着五块石子,在校园,在炕上,在胡同,在门楼下,在场院里,随时随地,都可以跟小伙伴玩起来。

若是在坡里干活,中间休息的时候,成年人那是真休息,有躺着晒太阳的,有蹲着吸烟的,有坐着闲拉呱的。小孩子却不一样,休息时也闲不住,总得找个游戏玩玩,才能释放多余的精力。

只要想玩,就有办法。有的女生,在松软的地面上,把土扒拉平整了,用脚踩出一块硬实的平面,两个人面对面,不管是正襟危坐,还是狗坐着,都可以拾博果,片刻之间就能痛痛快快地玩上几盘、决一胜负。口袋里没带博果,也无关紧要,从阡陌地头顺手捡五块石子,就是一副博果。

比赛双方,比的就是眼疾手快,图的就是心里乐和,不动声色,不吵不闹,增进了友谊,消除了疲劳。

游戏不同于正规比赛,不以钱物为赌注,但是,必要的激励手段或奖惩措施还是有的。跳绳、踢毽子、拾博果等小游戏,到最后一般就是以"指鼻子眼"的方式作为奖惩。

输者自动伸出一只手,手心朝上;用另一只手的食指,点在鼻子尖上,听候赢者指令。赢者一把攥住输者四个手指头,嘴里喊着"鼻子鼻子……眼睛",在说"眼睛"二字的同时,用另一只手,重重地拍打一下输者的手掌;或说"鼻子鼻子……嘴巴",或说"鼻子鼻子……耳朵",或说"鼻子鼻子……眉毛",或说"鼻子鼻子……下巴",甚至也可以说"鼻子鼻子……鼻子"。

在赢者说出最后那个部位名称的瞬间,输者必须把食指从鼻尖迅速移向相应的部位,来不得半点犹豫。但事实上,他指向的目标,经常与赢者喊出的名称南辕北辙、驴唇不对马嘴，弄得两个人都笑得前仰后合，直到所指与所喊瞬间对应起来，惩罚才能停止，整个游戏，遂告一段落。

跳　房

在女生游戏中，"跳房"和"跳皮筋"，都有一个"跳"字，顾名思义，就知道它跟"翻绳""拾博果"不一样，很多时候需要单脚站立、单脚驱毽、单脚跳跃、立定跳远，相比而言有更大的运动量。

据传，跳房子的游戏起源于罗马帝国时期，主要用于步兵训练；后来，被当地的孩子摹仿为一种游戏；再后来，又逐渐成为世界性的儿童游戏；传到中国的时候，大约到了清代。

这项游戏，像个健硕的游者，从发源地启程，披荆斩棘，梯山航海，穿越了一两千年的时空，转悠到俺老家那个穷埝子，很可能是新中国成立以后的事了。

您想啊，旧中国的农村百姓，受封建社会畸形审美观的桎梏，按照旧风俗，都要给童年女孩缠脚。被缠了脚的女孩，路都走不稳，稍不留意，一阵风都能刮倒，这种单脚蹦跳的游戏，纵然早已有之，她们也无法摆脱看客的身份。只有到了男女平等的新社会，女孩子才获得了跟男孩子比较接近的权利，脚丫子才得以解放，才有机会蹦蹦跳跳地享受欢乐的童年时光。

跳房的游戏，一个人也可以玩，两个人就可以比赛，四个人就可以分帮比赛。

　　小伙伴们的身体素质不一样，灵巧程度也有差别，谁跟谁一帮，不是自己说了算的，而是有个公正的分帮机制——四个人围拢在一起，齐声喊"手心手背"。这四个字刚一出口，大家同时向前伸出一只手，或者手心朝上，或者手背朝上。如果手心和手背正好各占二分之一，那么两帮就分得一清二楚了；否则，就再喊一次"手心手背"，直至能够平等地分成两帮为止。

　　分帮的问题解决后，就进入比赛的程序了，双方各出一个代表人物，一起喊着"将军宝"来决定跳房次序。

　　跳房的动作，看上去挺简单，可一到实战，就会发现，单脚跳动着，连续将沙包驱到指定的格子里，也并非易事，不是驱过了线，就是驱不到位，或者压在线上，或者被踩在脚底下，这些问题遇到其中任何一个，都算失误。

　　一旦失误就得交给对方来跳，对方失误时才能轮到本帮的其他人接着跳。如果甲方一个人就顺利跳完一轮，而乙方两人才将一轮跳完，那么谁赢谁输，自然是泾渭分明。

　　玩跳房的游戏，有格子形、田字形、飞机形等多种图形，玩法虽有区别，却大同小异。我的印象中，跳的最多的图形，是五环形。

　　有粉笔就用粉笔，没有粉笔就用树枝或石头、瓦碴儿，在地上画一个圆圈，直径大约五六十厘米，站在这个圆圈里，向前画出与圈 1 小部分重叠的第二个稍大的圆圈；再站在第二个圆圈里，向前画出与圈 2 小部分重叠的第三个稍大的圆圈……直到画出 5 个连环相扣的圆圈，酷似一串大大的糖葫芦。

跳房时，先把沙包丢进第一个圆圈里，单脚跳进去，调整好位置，将沙包驱到第二个圆圈里；延续同样的动作，将沙包驱进第三、四、五个圆圈，最后将沙包驱出最大的圆圈，两脚同时落在最大的圆圈之外；双脚夹住沙包往身后一摔，转身用手接住，第一轮则初战告捷。

再回到开始的地方，把沙包直接投入第二个圆圈，从第二个圆圈开始驱沙包。其它动作均与第一轮相同。

第三、四、五轮，分别把沙包直接投入第三、四、五个圆圈，进行跳和驱，其它动作均与第一轮相同。

能一口气把这五轮跳下来，是很难的。难就难在投掷沙包和驱逐沙包都要到位，不压线，不踩线，不越界，最后双脚夹着沙包，从身后抛起，还得稳稳接住才行，否则都是违例。这一系列动作，中间一有违例，就得把跳房的资格让给对方，等对方失误了，本方才可以接着上次失误的环节，演绎自己的续集。

参与者都有强烈的取胜心，不得不谨慎对待每一个动作，投掷沙包、驱动沙包、单脚跳跃等等，其力度和角度都得小心翼翼，力争做得恰到好处。

游戏规则早就成了参与者的共识，游戏当中就少了很多计较和争吵，展现出来的都是轻松和愉悦。

跳皮筋

在女生游戏中，运动量最大、较有文化品位的，可能要数"跳皮筋"了。

跳皮筋，是20世纪中叶，先从城市兴起的一种儿童游戏，大约在六十年代末期，才传到俺乡下来。

刚开始，我们看到会跳皮筋的，都是从城市来的漂亮女生，她们或者是跟着下放的父母来到乡村的，或者是放假以后来农村走亲戚的。她们与乡下孩子在一起，一举一动，总是给人一种与众不同的感觉，但我坚信，她们的鹤立鸡群绝不是刻意装出来的。打眼一看，她们穿的衣服并不花哨，但都很得体，就算洗得褪色了，也总是那么合身、那么洁净，怎么看都是洋里洋气、上档次，甚至她们膝盖上涂抹的紫药水，也都是城市孩子独有的标记。她们玩的跳皮筋游戏，从用品、动作、比赛规则，到嘴里念叨的童谣，更是让我们耳目一新。

擅长跳皮筋的城市小姑娘，在乡村孩子面前，自然会流露出满满的自豪感。刚开始跳皮筋不乏表演性，慢慢就当起了小老师，手把手地指导乡下女孩，很快就像蒲公英的种子一样，撒遍乡村大地，在农村校园和街道胡同里扎根、发芽、开花了。

我有一个小师妹，就是这项游戏的传播者和普及者。她小时候住在青岛的小姨家，特别热衷于跳皮筋，有一次摔倒在地，把嘴唇磕透了，仍然兴趣不减。后来跟随父母到了乡下，也把跳皮筋的游戏带到了乡下，她待过的小学里，由此刮起了一阵跳皮筋的小旋风，至今说起跳皮筋的游戏，她仍然一往情深、激动不已。

跳皮筋与别的游戏相比，最显著的特点就是一边跳、一边说，腿脚不能停，嘴巴也闲不住。跳的高度不断提升，跳的难度越来越大；伴随着跳动的节奏，还必须熟练地背诵合辙押韵、朗朗上口的童谣。这些童谣穿透了游戏的外壳，注入了小孩子喜闻乐见的丰富内涵，把体能锻炼、技巧比拼、文化知识、口语表达、人情世故，统统融为一体，健身益智功能，远胜于枯燥的课堂学习，对游戏者可谓润心无痕。

童谣很多，长短不一，有的像数来宝，有的像快板，有的像打油诗。比如：

"小熊猫，上学校，老师讲课它睡觉，左耳朵听，右耳朵冒，你说可笑不可笑。"这首童谣，用拟人化方式，反映了小学生的课堂生活。

"跳皮筋，皮筋长，老师的工作忙又忙；本子一摞又一摞，等我们长大建祖国。"这首童谣，每两句押一个韵，完全是数来宝的套路。

"三轮车，跑得快，里面坐着个老奶奶；要五毛，给一块，你说奇怪不奇怪？奇怪奇怪真奇怪！"这是一首叙事的打油诗，描述的是一个既有钱、又慷慨的老奶奶。

"扒皮扒皮周扒皮，半夜起来学公鸡；我们正在作游戏，一把抓住周扒皮。"这首童谣，取材于小学课文《半夜鸡叫》，涂抹着浓重的阶级斗争色彩。

"橡皮筋，脚上绕，绕在脚上跳呀跳。像飞雁，似小鸟，先跳低来后跳高。跳过山，跳过海，跳过祖国台湾岛。见亲人，小同胞，同跳皮筋同欢笑。"熟背这首童谣，不乏爱国情操的熏陶。

"一根藤上三个瓜，邓拓吴晗廖沫沙，打着红旗反红旗，你说该打不该打！"邓拓、吴晗、廖沫沙，曾被称为"三家村黑店"，是 20 世纪六十年代初期的一个政治冤案，竟然也渗透到儿童游戏中来了。这首打油诗，弥漫着浓烈的政治运动火药味，刻有鲜明的时代印记。

"小皮球，架脚踢，马兰花开二十一；二五六，二五七，二八二九三十一；三五六，三五七，三八三九四十一；四五六，四五七，四八四九五十一；五五六，五五七，五八五九六十一；六五六，六五七，六八六九七十一；七五六，七五七，七八七九八十一；八五六，八五七，八八八九九十一；九五六，九五七，九八九九一零一；跳得好，跳得齐，健康活泼数第一。"这是一首来自北京的童谣，散发着皇城根儿的气息，名为《马兰花开二十一》。

在通讯不发达的年代，这首童谣能够伴随着跳皮筋游戏的广泛普及，传遍全中国，流行几十年，据说与我国第一颗原子弹爆炸有关。

"小皮球"，是说原子弹外观呈圆球形；"架脚踢"，指的是当时引爆原子弹的高塔；新疆核试验基地，名字就叫"马兰基地"；"二十一"是当时解放军总装备部训练和培训基地的二十一研究所;"花开"则意味着原子弹爆炸成功。为赞美隐姓埋名研发原子弹的英雄们,为培养少年儿童的爱国情感,有人就创编了这首童谣。至于其它的数字代表什么意思,几乎没人能说得清,但其内在层层递进的逻辑关系,对游戏者的数数能力和口才锻炼,作用都是不容小觑的。

皮筋是用橡胶制成的,极富弹性。把皮筋的两头系起来,套在两个人的小腿上,拉直以后,另一个人就可以踏跳了。若把三五米长的皮筋,绕在两棵树之间,两头一系,一个人照样可以自娱自乐。

如果是四个人参与游戏,就得分成两组,其中一组的两个人负责撑皮筋,另一组的人跳皮筋。跳皮筋的这一组,谁犯规了,谁得停下来,直到第二个人也犯规了,才换另一个组。

跳皮筋的动作,乍一看,无非就是踩一下、放开一下,其实不是那么简单。按照规则,需要运用挑、勾、踩、跨、摆、碰、绕、掏、压、踢等 10 余种脚部动作,跳出许多花样来才行。该挑没挑起,该勾没勾住,该放没放开,该踩没踩住,该跨没跨过,该掏没掏出 …… 或者直接被绊倒了,那都算"瞎了"。瞎了,就是犯规了、失败了,就得主动让贤,换成别人来跳。

在比赛中,皮筋的高度是不断提升的,先从脚踝那个高度开始跳,谁先过了这一关,谁就可以提升到膝盖的高度,继而提升到腰部、胸部、颈部的高度,直至提升到举过头顶的高度,酷似专业技术职称的不断晋升。

皮筋在不断升高,跳的难度也水涨船高。技巧不过关,动作不熟练，腿脚不灵便，都容易被绊倒在地，磕着碰着也不稀奇。但是，真正的爱好者决不会望而却步，而是坚持迎难而上，在哪儿摔倒，就在哪儿爬起来。

那时候，成品的橡皮筋并非谁都能买得起。买不起咋办？只好托人去找废弃的胶轮车内胎，用剪子裁成细条，一段一段地接起来。

有个女孩，在青岛上小学，住在她姨家。她姨家订的牛奶，每个牛奶瓶子，都有一个勒着瓶口的小皮扣，她就把这些小皮扣收起来，攒得多了，一个套一个，集腋成裘，最后用无数个小皮扣，连接起了一根好几米长的皮筋，整根皮筋均匀地编缀着很多小疙瘩。后来她妈给她买了一根松紧带，可以直接玩跳皮筋的游戏了，她兴奋异常，一蹦老高。有了妈妈给买的这根松紧带，她就什么都不顾了，吃了饭就出去跳，写完作业就出去跳，鞋子都跳破了好几双。

翻绳、拾博果、踢毽子、跳房子、跳皮筋这类游戏项目，相对温文尔雅，深受女生喜好，久而久之，我们就集体无意识地将其列为女生游戏，男生较少参与。同样，女生谁若经常参与男生痴迷的游戏，很容易被大人视为疯疯癫癫、没个女孩样儿。

女人相对柔和沉静的特质，或许就是这样从小养成的。她们的豪迈潜质，从童年游戏开始，就受到了严重贬抑，以致花木兰、唐赛尔、秋瑾等巾帼英雄，在我们的民族史上寥若晨星。

摸　糊

有一种游戏，男生女生都喜欢玩，很多地方叫捉迷藏。

俺那个埝儿的人，把捉迷藏的游戏，细化为两种形式，有两个名称，一个叫"摸糊"，一个叫"藏猫"。

摸糊，就是在一个相对狭小的范围内，把一个人的眼睛蒙上，让他摸索着到处抓扑其他人；其他人要左避右闪，尽量不被他摸到或抓到。这就像扁担和板凳互相较劲一样，扁担要绑在板凳上，板凳偏不让扁担绑在板凳上。

一说起摸糊来，就不能越过唐朝玄宗皇帝李隆基。他与"回眸一笑百媚生"的贵妃杨玉环，对这项游戏，那可真叫一个情有独钟啊！他们经常在月光之下，用锦帕蒙上眼睛，在划定的一小片空场内，互相扑捉戏耍，玩得心醉神迷。

想想，都觉得好浪漫。

杨小姐年轻啊，手脚很灵便，即使蒙着眼睛，也能很容易捉住玄宗皇帝；玄宗皇帝年事已高，笨手笨脚，要蒙着眼睛捉住杨小姐，可就犯难了，时常窘态百出。

后来，杨小姐故意在衣服上挂了许多香囊，用香味吸引李隆基前来抓扑，但是李隆基仍然屡抓屡失，捉不着杨小姐，只抓得满把香囊。每当这时候，周围看热闹的太监和宫女们都能笑岔了气儿。

唐朝皇帝李隆基和贵妃杨玉环，曾经沉醉和痴迷的摸糊，经过一千二百多年的风雨兼程，到了俺记事的那个年代里，基本没有走样变形，而且我们也是玩兴甚浓，只是俺在摸糊的时候，没有在月光之下划个圈儿的时空限制，讲究的是因陋就简、随时随地，有空房子、地窖子，甚至有牛棚或猪舍也行，不管是白天还是晚上，都能玩得淋漓尽致、不亦乐乎。更没有用锦帕蒙眼的奢侈和佩戴香囊的讲究，女生用自己的围巾蒙上双眼，在后脑勺系个结儿，就完事了；男生更随意，把自己的棉帽子撸下来，往额头上一扣，拽着帽耳朵梢上的两根布条，在后脑勺上一系，啥都看不见了。

被蒙眼的人，成为被捉弄和戏耍的对象，既是不得已，又得心甘情愿，要么就别参与。一旦被蒙了眼，马上就会有人过来，争着抢着到他身后，用两只胳膊从其腋下抄进去，把他抱起来就地转三圈，再往地上蹾三蹾，使其不知东西南北，像个醉汉似的晕晕乎乎、踉踉跄跄、站立不稳。这样，被摸的那些人才会享受到游戏的刺激和乐趣。

游戏开始了，幸灾乐祸的其他人，就在这个摸糊的人前后左右不远处，嘻嘻哈哈，躲躲闪闪，引逗他前来扑空儿。摸糊的人，伸着两只手臂，循声呼啦抓摸，既要小心不能踏空和被绊倒，又要避免撞到墙上或其它物品上。有幸一把抓住某个人，并能通过嗅觉、听觉、触觉，猜出其真姓实名，就算赢了。接着，他就可以摘下蒙眼的东西，把被抓住的那个人的眼睛蒙起来，也抱起来转三圈、蹾三蹾，游戏继续进行。

摸糊的人，即使抓到了一个人，如果错把张三猜成李四，仍然不算赢家，就得蒙着眼睛继续摸。当摸糊人猛地发力，向着自以为是的目标扑将过去，被摸扑的人，一侧身就溜之乎也，摸糊人自然就会扑个空，甚至扑在墙上、撞在树上。其他人便会发出嘻嘻哈哈的笑声，幸其灾、乐其祸的心理，会在瞬间得到极大满足。

藏　猫

捉迷藏的另一种方式，就是藏猫——让一个人背过身去，暂时闭上眼睛，等其他人都隐藏起来以后，他才可以转过身来，睁开眼睛，到处去搜寻。

藏猫的游戏，由来已久，早在五代十国时期的后蜀国（公元 934—965 年），有位被后主孟昶赐号为"花蕊夫人"的妃子，在她写的"宫词"诗中，对此就有过生动描述："内人深夜学迷藏，遍绕花丛水岸傍。乘兴忽来仙洞里，大家寻觅一时忙。"

清代满族文学家文康，写过一部长篇小说，叫《儿女英雄传》，是融侠义与言情于一炉的作品，第六回有过这样的描述："原来，安公子还方寸不离坐在那个地方，两个大拇指堵住了耳门，那八个指头握着眼睛，在那里藏猫儿呢。"

花蕊夫人诗中写的"学迷藏"，与文康在《儿女英雄传》中写的"藏猫儿"，其实是一回事。

中国人打日本鬼子的时候，曾经采用的地道战术，就隐含着"藏猫"的元素。在电影上看到，咱们的武工队，利用熟悉的地理环境，神出鬼没，打一枪换一个地方，整得日本鬼子像蒙着眼的驴一样晕头转向，一会儿说"土八路在这里"，一会儿说"土八路在那里"。

藏猫，要有一个较大的活动范围。捉猫的人，要捂着自己的眼睛，或者背对着藏猫的人，站着不动，数十个数。与此同时，藏猫的人，要迅速把自己隐蔽起来，大树背后、猪圈、牛棚、草垛、地窝子、墙角旯旯……都可以作为自己的藏身之地。

捉猫的人，数完了数，就大声喊两句："藏好了没有？"如果没有应答的，他就可以睁开眼睛，掉转身来，在游戏设定的范围之内，像侦察兵一样，四处搜寻藏身之人。

只要有一个人被找到了，捉猫的人就在附近大声宣布：找到了！其他人闻声，都会从不同角落里现出身来，然后再来下一局，由被找到的人充当捉猫人……如此循环往复。

摸糊，谁先被捂上眼睛摸？藏猫，谁先当寻猫人？裁决的程序并不复杂，要么采用"剪刀、锤头……布"的方式来确定，要么用"抽槐叶"的方式确定。

"抽槐叶"裁决法，简单有趣。根据参与游戏的人数，采摘相同数目的槐树叶子，把其中一支的叶片撸掉，跟其它几支合并在一起，由一个人两手捧着，只露出那些叶柄的蒂把儿，让其他人来抽，谁抽着不带叶片的"光棍儿"，谁就是摸糊的人，谁就是捉猫的人，绝对公平、公正、公允。

小孩子的天性，就喜欢玩游戏，但热衷于捉迷藏（摸糊和藏猫）的，基本上是低龄儿童。游戏中，纵然有未被抓到、未被找到的侥幸，纵然有摸到目标、发现目标之后的成功喜悦，但它毕竟是游戏中的小儿科，不能充分展示自己的个性和能力，刺激性不强，十岁以上的儿童，常常觉着不过瘾，兴趣也就逐渐淡漠了，谁若像李隆基和杨玉环那样，继续痴迷于此种游戏，就会被别人看不起。

叼幺鸡

叼幺鸡，是低年级小学生常玩的游戏，性别色彩也不太鲜明。

"叼幺鸡"是省略了主语成分的动宾词组，实际是"老鹞叼幺鸡"。

老鹞，是比老鹰还凶猛的一种鸟；幺鸡，就是小鸡。

老鹞为了自身的生存需要，经常飞到鸡群里捕猎。如同鬼子进村时会引起老百姓的惊恐和骚动一样，每逢老鹞袭来，群鸡都会有大难临头的恐慌和不安。

这时候的老母鸡，出于天然的母性本能，要站在最前面，竭尽全力，奋不顾身地保护小鸡的安全；众多的小鸡，为了保全自己的性命，都纷纷躲在老母鸡身后，一刻也不离开。这个游戏，是对动物界自然天性、弱肉强食、适者生存的自然规律之完美演绎。

在游戏中,要由一个强者扮演老鹰,再由大家公推一个人当老母鸡,其他众人当小鸡。那个当老母鸡的人,相对而言,抵挡风险的能力比较强。从老母鸡开始,按照个头高矮,后面的人顺次扯着前头那个人的后衣襟,排成一列纵队,密切注视着老鹰的动向,时刻提防着老鹰的侵袭。

奸诈狡猾的老鹰,使出浑身解数,迅猛地扑向鸡群。机警灵活的老母鸡,笑容满面、彬彬有礼地迎上前去,拦住老鹰说:"老鹰老鹰,赶山戴帽,不去赶集,却来胡闹,这是为什么?"

洋洋得意的老鹰,突然被老母鸡拦在窝外,只好装作一团和气,笑容可掬,以礼相还:"昨日去赶集,买了一只鸡,今日不见了,是否在这里?"说着,就往鸡群里硬闯乱钻,老母鸡赶紧上前拦阻。

老母鸡乃群鸡之首,它的一举一动,对鸡群都有莫大的影响,导致后面的群鸡动荡不安。老母鸡在前头,与老鹰进行搏斗的时候,需要左推右挡;它身后的鸡群,必然要以更大的幅度左右摆动。最末了的小鸡,往往都由年纪最小、体质最弱的小孩担任,所以"孤鸡出群"的问题,随时都会在鸡群末端发生。

末尾的小鸡,一旦被甩出鸡群,就一边东躲西藏,一边发出咯咯咯的惊叫声。老鹰瞅准了目标,就以迅雷不及掩耳的速度躲开老母鸡的堵截,杀出一条血路,想方设法去捕获那只落荒而逃的小鸡……老鹰一旦捉住那只小鸡,一场游戏便以老鹰的胜利而宣告结束。

打懒老婆

我们男生玩的游戏，花样繁多，野蛮粗犷，攻击性强，体力消耗大，风险性也大，有些还不乏恶作剧的成分。

男生游戏的场地，相对广阔，在街头巷尾，在田间地头，在河流沙滩，都能见到我们纵横驰骋的身影。一场游戏下来，往往是蓬头垢面、气喘吁吁，磕磕碰碰、撕破衣服、擦破皮肤的事屡有发生。或许，男孩子的十足野性，正是在这样的竞争和冲撞中造就的；男人们在战场上勇猛拼杀的英雄气概，似乎从这儿窥测到了源头。

对于女生玩的游戏，我很少参与。不参与，并不是绝对不会，而是不屑于——要的就是这等派头！

作为一个男子汉，岂能与女生为伍！我们男生想表现智慧、展示勇猛，渠道多得很，"打懒老婆"，就首当其冲。

那个年代，有一句话在男人当中很流行，叫作"打到的老婆，掘到的面"。意思是说：娶进门的老婆，不打不揍，她就不听使唤；和起来的面，不使劲揣，它就不劲道。这是男权时代流行的男尊女卑观念，是对女性的极不尊重。

这些陈旧观念，像海水倒灌耕田，悄无声息地渗透到儿童游戏中来了，成为游戏内涵中必须剔除的糟粕。

据说，城里的孩子就不叫"打懒老婆"，而叫"打陀螺"，与我们乡下人的说法相比，既形象又文明。城市毕竟是城市，城乡差别由此可见一斑。

完全一样的游戏，在山东不同地区，有叫"打尜儿"的，也有叫"打懒儿"的，还有叫"打皮驴"的。游戏的不同叫法，各有特色，也各有说道。

玩这个游戏，必须具备两种道具，一是"懒老婆"，二是鞭子。

那时候，人们没有商业意识，我从未听说哪儿有卖的，都是自己动手制作。

先找一根直径三四厘米粗的木棍，锯下四五厘米长那么一截，把外皮削去，在其中的一端涂上颜色；再把另一端削成圆锥，在锥尖处抠个小洞，用锤子砸进一个胶轮车用的钢珠。一个漂亮的"懒老婆"就被"娶进门"了，上半身是圆柱体，下半身是圆锥体。再找一根小木棒作鞭杆，在鞭杆一头系上大约二三尺长的布条，这就是专门用来抽打"懒老婆"的鞭了。

我们村前、村东，各有一个水湾；村前不足百米处，还有一条常年流水的河。数九寒天，水湾里，河面上，都结了一层厚厚的冰，远远望去，无不平整光滑，阳光灿烂的时候，反射着耀眼的光芒，我琢磨着，可能是王母娘娘梳妆用的几面大镜子落在这儿了。

小伙伴们，天刚亮，就穿着棉衣，戴着棉帽子，呼着雾气，口袋里装着心爱的"懒老婆"，在棉袄袖子里抄着双手，胳膊窝里夹着小鞭子，各自走出家门，来到前湾，来到东湾，来到前河，饶有兴致地玩起"打懒老婆"的游戏来。

我们小心翼翼地踏上冰面，把鞭子往"懒老婆"身上一缠，带钢珠的那一头朝下，斜放在冰面上，把手中的鞭杆，往身体一侧，猛地一甩，"懒老婆"得了这种动力，像突然从被窝里被拍醒了似的，打一个激灵，即刻站立起来，底下的钢珠与冰面一接触，几乎没有摩擦力，以无与伦比的速度，在冰面上飞转起来；一个个平顶上涂着颜色的"懒老婆"，像舞台上的芭蕾舞演员似的，翩翩起舞，各领风骚，偶尔有点小碰撞，也无大碍。

自转的时间长了，动力消减，它就开始耍懒了，转速越来越慢，身子摇晃的幅度越来越大。看到这种情况，我们就甩起小鞭子，啪啪抽打几下，让它重新振作起来，加快旋转的速度。转得又快又稳的，就被视为勤快的"老婆"，再接连抽打它，就没有必要了。

我们走在冰面上，脚下擦着滑儿，手里握着小鞭子，恣悠悠地抽打着自己的"懒老婆"，可谓神气十足、八面威风。不时地哈一口气，暖暖手，同时，对比着，看谁的"老婆"勤快，谁的"老婆"懒惰。都担心别人笑话自己的"老婆"懒，就不时地对自己的"懒老婆"抽几鞭子，认真履行对"懒老婆"的监管职责。

冬天在冰上玩这个游戏，是最佳季节和最佳场所。在其它季节也可以玩，只要有个比较平整的地面即可。譬如，在过道里、天井里，最好是在生产队的场院里，又宽敞又平整，天地广阔，能甩得开，打起来特过瘾。

打"懒老婆"，没有明显的对抗性，我们无法在输赢之间寻求刺激，但在抽打"懒老婆"时，却有一种莫名的快感在心中涌动，狂妄的大男子主义，被表现得淋漓尽致，猥琐与卑鄙的心理，也不言而喻。

后来想想，为这个游戏命名的，肯定是个男人，而且是个怕老婆的男人，对养尊处优的懒老婆，打不得，又骂不得，休了她，还怕自己打了光棍，没人给他生娃娃，心里头老是憋着一团无名之火，便逮住"打陀螺"的机会，改名为"打懒老婆"，借助玩游戏的方式，把心底的那团无名之火发泄出去。

男生"打懒老婆"，兴致这般高涨，女生则恰恰相反，她们一般不来围观，直接参与者更少，只是站在远处，漠然地看几眼而已，对男生的游戏心态，给予了很大的包容，当然更多的还是无奈。

我曾经设想过，若把这个游戏改名为"打懒汉"，那么出现在冰面上的，绝对是另外一番景象，女生肯定会兴味盎然，男生必然会索然无趣。

当阎王

（一）

"当阎王"游戏，男孩子乐此不疲，基本不见女孩子的身影。

在老百姓观念中，拥有对人的判决权和处置权的，上有皇帝佬，下有县太爷；而对鬼魂有判决权和处置权的，只有阎王爷了。

皇帝佬做不了，县太爷也做不成，那就摹拟着当一回阎王爷，照样能满足自己的权力欲，于是便有了"当阎王"的游戏。

拥有权力，本来是一种责任，是一种负担，但它能让人感觉被需要、被崇拜、被恭维，随时都能获得被捧到云端的心里体验，假如不受约束，掌权的人很容易为所欲为。古往今来，无数人宁可冒着家破人亡、株连九族之风险，也要去赴汤蹈火、前赴后继、争夺权力，皆因权力的诱惑力无以复加。

儿童游戏，大都是社会生活的缩影。"当阎王"的游戏，就是农村孩子对中国古代司法状况的形象摹拟、素颜排练、扼要诠释。

阎王的职位，要通过公平竞争的途径来获得。谁当上了阎王，谁的愉悦感就会溢满心头。其喜洋洋者，阎王也！纵然虚拟，却也乐在其中。

当阎王，需要四个人竞争三个职位——"阎王"，是每个人都希望扮演的角色；其次是"牛头"和"马面"两个当差的，这俩角色，对参与者的诱惑力，仅次于阎王；在竞争中的失败者，只能安排扮演"小鬼"的角色了。

（二）

玩这个游戏，需要四个人，一般是在大街或者胡同里进行。

游戏开始前，要并列摆放三块石头，并适当间隔一定的距离。摆在中间显赫位置的，是块头儿最大的，它代表阎王；

阎王石两侧的,规格略低一点,代表当差的牛头和马面。

参加游戏的人,需要各自准备一块用于投掷的石头。

竞争的第一个环节,是确认投掷的优先权。参与者必须站在那三块石头后头,各自把手中的石块,朝着同一个方向摺出去,摺出去的石块滚落在哪里,哪里就是他回过头来击打目标时必须站立的位置,然后由远而近,确定投掷的次序。

当阎王跟打保龄球不同。打保龄球,是沿着轨道,用滚动木球的方式碰撞木瓶,谁碰倒的木瓶最多,谁得分最多,以6局总分累计决定名次。打阎王是用投掷石块的方式进行击打,谁打倒阎王石,谁就获得了阎王的地位,拥有了至高无上的权力。

击打目标时,都是首先冲着阎王石使劲儿。运气一般的话,可能只打倒了牛头或马面石;运气好的,叫能会心想事成,恰好把阎王石打倒了。

谁把阎王石打倒,谁就把阎王石搬到一边儿,恣悠悠地坐在阎王石上,作着发号施令的准备。此时此刻,内心顿时就会升腾起难以言状的成就感。其他人打得再准,也没有当阎王的资格了,只能去竞争牛头和马面这两个职位。

若还剩一个目标石没被击倒,那就由两个人参与第二轮竞争。最后,任何一块石头都没击倒的人,就只有当小鬼的份了。

这个游戏,从一开始就隐含着一个自然平衡原理:你想获得优先击打权,你就必须把手中的石块扔得远一些,但你回过头来击打目标时，距离目标也远，击中目标的概率，就大大降低。如果你想提高击中目标的概率，你就得有意识地把石头扔得近一点，但你也因此把优先击打权拱手让给了别人；阎王石和牛头马面石，都被别人击倒了，你连击打的机会也没有，那将给你带来无法弥补的遗憾。

得失会转化，祸福相依存，好事不能都摊在一个人身上。

谁能竞争到阎王的职位，谁就可以对牛头和马面发号施令，任意对小鬼进行判决和处罚；竞争到牛头或马面职位的，就必须遵循阎王的指令，对小鬼"行刑"；竞争中的失败者，只能规规矩矩地接受阎王爷的审判和处置，不得有任何的抵制和反抗。优胜劣汰的自然法则，在这里得到了通俗注解和形象展示。

（三）

各个职位的人选确定下来以后，下一个程序就是各司其职了。

坐在阎王宝座的阎王爷，不管年龄大小，不分辈份高低，一朝权在手，便把令来行，说话的语气重了，嗓门也高了，吆五喝六，目空一切，很快就找到了当阎王的感觉。牛头和马面，这两个当差的，对上边的阎王点头哈腰、媚颜奴骨，对底层的小鬼儿则横眉冷对、颐指气使。沦为小鬼儿的人，则提心吊胆、战战兢兢，任凭命运的摆布。

民间有个说法，人死以后，就叫"见阎王了"，人的灵魂，要先向阎王那儿去报到，否则，它到了阴间，可能落不下户口，也不能享受就业之类的相关待遇。

阎王可不是小鬼随便可以拜见的，必须由当差的牛头和马面押解到阴曹地府去，先接受阎王的惩罚。

两个当差的各扭着小鬼儿一只胳膊，来到阎王面前，共同用拳头捶打着小鬼的后背，向阎王请示："打金鼓，撞金殿，问问阎王见不见？"颇有大机关秘书长或大公司办公室主任的派头。

小鬼在人世间做了那么多的孽，阎王岂能轻饶了他！这时候，只听阎王厉声喝道："不见！给我狠狠地打！"

阎王不见小鬼儿，两个当差的，就要按照程序继续往下进行，攥着拳头，在小鬼的后背，一边捶打，一边请示："打金鼓，敲金砖，问问阎王打几千？"

这个沦为小鬼儿的人，与刚刚升任为阎王的人，平日里如果结有冤仇，他就得做好遭受"酷刑"的心理准备。

果不其然，阎王爷公报私仇的机会到了，随即下令"打三千"或"打五千"。

如果这个小鬼儿，平时跟阎王关系密切，阎王就会在量刑上高抬贵手，为了遮人耳目，简单表示一下，下令只打个一千两千的就行了。

牛头和马面继续履行职责，边打边请示："打金鼓，上金桥，问问阎王饶不饶？"

同样，这要看阎王高兴与否了，他高兴了，或许大发慈悲："饶了吧!"两个当差的，就做个顺水人情，随即把小鬼儿释放了，小鬼儿也对阎王感恩戴德。

当阎王的，若觉得怒气未消，就会果断批示："不饶!"那么，当差的牛头和马面，就要继续履行职责，边打边请示："打金鼓，敲金钟，问问阎王中不中?"

见不见、打几千、饶不饶、中不中，都在阎王的一句话上。明面上是法治，实质上还是人治，根本就不存在公正的量刑标准。

有的阎王扮演者，惯以惩罚他人为乐，一旦拥有权力，就会淋漓尽致地享受权力带给他的心理愉悦。

假如是个性格懦弱的人，一不小心当了阎王，他平日里被别人欺负惯了，纵然权力在握，也知道"有权不用，过期作废"，但他还是会思量再三、慎重用权，绝不敢充分运用权力发泄私愤。他知道，这个权力毕竟是暂时的、虚拟的，他必须顾及到游戏结束以后的现实生存状况，他会借机讨好他人，绝不敢借机报复他人，在牛头和马面请示他的时候，他会作出象征性的批示，对小鬼儿简单处置一下以掩人耳目。

所以，打与不打，打多打少，既能反映"阎王"和"小鬼儿"两人平日里的关系状况，也能反映阎王扮演者的性情和品格。

（四）

我说，这是个好游戏，好就好在，它对貌似法治、实则人治的古代中国司法状况，作了生动描摹和形象反映；好就好在，这种竞争是公开透明的，参与者对其中的规则，都了如指掌，参与游戏都是自愿的，遵循游戏规则都是自觉的；好就好在，大家的机会是均等的，即使在竞争中失败了，也没有怨言，一场游戏下来，赢家很神气，输者很服气。

从机会均等和公开透明的角度来看，它给现实社会的选人用人机制改革，提供了可供借鉴的模式；但游戏中表现出来的任人唯亲、打击报复等落后思想意识，又与法治社会的本质格格不入。

打茧儿

（一）

有些相对复杂的儿童游戏，经常是融肢体、语言、表情、器具、测量、计算等多种元素于一体，内涵比较丰富。打茧儿这项游戏，就很有代表性。

这项游戏，明代刘侗在《帝京景物略》中有过记载："二月二日龙抬头……小儿以木二寸，制如枣核，置地而棒之，一击令起，随一击令远，曰打梭儿。"这里说的"打梭儿"，或许是因为被击打的那个物件，很像两头尖的织布梭子。

山东有的地方叫"打耳儿"，可能是觉着那个被击打的物件，有耳朵的模样。也有的地方叫"打朳（gá）儿"。"朳"字，是个典型的会意字，表示两头小、中间大。称为"打柒儿"，文化品位相对较高。

俺那个埝儿叫"打茧儿"，虽然土气，但也有道理，因为它的模样像个蚕茧。

甭管叫什么，被击打的物件的制作方法是一样的，就是用菜刀，砍一段长约二寸、粗似拇指的树枝，将两头削尖，就这么简单。

打茧儿的运动量特别大，内涵也很丰富。如果说其它游戏项目都是游戏中的杂耍和小品的话，那么打茧儿就跟"当阎王""叼幺鸡"一样，都属于游戏中的一台大戏。

打茧儿过程中，有抡动木棒、空中接物、远方投掷、助跑跳远、距离目测、数字计算等多方面能力的锻炼，是一项运动量较大的综合性户外游戏。

我小时候，非常热衷于打茧儿，理由是，我生命的张力在这里能得到充分发挥和有效展现。

（二）

打茧儿需要有个开阔的场地，所以多半是安排在冬季。因为冬季是北方大自然休眠的季节，庄稼和蔬菜都收藏起来了，菜地和场院也相继空闲了起来，为我们打茧儿提供了便利场所。

玩这项游戏，需要两种道具，除了"茧儿"，再有一根大约二尺长的木棍或木板，就够了。

有了这两样东西后，竞争双方要先通过"将军宝"的形式，确定谁先打茧儿、谁去接茧儿。

如同军事战争，需要选个进退自如的根据地。打茧儿则需要找一堵墙作靠山，这堵墙的前面，还必须有一个相当开阔的地带。

有了道具和场地，攻与守的不同角色也已明确，打茧儿的人，就用木棒画一个直径大约两米的半圆。这个半圆叫作"窝"，也叫"锅门口"；身后的那堵墙，就是半圆直径所在。

然后，在这个窝的左前方和右前方，分别辐射着画出一条很长的线，确定一个扇形的有效场所。打的茧儿，飞出了界线，就是打斜了，就算违例，必须把打茧儿权交给对方。

后来在学校运动会上，我看到在铅球、铁饼、标枪的赛场，也是画出这么一个扇形场地，就怀疑我的童年作业被他们"抄袭"了。

（三）

一切准备就绪，打茧儿的人站在圆弧的里边，一手把茧儿轻轻抛起来，在茧儿下落的瞬间，用另一只手拿着的木棍，猛力一打，叭的一声，把茧儿打向远方。茧儿撒着欢儿，在空中翻着无数的跟头儿，同时飞出了一个大大的抛物线。

这时候，站在几十米之外接茧儿的人，就迅速撸下头上的棉帽子，两手端着，目不转睛地瞅着空中飞来的茧儿，估计茧儿没有打斜了，就根据茧儿运行的速度、高度、角度，判断它最可能的落点，前进、后退、左奔、右跑，调整自己的位置，在茧儿下落的瞬间，用帽子口正好把茧儿接住。

那一霎儿，像在水里一把摸了条大鱼，像铲草时踢死了一只野兔子，像在菜盆子里夹了一块大肥肉，像在战场上逮住了一个日本鬼子……心里顿时会涌起浓烈的成就感、幸福感、熨足觉，那滋味儿，没接过茧儿的人绝对体会不出来！

打茧儿的人，不管把茧儿打得多远，只要被对方接住了，没二话可说，乖乖交权，双方立刻进行角色与位置的互换。

接茧儿的人，如果没有把茧儿接住，就得弯腰把茧儿捡起来，原地不动，向那个半圆里投掷。

这时候，打茧儿的人就变成了"看窝的"，要像足球守门员似的，坚守自己的阵地，使尽浑身解数，也要把对方投掷过来的茧儿拦在窝外。甭管是用身子挡，还是用脚踢、用木棍打，只要能把茧儿阻止在划定的半圆之外，就达到目的了。

看窝儿的人只能挡茧儿，不可用手去接茧儿。为避免被掷到头上或脸上，都会把脸扭到身后，侧着身子，阻挡掷来的飞茧儿。稍不留意，没把窝儿守住，就要向对方交出打茧儿权。

勇敢的看窝儿人，常常是奋不顾身、严防死守，不仅能把茧儿挡住，还有可能一脚踢出老远，或者一棍子打出老远。一旦茧儿被挡在窝儿外，看窝儿的人就有了得分的机会。

要得分，就要"砍茧儿"。

茧儿落在哪儿，他就从哪儿开始，用手中的木棍儿，朝茧儿的一头儿轻轻一敲，茧儿就会突然蹦起来，在空中来上几个连贯的前滚翻或后滚翻。说时迟，那时快，在这精彩短暂的瞬间，砍茧人随即抢起手中的木棍儿，狠狠地把翻滚在空中的茧儿打向远方，打得越远越好。照此动作，再重复两次，本来离锅门口很近的茧儿，又被驱逐到很远的地方去了。

究竟有多远？这个距离是以步为单位计算的，需要打茧儿的人首先作出估算，这个估算名曰"要步"。他要的步数得到对方认可，他就赢了相应的步数；他要的步数若被对方认为是虚报产值，对方就不会接受这个数字。

接茧儿的若不接受没关系，那就来一次现场审计、实地勘查，像跳远比赛那样，以茧儿最后掉落的地方为起点，向半圆锅门口一大步一大步地丈量。首先是助跑，继而是腾空跃起，落地以后，从脚后跟的印迹那儿划一条横杠作记号；再以这道横杠为起点，跳第二步……谁跳跃的步幅大，谁就占优势。

一步一步地向前丈量，有的要跳好几步，有的要跳十几步甚至几十步。实际跳出来的步数，甭管比打茧儿人要的步数多还是少，跳步的人都会累得满头大汗、气喘吁吁。

按照打茧儿人要的步数，跳完了，如果还有多余的距离，等于打茧人没有虚报数字，那么累死累活也心甘，就诚恳接受打茧儿人要的步数。如果打茧儿人要了10步，接茧人只跳了8步，就把那段距离跳完了，打茧人就会因为要多了步数而遭受惩罚，不仅一个步数不能得，而且还要乖乖地向接茧儿人移交打茧儿权，相当于因为虚报政绩而被弹劾。

（四）

这个游戏，比的不仅是打茧儿技巧、跳远体能、对距离的判断力，有时候也是对他人性格的揣度和拿捏。

比如，砍茧儿的人一不小心把茧儿打到房顶上、草垛上、水湾里、冰面上了，或者越过了某个巨大障碍物。按常理来说，他会因此而惊慌失措。不，他却洋洋得意起来，为啥？因为他可以借机虚要步数了。实际距离并不远，但要用正常的跳跃方式去丈量，则有较大的困难或风险。

面对打茧儿人的漫天要价，对方一般会权衡利弊、望而却步，无奈地接受这个残酷的现实。如果是个二愣子脾气，那股子不服输的邪劲儿一旦被激发出来，上刀山、下火海，他都不怕，你要的步数水分这么大，他岂能忍受其辱，定会毫不畏惧地迎接挑战，非要冒险一试不可。遇上这种性子的人，虚要步数的人十有八九是要输的。

打茧儿，不以打得远近论英雄，而是以丈量出来的步数多少为基本业绩。几轮交战之后，各自把所得步数相加，双方相互抵减，谁的总步数多，谁就是最后的赢家。

输的一方就要受到惩罚，惩罚的方式一般是摸糊——让输者在遮蔽双眼的情境下，摸索双方提前指定的某个物体。赢者把输者的帽子摘下来，扣在输者的前额上，连其双眼也一并遮住，系紧带子，从身后拦腰抱起来，转三圈儿，再往地上蹾三蹾，直把输者折腾得天旋地转、不知东西南北了，再朝着目标的相反方向把他放下，尽量让他误入歧途以看笑话。

一场打茧儿的竞技运动，就在胜者得意、败者服气的欢快氛围中，圆满结束了。看看天色尚早，家里没人出来喊叫，我们有可能再来一场。

擦　滑

擦滑和滑冰，都是季节性的游戏运动；运动场所，是天然的河流或水湾冻结的冰面。

那个年月，什么"人造滑冰场"或"旱冰场"，我们闻所未闻，想都没想过。但那个年代，大自然比较慷慨，赐予的雨雪比较多，每到冬季，北方地区都像是"千里冰封，万里雪飘"的巨幅画作，我们这些野小子，便是这幅水墨画中的亮点风景。

利用河湾结冰后的天赐佳境，瞬间实现身体的飞速滑行，我们叫作"擦滑"。

擦滑，是不需要任何道具的徒手运动。先在冰面上助跑，即将到达滑道的时候，迅速停止脚步，双脚同时落在冰面上，凭着跑动时形成的惯性，欻……人就侧着身子，在冰道上像飞一样地滑过，眨眼的工夫，十来米长的冰道就闪在身后了，周围的景物都很识趣地匆匆后退。那种感觉，一字就能概括：爽！

多年以后，看到着陆时的飞机也不过尔尔，我便向它投去一道不屑的眼神儿。

擦滑，要保持身体平衡，脚底下就要有"根"，稍不留意就会重重地摔倒在冰面上，跌个四仰八叉，引来一片嗤笑声。下边蹲了屁股没事儿，小孩子屁股抗跌，打个滚儿就爬起来了；上边丢了面子，那才难堪呢！

擦滑跟打茧儿之类的游戏相比，竞赛意味很不鲜明，也不像打茧那么埋汰和粗野，而是一种干净利索的健身方式。不管是谁，即使擦得距离比别人长一点，也只是在那个瞬间能获得一种莫名的心理愉悦，但那种愉悦，像淡烟薄雾，来一阵小风，就被吹散了。

平镜似的冰面上，时常会看到另外几种擦滑的情景：

一种是牵拉式擦滑。前边一个人背着手，拉着身后一个人的手，弓着身子往前走，像老牛似的，任劳任怨。后头那个人，把双手向前伸出去，与前头那个人的双手紧紧相扣，蹲在冰面上，不需自己用力，脚底下也会发出呼噜呼噜的响声，身子也会慢慢向前移动。

再一种，是推车式擦滑。年龄偏大的孩子，把双手插到年龄偏小的孩子胳膊窝，让年龄小的孩子把脚底贴紧冰面，两腿斜着伸向前方。后边那个人，像大人推着胶轮车送粪、送公粮似的，一步一步往前推。那个被推的孩子，有一大半的体重，都落在了后边那个大孩子的两臂上，被推的还没觉得过瘾呢，推的很快就承受不住了。

还有一种，是三人组合式：一个年龄偏小的孩子蹲在冰面上，两只手向两侧举起来，分别被两个身体直立的大孩子牵着，顺着冰道稳稳前行，一种被宠被惯的情感体验溢满心头。

要做这些被动的擦滑运动，要么有无怨无悔的哥哥或姐姐，要么有特别要好的小伙伴甘愿为之付出。若说这是一些哄孩子的好方式也不为过，至于叫什么名称，至今我也没搞清楚。那时候，我们只要不迈步也能实现身体的惯性移动，就很容易从中获得奇妙的感受，运动项目有没有名称，谁都不在乎。

滑　冰

为了区别冰上的徒手运动，我单独把借助器械在冰上所作的快速运动，叫作"滑冰"，共分为坐式和立式两种。

坐着滑冰，需要一个可以坐下来的滑板。这个滑板，是一个类似于笔记本电脑那么大的座位，一般都是自己制作。

用两根比较厚的木板做横梁，拉开大约四十厘米的距离，按垂直的方向，在上面并排着钉上几块厚度相等、比两根横梁的距离略长一点的木板，以便坐着舒服；再弄两截较粗的铁条，在每根铁条的两头，都折个弯儿，平行着钉在两边的横梁上，让铁条接触冰面，这样就大大减小了在冰面上的摩擦力。

再砍两根大约半米长的木棒，在每根木棒的其中一头分别钉上一截粗铁条，把露在木棒头外的半截铁条磨得尖尖的，用的时候，可以像钉子似的方便插入冰面，这叫撑杆。有了这两样东西，坐着滑冰的全部装备就配齐了。

我们在滑板上盘腿而坐，两手各握住一根撑杆，双臂用力一撑，滑板呼噜呼噜地唱着豪放的歌，人坐在上面，梦幻一般，飞快地驶向远方。有同伴刺激着，我们会有争先恐后的意识；没有同伴比着，就自己随意而滑，想慢就慢，想快就快。

那时，自行车我没骑过，汽车我没坐过，火车我没见过，飞机倒是见过，但它在天上飞，与我没有关系，所以，能借助某种器物，达到快捷运行的目的，成了我本能的向往。这个滑冰板，给了我期盼已久的美妙感觉。

在那之前，曾经趴在大人推的胶轮车的车棚上，感觉地上的路面，是从我的额头冒出去的；而今我坐在滑冰板上，整个冰面仿佛都被我的身子渐次吞噬，蓝天白云也无奈地从我头顶慢慢后撤。我目视前方，心无旁骛，沿着河床的冰面，经常是一发而不可收，滑出数里之遥，眼前出现陌生的村庄才有回返之意。

大约到了 12 岁以后，坐着滑冰也不觉得潇洒了，我就改为立式滑冰。

从坐姿改为立姿，别人看到的，是我滑冰姿势的改变，别人看不到的，是蕴藏在我内心的冒险意识发芽了。坐着滑难度小，四平八稳的摔不着，没风险，越来越觉得那属于小儿科，体会不到刺激性的快感，只有站起来，才觉得像个真正的男子汉。

我摹仿着大伙伴们的样子，找两块鞋底那么大的长方形木板，分别在每块木板底下，靠边竖着钉上两根平行的铁条，立式滑冰板就做成了。

两只脚分别踏在木板上，用两根一米多长的撑竿为动力源，双臂一撑，腰一躬，身轻似燕出奇兵。哇，感觉不是在滑，而是在飞！"林海雪原的英雄们，等等我，我来了！"一股英雄气概顿时生发出来了。

再后来，双脚站着滑冰，我都觉得不新鲜了，干脆扔掉一只踏板，单脚站立，开始追求浪漫和技巧了。这是一种标新立异，带有一定的表演性，越是在人多的时候越来劲，实际上就是逞能。刚开始，也是付出过代价的，摔倒在冰面上，捂着屁股半天起不来。

我的童年时光，就是这样摔着跟头儿度过的。回望大半辈子走过的人生路，同样也没少了摔跟头，好在都一次又一次地从人生江湖的冰面上爬了起来。

过五福

（一）

时光被我们毫不怜惜地大把消费着，年龄却躲在很不起眼的地方噌噌地疯长。我们慢慢地从粪场、土堆、菜地、胡同、河道、菜窖里走出来,不再那么热衷于摸爬滚打,开始摹仿大人们的成熟与稳重,懵懂无知的孩子气从我们身上日渐消退。我们的身影,经常出现在凉爽的树荫下、绿油油的农田地头、遮风避雨的门楼底下,学着玩点高层次的游戏。

"过五福""过三",就是这类常玩常新的游戏。

那时候,俺没见过下象棋的,对军棋和围棋,根本就没听说过。"过五福""过三",倒是可以就地取材,而且简单易学,人的全盘布局能力、推理判断能力和攻防兼顾理念,都可以得到锻炼和培育,且能帮助我们勒住心猿意马,逐渐习惯坐下来、静下来、沉住气,不动身子动脑子,追求一个"稳"字。

在坡里干农活,中间休息的时候,我们时常会找块平整光滑的田埂或土路,放下工具,捡块小石头,或者找根小木棒,在地上画个"五福"的棋盘,就地捡些小石子当棋子,或把树枝折成若干小段儿当棋子,或者掐几截地瓜蔓、南瓜梗,都可以当棋子,两个人面对面,就地一坐,就能痛痛快快地杀上几个回合,比个你输我赢。

(二)

五福的棋盘,一般是不到半个平方米的正方形,里面横竖各画上等距的三条线,一个大的正方形,就被分成了 16 个小正方形,横线与竖线的任一个交叉点,都是安放棋子的点,全盘总共有 25 个点。

对弈的双方，一方可以下 13 个棋子，另一方只能下 12 个棋子。如同在战场上，兵力较足的一方，相对有优势。下棋也是这样，拥有 13 枚棋子的一方，同时再拥有先落棋子的资格，其先天优势显而易见。谁有资格用 13 枚棋子并先下棋？还是要用"将军宝"的形式来确定。

率先出兵权一经确定，战斗就打响了，双方就开始了紧张的兵力部署。你出一兵，我出一卒，各有各的小九九，各打各的小算盘。

能用 4 枚棋子占据一个方格，叫作"盅"，顶 1 分；

能用 3 枚棋子，在横的边线第三点与竖的边线第三点，斜着摆出一条线，叫作"三斜"，顶 2 分；

能用 4 枚棋子，在横的边线第四点与竖的边线第四点，斜着摆出一条线，名为"四斜"，顶 3 分；

能用 5 枚棋子，摆在任何一条直线上，名为"五福"，顶 4 分；

能用 5 枚棋子，在大方框对角线上摆出一条斜线，名为"通天"，顶 5 分。

过五福，就是对弈，不是自己想怎么布局就能够怎么布局的，经常是，我要摆个什么阵势，对方偏不让我得手，总要想方设法进行干扰和破坏；与此同理，他要摆个什么阵势，被我一眼看透，我也会坚决果断地楔入敌阵，夺占要点，从中横插一杠子，割裂他的部署，让他心想事不成、枉费心机。这是棋艺的较量，与棋德无关。

双方都要谨小慎微地布局，又要及时有效地破防。布局是为了自己得分,破防是为了阻止对方得分。就这样,走走打打,边走边打,在布局中破防,在破防中布局,手中的棋子都下完了,双方的兵力全都投放到战场上了。

双方攻防兼备,各自有得有失,得的是摆出了某种得分的格局,失的是被对方破防的惨况。双方战绩如何,要先统计一下各方的总分,双方的总分一抵消,优势劣势,立判高下。

得分多的一方,就可以根据与对方分数抵消后的余额,毫不客气地吃掉对方几枚棋子。被吃掉棋子的一方,损兵折将,元气大伤,想通过走棋的方式反败为胜,那就得看真本事了。

下 12 枚棋子的,等双方"秋后算账"之后,他可以先"走棋",先下手为强的优势非他莫属。他一旦走出得分格局,就可以吃掉对方的棋子,从而改变劣势、力挽败局。

走棋的时候,不可再投入新的兵力,只可以调遣现有兵力,通过战术的巧妙运用,一步走出自己的得分格局,同时破坏对方的战略意图:是盅,就吃掉对方 1 枚棋子;是三斜,就吃掉对方 2 枚棋子;是四斜,就吃掉对方 3 枚棋子;是五福,就吃掉对方 4 枚棋子;是通天,那就代表大获全胜!

不管是哪一方,若能一次吃掉对方两三枚棋子,那自然是对敌方有生力量的沉重打击,对方很难恢复元气、反败为胜。

(三)

"五福"这个游戏,在我老家那个埝儿,只有 wǔ fú 的发音,没有对应的汉字书写,很可能取的是"五福临门"的意思,指的是"长寿、富贵、康宁、好德、善终"这五福。

究竟是不是这个意思呢? 那时没人在意, 当我意识到"这是个问题"的时候, 却没人能说得清楚了。

过五福, 或赢或输, 是无关钱物的, 要的就是"服不服"。服了, 好说好散; 不服, 那就再来一局。连下个三局五局, 局局都输的话, 肯定是口服心服。不管服还是不服, 最后都是哈哈一笑; 谁胜谁负, 都如过眼烟云。所以, 有人认为, 其中也有"服不服"的意味, 叫它是"五服", 也说得过去。

如果一方总是输给另一方, 那么双方都会觉得没意思, 尤其是一直输的那一方, 会感觉很没面子, 只要他提出换个游戏, 对方也会痛快接受。

换个什么游戏呢? 一般是"过三"。那就把"五福"的棋盘扑拉掉, 再画一个"三"的棋盘, 重新开战。

过　三

"过三", 也是下棋, 跟"过五福"一样, 与后来见到的象棋、军棋、围棋等一比, 天生的下里巴人, 可我们还是甘愿为其劳心费神。

"三"的棋盘, 跟"五福"的棋盘, 外围都是一个正方形, 但大方框里边的格局迥异, 得分的规则、走棋的套路, 也大不相同。

大方框、中方框、小方框，框框相套；三个大小不同的方框，各有四个角，角角相连，形成四条斜线段；三个大小不同的方框，各有四个边，用四条直线段分别居中相连；总共有二十条线段，每条线段都有三点相连。这个棋盘，就叫"三"；玩这项游戏，就叫"过三"。

两个人相对而坐，棋盘就在中间，确定好了谁先落子，一次别开生面、如火如荼的对弈，就拉开了序幕。

不管谁先落子，不管把棋子落在哪个点上，目的只有一个，就是尽快摆出一个"三"来。这个"三"，就是占据了一线相连的三个点。谁能摆出"三"，谁就赶紧用菜梗或草棒压住对方一个棋子。压住，是为了作个记号，相当于它已经被打残、没有战斗力了。

我想摆个"三"，若被对方一眼看穿，他就会想方设法打乱我的小九九，在我铺就的路面，投上一枚炸弹，或者在我的行军途中，设置一个路障。

破坏不是目的，最终还是要组织有生力量，建立自己三点连一线的阵营。"过三"的高手，时常能在破坏对方布局的同时，建立自己的得分阵势。立字当头，破在其中，那才是高超的谋略、上等的战术。

无论如何，相互之间都有堵不住对方前进步伐的时候。等棋盘摆满以后，双方都有几枚被对方压住的棋子，相互吃掉那些被压住的棋子，自然就腾出一些空间来，这才便于"走棋"。

后落子的那一方，先走棋。走棋跟下棋一样，走出一个"三"，随之就吃掉对方一枚棋子。如同战场上的指挥员，把自己分散的优势兵力集合起来，才能对敌方实施有杀伤力的打击。

双方都是如此，眼观六路，调兵遣将，寻找有利地形，走一步，看两步，谁能以迅雷不及掩耳之势，占领一块高地，谁就可以吃掉对方一个棋子，从而打散对方一个阵营。

敌我双方，走走杀杀，边走边杀，损兵折将的情况各有发生，棋子也就越下越少，但伤亡情况总会有伯仲之分，谁要觉得自己起死回生的希望过于渺茫，谁就会主动弃甲投戈、拱手而降。

霎时间，停止了炮火连天，黯淡了刀光剑影，不见了血雨漂杵，消失了鼓角争鸣，一切都归于暂时的沉寂与平静。胜利者洋洋自得，也心存侥幸；失败者陷入沉思，不免会自我反省，总结血的教训，以利重振旗鼓、反败为胜。

我们村前有条街，街的南边有口井，街与井之间，隔着一条水沟。这条水沟，类似于城堡外围的护城河，水沟北边是村庄，水沟南边是菜园。不知何年何月何人，将一块巨大的汉白玉石，横亘在街与井之间的那条水沟上，其作用相当于北京天安门前的金水桥。

这块汉白玉石，长约 3 米，宽约 1 米，厚约 0.2 米，很像是一块石碑。玉石朝下的那一面，有没有碑文我不知道，我只知道朝上的那一面没有任何文字，却刻着两个正方形棋盘，线条异常清晰,一个是"五福",一个是"三"。这两个棋盘,与石碑的功能属性毫无关系,显然是后人之所为。

据记载,明朝时期,山西袁姓人,在此建立了规模宏大的墓地。直到公元20世纪六十年代初,村子西南大约三百米处,生产队的耕地里,还有几尊青石雕刻的石象生,安然无恙地立在那里,有石狮、石马、石羊、石龟等,我们经常爬上去玩耍,那个地名就叫"石马羊"。

在此建有坟墓的袁姓人中,名气最大的,当属嘉靖二十九年进士袁继业、万历举人袁学古、崇祯十年进士袁允隆。那块巨大的汉白玉石,究竟与他们当中的哪一位有关,他们为啥要把坟墓建在我们那儿,村上的人似乎没有感兴趣的,只是把那块巨型的汉白玉当石桥,长年累月地走在上面,从前街到井台,去提水、洗菜、洗衣服。大约在20世纪的七十年代初,那块巨大的汉白玉石,从我们的视野中消失了,它没有成为考古专家晋升职称、扬名立万的优质垫脚石,有点可惜。

刻在那块汉白玉石上的两个棋盘,不怕风吹雨淋,不怕日光暴晒,一年至少有三个季节,总有人坐在上面下棋,不是过五福,就是过三。大人玩的时候,我们小孩像实习生似的,站在一边观战;大人走了,我们就争着抢着,坐上去过把瘾。

"过五福""过三"这些棋类游戏,有效地收拢了我们撒野的心,像一根无形的线绳,把放飞在蓝天上的风筝,慢慢扯了回来。我们那群"三天不打,上房揭瓦"的光腚猴子,不知不觉,都陆续变得腼腆、稳重、安静、乖巧起来了。

结束语

纵览这些花样繁多、妙不可言的童年游戏，或体力的对抗，或技巧的比拼，无不充斥着慢与快、轻与重、暗与明、隐与显、弱与强、低与高、阴与阳、柔与刚、偏与正、失与得的对立统一，豁牙子啃西瓜——道儿道儿很多。

庄子先生，曾经对"道"的普遍存在作过十分质朴的比喻。他认为，道在蝼蚁，道在稊稗（tí bài），道在瓦甓（pì），道在屎溺。意思是说，一虫一鸟、一草一木、一砖一瓦、一屎一尿，都有道的存在。我想，他若跟俺一块玩上几种游戏，说不准他还会加上一句"道在游戏"呢！游戏为啥那般魅力无穷？皆因游戏所含之道，能给我们带来满满当当、从不打折的快乐。

那个年月，愚昧与贫穷，同生共存，能把男女老少一网打尽的互联网，尚未编织出来，我们才得以在原始的游戏海洋里，自由挥洒童年时光。

我们这群如饥似渴的穷孩子，如同赶赴了一场豪华宴席，餐桌上的美味佳肴，添加了竞争性、知识性、趣味性的多种作料，拼成了七大盘、八大碗，荤素搭配，变着花样在我们面前叠加呈现。我们无不陶醉其中，乐此不疲，久吃不腻。

平日里，我们放了学，要放羊，要放牛，要铲草，要剁菜；假日里，还要服从生产队长的安排，做些力所能及的农活，但那都是白天的营生，天一擦黑儿，时间基本上就可以由我们自己支配了。

那时候，家长们谁也没在自己孩子面前悄悄画一条"人生起跑线"，我们的书包都很轻，既没有海量的课后作业，也没有五花八门的课外培训班，更没有令人焦虑的竞争氛围。父母没指望我们成龙成凤，他们知道，靠读书改变命运的可能性不大，能识几个字就可以，懂个加减乘除就很不错了。

回望自己的童年时光，总有一种过于奢侈的感觉。那种奢侈，是无奈乎？是幸运乎？抑或兼而有之。

反观现在的孩子，带着厚厚的眼镜片，背着沉重的书包，起早贪黑，不是赶赴在上学的路上，就是坐在课外培训班上，逮住一点机会，就抢父母的手机，玩两下子虚拟的电子游戏过把瘾。他们吃的、穿的、用的，都不缺，但他们远离了大自然，风刮不着，雨淋不着，貌似很幸福，却少有幸福感。

两相比较，我愈发庆幸自己曾经拥有过在游戏里泡大的童年！

游戏虽然没有社会功能，但它却让我们认识了世界，了解了人生，学习了生活技能，提高了适应环境的能力，为我们步入世俗红尘，打开了一扇敞亮的大门，提供了模拟和路演的绝佳平台。

大约用了七八年的时间，我们懵懵懂懂地走出粪场、土堆、场院、菜地、胡同、菜窖，却发现自己已经变成了青涩少年。幸好我们没有辜负那些如诗如画的追梦时光，纷纷交出了人生第一张斑斓答卷：多元智力在竞争中开发，规则意识在参与中养成，社交能力在合作中提高，坚韧意志在博弈中磨砺，手法技巧在细节中改进，机缘运气在偶遇中把握，从容不迫的心态在输赢之间修行。那时我经常听到，体内叭嘎叭嘎地响，现在才明白，原来那就是生命迅速拔节的声音。

"草木会发芽，孩子会长大，岁月的列车，不为谁停下。"我们不可能依赖游戏而生存，岁月的大船，最终还是把我们载到了波涛汹涌的江湖之中。

转眼之间，大半辈子已成过往，贫穷与饥饿不堪回首，成长的烦恼早已淡忘，唯独那些其乐无穷的游戏场景，经常像过电影似的，一帧一帧地在我脑海里展现，不管岁月这把杀猪刀多么锋利，也无法把我的这些记忆刮得一干二净。

第二编

原技原味

推碾是个体力活

农耕文明时期，庄户人家使用的家什，种类繁多，主要有铁器类、石器类、木器类、陶瓷类、条编类、草编类、绳索类，等等。到了 20 世纪五六十年代，这些家什，依然与庄户人家的生活密切相关，其中，规模最大、分量最重的，非石碾莫属。

石碾，在俺老家那儿，简读为"碾"，不读三声，却读四声，与念书的"念"同音同调。

推碾的行为，人们习惯用两个不同的字眼来表述：若是单纯为了把粮食压碎，则称之为"卡"，方言读 qiǎ。比如：卡糕面子、卡地瓜干、卡豌豆碴子。这里的"卡"，不是被东西夹住了、挡住了的意思，而是碾压的意思，是指把食物压碎压细。对谷物去壳时，方言才说是"碾"，比如，碾谷、碾黍子、碾胡黍。这里的"碾"是动词，而不是名词了。

（一）

石碾，这个庞然大物，是由底座、碾盘、碾砣、碾裹、中轴、碾棍几个部分组成的，是各个部件互相作用、共同发力的综合体。

底座，是用大块石头垒起来的，高度只有几十厘米。所用的石头，材质没有特别的讲究，反正是被压在暗无天日的最底层，差不多就行。垒个底座，技术含量不高，劳动强度也不大。

与底座相比,碾盘绝对是高、大、上。碾盘的石料,必须是巨型的,规格小了不行,这可不是小打小闹的事儿;碾盘的石材,必须是上乘的,硬度要高,没有裂纹,没有坑坑洼洼,没有硬软不均。碾盘是圆的,厚度大约几十厘米不等,直径约有两米多。一看到它,我对"稳重"和"厚重"这类字眼儿,就会强化具象的认知。

从我认识石碾以来,一直有个未解之谜,萦绕心头。古时候,没有起吊设备,没有载重汽车,单凭人力、畜力,是从哪里、用什么工具,把这么大个家伙,运到村子里,并安放到底座上的? 我接触过的人,谁也说不清楚。

放在碾盘上的是碾砣,它是一个圆柱体,直径六七十厘米,一头小、一头大,小头朝里,大头朝外,两头的圆心处,分别各安装一个碾脐,与碾裹相连。这么大 个圆柱形石头,体重是多少,我不清楚,我只知道它的功能特别强大,甭管什么粮食,不管粮食多么坚硬,只要碾砣慢条斯理地从它身上轻轻趟过,都会遭受"灭顶之灾",立刻就会支离破碎,绝难保持完好无损。一看到碾砣,乃至一想到碾砣,我立刻就会联想到什么叫沉稳、什么叫踏实。

碾裹,是用坚实的木料做的一个框架,把碾砣框在其中。在碾裹内侧木头的中间,钻出一个茶杯那么粗的圆孔,让中轴穿插其中。

中轴,是一根牢牢地直立在碾盘中央的生铁柱子,有茶杯那么粗。它的核心地位一经确立,碾砣就有了主心骨,不管转动得快慢,都不会脱离这个中心,也不会改弦易辙。

在碾裹内侧方木的后端、外侧方木的前端,各斜着钻出一个圆孔,以便穿插碾棍。谁家要推碾了,谁就从自家带两根棍子,这两根棍子本来很普通,一旦从这两个孔里穿进去,就有了它们独特的名称,叫"碾棍"。

严格说来,碾棍不是石碾的组成部分,但它在推碾过程中,能起到四两拨千斤的杠杆作用。有了碾棍,人力才能得以高效发挥,进而取得事半功倍的效果,所以我特意把它放在石碾的组成部分中加以介绍。

(二)

石碾粗老笨重,仅从其外表就可以知道,它是用来对粮食进行初加工的基本器具。经常需要用石碾进行初加工的,主要是谷子、黍子、瓜干、豌豆、高粱等。

一是碾谷子。要吃小米干饭,就要用小米。小米的前身是谷子。谷子在奉献给人类之前,先把自己的糟粕外衣脱掉,才便于成就它的崇高和伟大。但这个去粗取精的华丽转身,并非谷子的自觉行为,而是石碾踏实有力的碾压促成的结果。

二是碾黍子。黍子去了皮,是黄米,黄米可以包粽子、蒸年糕。黄米跟小米一样,也是靠石碾褪去了外壳展示出来的精华。包粽子就直接用黄米,但蒸年糕却要用石碾把黄米压成粉末才行。也就是说,要吃年糕,需要用石碾这种器具,先对黍子做一次初加工，将外皮褪去，然后再做一次深加工，把黄米压成粉状。两次加工，都离不开石碾。

三是卡地瓜干。我几乎没见过用石磨研磨地瓜干的，我们吃的地瓜面，全都是用石碾卡出来的。每当我推着碾棍在碾道里转圈的时候，碾砣所到之处，地瓜干都会发出辟里啪啦的响声。如果恰逢我有个好心情，这个声音，就会被我想象成是地瓜干的欢乐唱歌声，或者是跌落清潭的山涧瀑布声；我心情不好的时候，会想象成这是瓜干不堪蹂躏时发出的悲惨哀鸣。碾砣转不上几圈，片状的瓜干就变成了小块状；碾砣继续转下去，小块状的地瓜干实在受不了碾砣的碾压，则陆续变成了颗粒状；过箩以后，继续碾压，最后都成了粉末。

四是卡豌豆碴子。囫囵的豌豆粒儿，一经石碾滚压，豌豆皮儿随之脱落下米，再经簸箕一扇，豌豆皮儿无可奈何地被扇了出去，基本上成了废物，剩下的全是精华——颗粒状的豌豆碴子，像碎金子一样被保留了下来。豌豆碴子，是用来做豆包的，这种豆包，我那儿称之为豌豆黄儿。顾名思义，它是用金黄色的豌豆碴子做的。

五是卡熟瓜干。我小时候，经常吃一种叫"瓜干饽饽"的食物，它就是用地瓜面擀成皮儿，里面包着压黏了的熟瓜干。要把熟瓜干压黏了，靠的就是石碾。因为皮子是生地瓜面，就需要再放到锅里蒸熟了才能吃。蒸熟了的瓜干饽饽，黑不溜秋的模样，猛地一看，很像是炸日本鬼子用的地雷，仔细一瞅，它更像运动会上比赛用的铅球。

石碾，是与农民生活息息相关的大型器具，尤其在北方，20世纪中后期的庄户人，几乎都有过推碾的经历，所以我对它很熟悉，也很亲切，我围着碾盘转的圈儿，仅次于围着磨盘转的圈儿。

（三）

石碾的特点是，体型庞大，运作笨重，所需空间宽阔，它不像石磨那样在多数农家的天井里、厢屋里、过当里、草房里随处可见。我们三百多户人家的村庄里，也只有那么三五盘而已。

我不知道这些石碾是个别农户打造的，还是全体农户凑钱联合打造的，我只知道当时村子南半部分总共有三盘石碾，差不多都安放在相对富裕的人家附近。

东街一盘，藏在深深的胡同里，虽然是个露天的，但它附近的住户，好像都是中农或上中农成分，从他们家的老房子就能看出，新中国成立前绝对不是贫雇农。

西街一盘，安放在李春合家的西厢房里。他家的房子大约有七八间，很大的天井里，除了有安放石碾的厢房之外，还有个不小的菜园子，一看就知道，当年绝不是个贫穷人家。那盘石碾，很可能就是土地改革以前他家出资打造的。

地处中央的那条南北街道，村上的人都称之为"街里"。这条街的中段，有个直角拐弯处。就在这个拐弯处，也有一盘石碾，只不过从我记事的时候起，它就被废弃了，我经常从它旁边走，看见的只是一个很大的碾盘，却不见碾砣子和碾裏，究竟是什么时候废弃的，我未作考究。只知道靠着那盘石碾最近的那户人家，有个外号就是"碾上"。"碾上"有个儿子，比我大4岁，跟我是小学的同班同学，腿有残疾，终生未娶，晚年享受"五保"待遇。与"碾上"紧紧相邻的一户人家，土地改革时，被划为地主成分，据说以前他们家曾经有个炮楼子，所以得了个外号"炮楼子"，"文革"时期遭了不少罪。这盘石碾是不是"炮楼子"家出资打造的？至今我也不清楚。

（四）

我们村，南北长，大体分为南北两块，北半截子是以蔡姓为主的人家，称为"北茔"，那边有几盘石碾我不知道；南半截子是以李姓为主，能用的石碾，东街和西街各一盘。这两盘石碾，要供一二百户人家使用，明显供不应求，每到高峰期，我们经常要起早贪黑地去"占碾"。

所谓占碾，就是拿家里正在准备要碾的东西，先派个小孩过去把碾占上。一旦被别人家先占了，那么自家就得跟前头那一户讲好，您用完了俺用。这样，后头再有来问的，前头那户就会说谁谁家已经排上了，您要用，就在他后头排着吧。

虽然这只是一种口头约定，可一旦说好了，都会严格遵循先来后到的规矩，除非"先来的"放弃了使用权，否则"后到的"就不能抢先使用。

有时候，排在前头的有好几家，那种等待是相当难熬的。

为了早点轮到自家使用，我经常会上去帮着前边那几家推碾。这种帮工的行动，客观上是帮了人家，主观上是为了自家早点获得用碾的机会，所以帮工和被帮工的，皆大欢喜。

好不容易轮到给自家推碾了，前头帮工也差不多用尽了力气，帮人家推碾的时候没觉着多累，结果给自家干活时却没劲了。当然，在给人家帮忙的时候，早就有这个心理准备，所以我从来没因这个而后悔过。

我推碾的时候，往往会有后续到来的街坊邻居，站在一旁说话拉呱儿，二嫂子，三婶子，大姑子，小叔子，嘻嘻哈哈，打情骂俏的也有；东家长，西家短，是是非非，狗屁辣骚，什么内容都不待彩排的。这时候，我仿佛置身于一个信息发布现场，不管是否感兴趣的信息，都会向我涌来。这些庄户故事，大多俗而不雅，这些乡野新闻倒是地气十足，能让我长不少见识。长见识，增广闻，是一个方面，还有一个重要方面，就是让我在不知不觉中把活干完了，使得这个本来挺苦挺累的差事，充满了乐趣。

（五）

推碾是个重体力活，有时候也可以从生产队借用一头驴子来拉碾。有句歇后语曾说："老虎拉碾 —— 乱了套。"老虎是野生动物，当然不会受人摆布，但毛驴则不同，它是经过训练专门被人使役的大牲畜。用毛驴拉碾，不仅节省人力，而且速度也快。

据说，毛驴不习惯睁着眼转圈，所以要用玉米皮编制一副眼罩，蒙在驴眼上，名叫"遮眼"。为了防止毛驴走偏方向或者扭头吃到碾盘上的粮食，就找来一根木杆，一头拴在笼头上，一头拴在碾裹上，名叫"止杆子"。有了止杆子，固定了驴头与石碾的距离，毛驴就无法左顾右盼，只能一心一意地拉碾了。为了防护毛驴的肩膀被磨伤，还要用玉米皮捆扎一个"拥脖子"，挂在驴的膀子前头，在"拥脖子"前头再戴上一副夹棍，然后再把驴套理顺，并在驴套后头系个绳子扣，拴在碾棍上，就可拉碾了。驴子的行动稍有迟缓，看碾的人就用笤帚疙瘩在驴屁股上敲一下子，喊一声"驾"，驴子就会加快步伐、奋力前行。

使碾的人，等碾的人，不时地东拉西扯着，间或地夹杂一句催促驴子猛拉快跑的指令，驴子在碾道上迈出的"腾腾"踏步声，石碾中轴与碾裹相互摩擦发出的"吱咛"声，共同奏出了一首温馨淡雅的乡间暮歌。这首乡间暮歌，几乎天天都在碾屋和胡同里回响，不知陶醉了多少代推碾的人。

这些推碾的人，既有走起路来颤颤巍巍的小脚老嬷嬷，也有身强力壮、口大舌张、泼辣癫狂的中年妇女，既有扎着两个大辫子走起路来羞于挺胸、一说话就脸红的大姑娘，也有刚过门不久、穿着花棉袄、身上散发着浓烈脂粉气的小媳妇，既有东邻西舍穿着缝满补丁大襟衣服的婶子大娘，还有腰间别着烟包烟袋的兄弟爷们儿。

石碾在转，岁月也在转，转着转着，时过境迁，早年的石碾不见了，那首乡村暮歌也不复响起，剩下的只有我这些破碎的隔世记忆和悠悠的甜蜜念想。

推碾是在原地转圈，但历史的车轮不会在原地转圈，更不可能倒着转。我陶醉在这种回忆里，绝不是要鼓动人们重回推碾的时代、感受推碾的滋味，而是让自己在享受现代生活的时候，别忘了那段艰辛的推碾历史。毕竟，我们的祖先是推着石碾走过来的，我们在记忆的园地里，给他们保留这么一小块地盘儿，未尝不可。

在那个年月里，人们要吃粮食，主要采取两种方式进行初加工，一是推碾，二是推磨。推碾和推磨，都是我常"写"的家庭作业，只是相比推碾而言，推磨的滋味，相当不美好。欲知推磨情景如何，敬请阅读下篇。

磨旮旯里耗时光

20世纪中叶，绝大部分农民家庭，能跟电气和机械挂上钩的器具，似乎只有手电筒、广播喇叭、收音机、自行车、缝纫机之类的用品了，而且这些物件，在当时的很多农民眼里，也是奢侈品。与农民生活密切相伴的，则是老一辈传下来的石磨、石碾、石碓等石器，平时吃的粮食，基本上都是用这些石器来加工的。所以推磨这个活，就成了我的一项重要的课外作业，耗掉了我童年和少年的许多时光，给我留下了许许多多艰难痛苦的记忆。

石磨,分为旱磨和水磨两种。

旱磨,是用来研磨干粮食的,如玉米、小麦、高粱、荞麦、小米。

水磨,是研磨豆沫糊做小豆腐的,偶尔也用来研磨芝麻做香油,或者研磨小螃蟹做蟹酱。水磨,不怕雨淋,所以一般是露天的。

我们家有一盘旱磨,因为没有厢房,只好把它安放在天井里,在天井的西南角,支了个简易的棚子为其挡风遮雨,这就算是我们家的磨坊了,不管是刮风还是下雨,都不耽误磨面。

石磨主要是由底座、磨台、磨盘三大部分组成。

底座,是用石头垒起来的,大约有半米高。

底座之上的部分是磨台,很少能找到那么大的圆形石板,一般都是用木板拼合起来的,其外围要比磨盘大出二三十厘米,它的功能是承接磨碎了的粮食。

磨台的上边是磨盘,直径约为二尺,厚度约为八寸。磨盘分两片,上片是可以转动的,下片是固定在磨台上的。

在上片磨盘的磨顶上,留有两个像鹅蛋那么大的磨眼,一个叫食眼,是用来进囹圄粮食的;另一个叫麸眼,是用来进麸皮的。

在上片磨盘朝下的一面正中间和下片磨盘朝上一面的正中间,各凿一个酒盅般大的圆孔,在下片磨盘的圆孔里固定上一块木头，大约二指长，名叫"磨脐"。上片磨盘的圆孔，正好扣在磨脐上，两片磨盘以磨脐为轴心，分中有合，合中有分。

两片磨盘相合的一面，是磨膛。磨膛的上面和下面，都有一些很规则的斜纹，是用特制的斧子砍出来的，粮食就是在这里被研碎的。

两片磨盘合缝的周边叫磨唇，研碎了的粮食，从磨唇那儿飘飘洒洒坠落到磨台上。

在上层磨盘的外侧，有两个圆孔，每个圆孔里都钉着一根木棒，大约一拃长，名叫磨拐子。找一根七八十厘米的绳子，两头系起来，一端套在磨拐子上，另一端将一米多长的磨棍插进去，将磨棍的一端，别在上片磨盘上，余下的半截子横在人的腹部，这就可以推磨了。两个磨拐子，就是为两个人共同推磨设置的。

推磨的时候，不管上片磨盘转得快与慢，下片磨盘都是纹丝不动，一动一静之间，产生了摩擦，以颗粒为单位的粮食，在这样一动一静的两片磨盘之间，被研磨成粉末。正所谓：乾坤有序，动静恒常；磨分上下，道合阴阳。

上动下静的两片磨盘，一经磨合，便发出呼噜呼噜的响声。这响声，低沉缓慢，延绵不断，既无节奏，又无韵律，像极了夏日午后从遥远的西北方裹挟着乌云传来的隐隐约约、连绵不绝的闷雷声。有个谜语："雷声隆隆不下雨，雪花纷纷不觉寒"，这是对磨面情景所作的极为形象的描述。

磨盘的转动，产生摩擦，堆在磨顶的粮食，通过食眼陆续坠入磨膛里，甭管它原来多么光滑圆润、多么坚硬饱满，一经磨齿的咬合与碾动，立刻就变得体无完肤，继而是粉身碎骨。

每一颗粮食，进入磨膛之前，都会酝酿着如何通过胚胎发芽而传宗接代，可是一旦进入磨膛，其美梦便在瞬间破灭，无奈之下，只得以营养人的生命来体现它们的最终价值。

有些粗纤维的外壳，碎片化以后，依然会挣扎着，以麸皮的面孔，跌落在磨台上，形成了一圈很不规则、高低不等、逶迤起伏的小山丘。这时候的面粉和麸皮，虽然大部分已经分崩离析，但总有一些负隅顽抗者，相互之间难分难舍，麸皮生拉硬扯地连带着粉末，粉末恋恋不舍地附着在麸皮上。

箩面，这活通常是我娘来做。她把刚刚从磨唇飘落下来的、状若连绵起伏的山丘、掺杂着麸皮的面粉，扑拉到面瓢里，然后倒进面箩，再握着面箩的帮儿，在箩面架上，前后推拉，一推一拉一咣当，那些细微的面粉，就纷纷落入笸箩里；麸皮却被动地滚来滚去，总也不想穿过箩网，侥幸地苟且在面箩里。

有些垂死挣扎的麸皮和麦瓤，认识不到形势的严峻性，仍然沾亲带故，相互之间不能彻底划清界限，我娘就会让它再过一次膛。

过什么膛？磨膛！

她把箩出头遍面之后剩余的渣滓，倒进麸眼里，进行二次过膛。二次过膛之后，再箩出的面粉，就叫"麸面"，麸面属于次等面粉。

用麸面制作的面食，其营养价值一点也不亚于头遍面，甚至还有过之而无不及，但它的成色和筋道劲儿，无论如何也不能与头遍面相媲美，所以大家都喜欢吃头遍面，不喜欢吃麸面。

经过这样反复两次的研磨和筛箩，最后剩下的渣滓就成了麸皮。麸皮是小麦加工之后的下脚料，主要用它作饲料，喂牲口和畜禽。

时光飞跃了半个世纪以后，麸皮的身价，却发生了天翻地覆的变化。我听家乡的人说，现在麸皮的售价竟比小麦还高。所谓"三十年河东，三十年河西"，这又是一个很好的例证。

磨小麦是这样，磨玉米就不同了，不磨二遍，不筛不箩，都是一次成功。所以人们习惯称麦子面为细粮，称玉米面为粗粮。

农村实行合作化以前，既有人力推磨的，也有用驴子拉磨的；农民自从入了社，个人家庭就没有大牲畜了，生产队里饲养几头驴子，只能用于集体生产和运输，轮不到农户来使役。可是，吃饭问题是头等大事，谁家也耽搁不起，只能依赖人力推磨，来完成粮食的初加工。

我从不记得父亲推过石磨，可能是考虑到推磨这活的技术含量太低，他若推磨，则是大材小用。我在家里，年龄最小，很多技术含量稍高的体力活，轮不到我，让我去推磨，倒成了天经地义。我十来岁的时候，放学以后，除了放羊、铲草、剜野菜之外，很多时光都是在磨旮旯里转圈的过程中消耗掉的。

年龄小的时候，身材矮小，我只能把两手抬高，把磨棍置于胸前，向前倾着身子，推动磨盘转动，一个人推不动，就和我哥哥两个人一起推。年龄大一些的时候，经常是我一个人单推，磨棍也不必置于胸口了，横在腹部就可以解决问题。

现在想想，那很可能是一种强壮腹肌的好方法！那时候，瘦骨嶙峋的人常有，大腹便便的人少见，莫非都是因为经常推磨带来的瘦身效应？

石磨这个笨重的家伙，推着它空转，都有很大的阻力，更何况还要研磨粮食！一头驴子拉着也不轻松，更何况一个小孩子呢！如果图个新鲜，抱着磨棍简单走两圈儿，的确没啥了不起的，但是，一转几十分钟乃至几个小时，就一点不觉得好玩了。不好玩也没办法，这是干活，这不是玩。要吃饭就得干活，推磨就是干活，不推磨你吃什么？除非你喝西北风去！这已成为我们全家人的共同认知。

我经常是一放学回到家，就得去推磨，肚子饿得呱呱叫，也得抱着磨棍不停地转圈儿。在这种高强度的转圈儿活动和毫无趣味可言的闷雷声中，我无奈地坚持着，沿着逆时针方向，像一头被驯服了的驴子，走啊走……直到20世纪七十年代，村里有了电磨，我才被解放出来，只需把粮食送到磨坊去即可。

如果我送去的是玉米，管理人员过完磅，收了加工费，就把我的玉米倒进电磨里，把电闸一合，电机就会轰隆隆地转动起来，玉米粒便从漏斗依次落下去，瞬间就变成的粉末，由下面的布袋承接着，不一会儿工夫，一笾箅玉米面就加工完毕。

如果我送去的是小麦，磨坊的管理员要给磨两遍，然后把头遍面、二麸面、麸皮都给我分开盛着。

现在，一些城市人到乡下参加民俗旅游，见到景区里当作文物陈设的石磨，都有一种新奇感，很稀罕地走上前去，体验一把前人用过的劳动器具，嘻嘻哈哈地站在一旁，俗不可耐地伸着两根指头，喊一句"茄子"，拍完照片转身走人，兴奋的情态溢于言表，根本体会不到当年推磨人的艰辛和无奈。

而童年和少年时代的我，不是推旱磨，就是推水磨。可以说，推磨无数，转圈无数，它既没给我带来愉悦感，也没给我带来成就感，我记忆中的所有与推磨有关的信息，全无快乐，只有痛苦。

尤其是推水磨，每推一次，无异于父母对我实施了一次严厉惩罚。欲知痛苦何在，且听下篇解说。

推水磨是个苦差事

（一）

按说，推磨就已经包含了推旱磨和推水磨，但俺老家那儿的人推水磨时，特别强调那个"水"字，推旱磨的时候，就把那个"旱"省略掉了。

这跟印制会议名册有得一比 —— 写男性的时候,仅写姓名,并不注明性别;写女性的时候,一般要在其姓名后头打个括号,注明"女";是汉族的,只写姓名,若是少数民族的,往往要在其姓名后头打个括号,注明是哪个少数民族 …… 大家都习以为常,也就见怪不怪了。

推水磨,主要是为了做小豆腐。小豆腐好吃,推水磨难熬。推水磨,是件非常折磨人的差事儿,太腻歪了!可谓苦不堪言!

水磨与旱磨相比,主要有三个方面的区别:一是没有磨台,二是没有麸眼,三是磨盘较小较薄。

磨盘小而薄,推的时候确实比旱磨轻松得多,但所转的圆圈也小啊!转圈太小,我头晕得就特别厉害。

我们所在的地球,不仅它自己在转圈,而且还要绕着太阳转更大的圈,但我们不会因为它的转动而头晕,那是因为它转的圈圈太大了,大得令我们无法想象。

仅凭推水磨转圈让我头晕这一点,我就有个自知之明,绝对过不了航天员训练那一关,所以我从年轻时候,就没敢把当航天员作为自己的职业理想。幸亏那时候我国的载人航天事业还没起步,否则这将是我人生的一个最大遗憾:不得上蓝天,只等下黄泉。

(二)

馇一次小豆腐,大约需要一碗黄豆。这一碗黄豆,经水一泡，能涨成两三碗。磨完这两三碗豆子，需要半个多小时的工夫。

泡胀了的黄豆，像那些被石碾压碎了用来榨油的豆子一样，生命结束得惨烈而悲壮。但是，它们刚开始被泡在水里的时候，其它的豆子不知真情，纷纷投去羡慕忌妒恨的目光，以为这些泡在水里的豆子，极有可能是"天将降好运于斯"，殊不知，等待它们的，很快便是粉身碎骨的结局。

在被主人泡进水里之前，这些豆子们，至少都有着两个浪漫的梦想。

第一个梦想，是发育成水灵灵的豆芽。在清水里泡上一两天，肚脐那儿就会冒出一个白色的小尖尖儿，逐步变成一条长长的根儿。这时候，人们都习惯说豆子发芽儿了，其实冒出来的是吸收水分的根儿，不是芽儿。芽儿在哪儿呢？在两片豆瓣当中夹着呢！

任何生命，仿佛在冥冥之中都有一种不可思议的因果，即便是一颗小小的黄豆，也会有清晰的生存意志，知道在何种条件下，应该去努力完成自己的轮回，演化出最恰当的方式，来展示自身的价值。

两片豆瓣儿的日益膨胀，像金蝉脱壳似的，把豆皮儿慢慢撑破；两片豆瓣夹着的那个黄白色的胚胎，也跟着不动声色地悄悄萌动起来。大约三五天的工夫，嫩芽还没来得及绽放，水灵灵的豆根儿，便以超常的速度，挺直了腰板，脆生生的，既娇且嫩，亭亭玉立，洁白无暇，高举两片豆瓣儿，像擎着两只金色盾牌，自信地向这个世界炫耀着自己蓬勃旺盛的生命力。

常言道：月盈则亏，物极必反。一支支鲜嫩的豆根儿，体态娇柔、绰约多姿的身材长成之日，正是它们的大限到来之时。

主人根本不理会它们的生命追求，而是根据自己的意愿，把它们从水中捞出来，放到油锅里，欻啦一声，一团青烟从锅中蹿起，一阵爆炒，这些鲜嫩的豆根儿，便成了主人家争相咀嚼的可口菜肴：豆芽菜。

实际上，"豆芽菜"名不副实，真要较起真来，应该称它为"豆根菜"。如同我们平时说的"肉夹馍"，实际上是馍夹肉；"晒太阳"，其实是被太阳晒；"打扫卫生"，其实是打扫灰尘、讲究卫生；"养病"，其实是养身；"看医生"，其实是请医生看看……这都属于习惯说法。

同样是为了人而成仁，但成仁的方式不同，其自我感觉就大相径庭了。做了豆芽菜的黄豆，跟那些即将被磨成糊糊状的豆子相比，幸运得多，至少还曾经在温润的器皿里，享受了好几天成长发育的快感嘛！

第二个梦想，是作种子。这是豆子们最最理想的境界，绝大多数豆子不敢奢望，即被农人撒在松软的土地里，接受土壤的滋润和养分，然后按部就班地扎根发芽、开花结角、生儿育女，圆满地实现新的生命轮回。最终有这种结局的豆子，绝对不是一般的造化和修为！

这些即将沦为磨下囚的黄豆们，这两个梦想都无法成真了，只能无助地任人摆布，仅仅是在粉身碎骨之前，有一次喝足清水的待遇而已。这很像古时候那些死刑犯，在被开刀问斩之前，都有一次酒足饭饱的机会，吃饱喝足之后，就该"上路"了。

经过水泡的黄豆，喝足了清水，刚想松腰开胯、长舒一口气的时候，就被主人盛在盆子里，送到水磨上去了。

当然，这时的黄豆们，还继续沐浴在盆子里。推磨的人，要一勺一勺地连带着清水把它们舀起，陆续倒进磨眼里，而不是一下子把豆子倒满磨眼。恰似我们吃烧饼或馒头，经常是嚼一口饭，就喝一口汤水，以利于吞咽，道理是一样的。

俺那儿的水磨，是没有磨盘的，磨出来的豆沫糊，必须随时刮掉。往磨眼里添水，就特别讲究适中。添水少了，水磨转不动，豆子也不往下落，容易堵磨眼，有时还需要用筷子往下戳戳；添水多了，磨唇挤出的豆沫糊，就会淅淅沥沥，刮不及时，就会流到地上。

随着磨盘的转动，进入磨膛的黄豆，一经凹凸不平而又非常规则的磨齿咬合与碾动，瞬间就"血肉模糊"了。当它们从磨唇被挤出来的时候，兄弟姊妹之间，独立的个体再也不复存在了，立刻变成了"血肉交融"的豆沫糊，若不作 DNA 鉴定，很难分清谁是谁的谁。

（三）

面对这种惨不忍睹的情境，我常会情不自禁地联想到关帝庙里的那幅令人毛骨悚然的恐怖壁画。

公元 1964 年以前，我们村东头有座古庙，我小时候不知道它是供奉哪路神仙的，村上的人都称之为"大庙"或"东庙"，"四清"运动时，成了农业中学的教室，不久便被当作传播封建迷信的场所捣毁了。

关帝庙主体建筑，不是《村庄纪略》中说的"前后对峙三个大殿"，而是坐北朝南的三间大殿，而里面供奉着威武神勇的关公塑像。

大庙西侧紧挨着的两间破屋里，住着一个姓宋的道士和她的残疾老婆。我的印象中，宋道士是个五六十岁的老人，穿着一身黑色的衣服，扎着裹腿，头顶上绾着发髻，村上谁家有丧事，都是请他出面，在大庙院子东南角的土地庙里，主持相关仪式。

我从未见过宋道士下地干活，他何以养家糊口？我想，他给死人念经，肯定是收费的有偿服务。这个道士死后，是没人给他念经的，不知道他的灵魂上了天堂，还是下了地狱。

每当村里有"报庙"仪式，我们都会去看热闹。宋道士神神秘秘地拖着长腔，轻声吟诵了些什么，我一句也没听懂，也没心思去听，唯有他偶尔敲响的那一阵阵清亮悠扬、余音袅袅、延绵不绝的磬音，至今还时常在我耳边萦绕。

每年正月初一，我们这些小孩子，尤其是男孩子，特别愿意往大庙里跑，那儿人多，热闹。我们在神龛烧完了香，就在大庙的院子里放爆仗，呼吸着那儿浓烈的香火味和硝磺味，尽情地享受着浓郁的过年氛围。

每次去大庙,我都会冲进大殿瞅一瞅,双脚一踏入门坎,就像变了个人似的,突然不敢放肆了,里面的肃穆氛围,让我下意识地谨言慎行起来。大殿内部的壁画,都是劝人多行善、莫作恶的彩绘图,内容无非就是在阳间作恶多端的人死后,阴魂下十八层地狱时,要经历的一系列酷刑。比如,被小鬼提溜着两条腿,头朝下,放到油锅里炸,等等。我想,那滋味肯定不好受,为了避免死后的灵魂下油锅,可不敢做坏事了。

用现在的官方语言表述,那些壁画,全都是对世俗之人进行警示教育的,主题则是惩奸肃贪、抑恶扬善。关帝庙的功能,有点像当今的廉政教育基地。

对我幼小心灵震撼最为强烈的一幅壁画,就是鬼推磨。几个小鬼摁着一个阴魂,将其头部及上半身塞进磨眼里,阴魂的腿和脚,朝上蹬歪着。小鬼们在尽职尽责地推磨,黏乎乎的血肉,从磨唇流了出来,我感觉有一股血腥味直冲鼻腔。

每次推水磨,我总不免要与"鬼推磨"这幅壁画中的情景进行挂钩,认定自己跟那些推磨的小鬼干着同样的差事;那些被研磨的黄豆,被我臆想为作恶多端的阴魂,只是研磨出来的结果颜色不同。这个幻觉,像三月的柳絮,总在我的意识空间里飘来飘去。

(四)

刚才走神儿了,这题跑得有点儿远。

眼看着豆沫糊从磨唇挤出来了，我得赶紧用木勺子刮，动作稍微迟缓一些，就会滴落在地上。真要那样，就是我的严重失职，即使父母没在跟前监督，我也会严厉自责的。

这时候，我要用腹部推着磨棍，按照逆时针方向继续转圈儿，同时，将右手握着的那把木勺子探到身子左边，低着头，向左侧着脸，顺着磨唇，边走边刮。刮满一木勺，就往不远处的水桶里一扣，豆沫糊就集中盛到水桶里去了……豆子磨完了，会收获半桶豆沫糊。

放下磨棍，我小心翼翼地握着磨拐子，把上层磨盘掀起来，移到一侧，用炊帚蘸着一瓢清水，把两层磨膛的各自一半清刷干净；刷完这一侧，再掀起上层磨盘移到另一边，按相同的方式，把另一半的磨膛也刷干净，最后把瓢里的水倒进桶里。

至此，一次推水磨，就算大功告成，总算可以喘口气歇歇了。

（五）

大豆在被研磨的时候，其中的脂肪氧化酶，被氧气和水激活，产生了一种特别难闻的味道，我们称它为豆腥味。它从一开始，就在水磨附近弥漫着，半天我都摆脱不了它的熏呛。

因为这，再加上转的圈儿特别小，每次推完一次水磨，我都如同大病一场，半天返不过劲儿来，具体表现就是：头昏脑胀脸色黄，心口窝里堵得慌，走起路来腿发软，天旋地转手扶墙；急忙跑到屋里去，扑腾倒在炕头上，不想言语不思饭，昏睡一年不嫌长。

母亲把我磨好了的豆沫糊倒进锅里，烧火煮开了以后，把剁碎了的菜叶搅拌上，锅里咕嘟咕嘟的，满屋飘浮着香气，小豆腐很快就做熟了。直到这时，我头晕恶心的感觉，才会稍稍轻淡一些。

小豆腐的主要成分，有剁碎了的菜叶子。菜叶子，分蔬菜、野菜两大类。蔬菜主要是萝卜、茼蒿、菠菜、黄菜叶子，等等；野菜主要是荠菜、苦菜、七七毛、蚂蚱菜、人荇菜，等等。因为这个，很多地方的人都叫它菜豆腐；不知为什么，我老家的人却叫它小豆腐。

不管叫小豆腐，还是叫菜豆腐，都是豆沫糊与碎菜叶子亲密融合的产物，不仅吃起来可口，而且营养价值很高，唯独用黄菜叶子做的小豆腐，该另当别论。

黄菜叶子，主要是指萝卜缨子、辣菜缨子、白菜帮子。一般是秋后收获季节，将其晒干，收藏起来，留待来年春天青黄不接的日子里食用。食用之前，先在大盆里泡上一两天，然后用菜刀，在木头墩子上剁得碎碎的，再经过反复淘洗，以备下锅。

可以说，用黄菜叶子做的小豆腐，仅仅是糊口充饥罢了，根本谈不上什么营养价值，吃多了，一个最大的好处，就是大便顺畅，经常是腰带还来不及解开，就开始那个了……

即便这样，我仍然很爱吃小豆腐，一顿能吃好几碗，总觉得吃少了对不起我自己的付出，难以抵消我推磨的痛苦，不足以弥补我心灵的创伤。

馇熟了小豆腐，还要送给邻居分享，这是俺老家的一个传统。我经常担当此任，给东家送一碗，给西家送一碗。这个习惯一直延续至今，即使进了城，也偶尔馇一次小豆腐，仍然习惯与楼上楼下的邻居分享。

时过境迁，工业文明替代了农耕文明，到了20世纪末，我家做小豆腐就不用推水磨了，而是改用豆浆机。这在20世纪中叶，是做梦也想不到的事情。

那时候，做小豆腐，需要靠人力来推水磨，做大豆腐，也是如此。

做大豆腐，是个更为复杂的工程，不是三言两语能说清楚的。欲知大豆腐怎么做，且听下篇解说。

白富美的大豆腐

（一）

或许有人不解：豆腐就是豆腐呗，怎么还叫大豆腐呢？

这个，您别跟我犟，我聊的是我老家的民俗，而不是您老家的民俗。常言道：五里不同风，十里不同俗；一家门口一个天。俺那个埝儿的人，把别处说的菜豆腐，称为小豆腐；把别处说的豆腐，称为大豆腐。

小豆腐，小在哪儿？大豆腐，大在哪儿？这也是我一直在琢磨的问题。琢磨的结果：或许大概也许差不多很可能是，因为用菜做的豆腐太稀松平常，用的豆子不多，做一顿菜豆腐，属于小打小闹；另外一种豆腐，不掺菜叶子，单纯用豆子，用量还比较大，更有甚者，还把渣滓过滤出去，取大豆精华而用之，制作出来的绝对是奢侈食品。故将前者称之为小，将后者称之为大。

这如同国人称呼山东人为山东大汉。其实，山东人并不像外地人想象得多么高大威猛，"山东大汉"是一个综合概念，更多体现的不是外表，而是内在的性格气质和做人风范，是山东人骨子里的那种仗义与豪情。

应该说，豆腐之称呼中的小和大，既有粗糙与精致的对比之差，又有俭约和繁琐的工序之别，更有贫贱与富贵的等级之分。

（二）

大豆腐，可谓历史悠久、国人普遍喜爱的一种大众食品。据传，它最早始于西汉时期。

当时，有个淮南王，名为刘安，是汉高祖刘邦的孙子。刘安的母亲，喜欢吃黄豆，后来因病而不能直接咀嚼黄豆。刘安也算是个孝子，就想方设法，用另外一种形式，让母亲吃到黄豆的味道、享受到黄豆的营养。他派人把黄豆研磨成豆粉；豆粉太干了，不宜下咽，他就让人加水熬成豆浆；感觉豆浆味淡，就放上了一点盐卤，结果豆浆就凝结成块，用现在的话说，就是豆花、豆脑。

其实，万事都是需要缘分的。缘分，说白了就是形成某人与某人之间、某人与某物之间、某物与某物之间特殊关系的那种能量，那种能量什么时候有、什么时候无、谁和谁有、谁和谁无，说不清，道不明，踏破铁鞋无觅处，得来全不费功夫，一个偶然的机会，碰到了，出乎意外的奇迹就发生了。卤水，能让豆浆摇身一变成为豆腐，其实就是刘安误打误撞的结果，是他无意之中遇到了这么一种催化剂。为什么他遇到了而别人没有？这时候就只能用缘分来解释了。

事实既成，豆腐的发明权，则非刘安莫属，于是，世人就把豆腐的发明专利证书，颁发给了刘安。南宋文人朱熹，给刘安的颁奖词是："世传豆腐，本为淮南王术。"明代医学家李时珍，在他撰写的《本草纲目》中也称："豆腐之法，始于前汉淮南王刘安。"可以说，刘安作为豆腐术的发明人，早就通过了数代权威专家的认证。

淮南王刘安，是公元前一百多年以前的著名文学家和思想家。从那时算起，豆腐术流传至今，已有两千一百多年的历史了，仅从这一点而言，说豆腐是我们的"国菜"，并不为过。

（三）

应该承认，刘安的豆腐术，之所以能够被世人认可并得以广泛流传，卤水的功劳是不可小觑的！如果没有卤水的被动搅和，大豆作为营养人类的一种食物，或许至今还停留在豆粉和豆浆的形态上。

小时候，我多次看过电影《白毛女》。作为文学艺术的《白毛女》，我不知道那个故事有多大的虚构成分，但我知道故事中的杨白劳，就是在地主黄世仁家门前喝卤水自杀的。也就是说，卤水有毒，能要人命。有个歇后语：口渴喝卤水——找死。

明知有害，还是很爱，那是因为没它不行，无可替代。这里有个剂量的合理把握问题，如同中草药，不少都有很强的毒性，只要用量合适，不仅不会致命，反而可以治病。

卤水是残留在盐池内的母液，含有氯化镁、硫酸钙、氯化钙、氯化钠等，过滤浓缩后的结晶体，被称为"卤刚"。或许这里有着对其形态的描述，指的是卤水变得刚硬了。四川自贡地区井盐出产的卤水，过滤后浓缩的半透明结晶体，当地人称之为"胆巴"。我约摸着，很可能包含着对其滋味的描述，说它是苦胆一样的盐巴。

像冰块似的半透明卤刚，在集市上就能买到。做大豆腐之前，需要通过加温的方式，把卤刚化成液体的卤水，使用的时候，与黄豆大约按 $1:50$ 的比例，点在煮开了的豆浆中。

卤水点在豆浆中，能让豆浆中的蛋白质，迅速产生化学反应，分散的蛋白质团粒，很快就会聚集到一起，豆浆中的水分，就能析离出来。脱水以后的蛋白质，自然变稠，形成胶体聚沉，凝结为脑浆状，与此同时，一种特殊的香味，就会散发出来。"卤水点豆腐，一物降一物"，此之谓也。

（四）

我一直认为，天底下都用卤水这种添加剂做大豆腐，没想到，21岁那年，我到济南读书，听孔子故里曲阜县的王元奎同学说，他那儿做大豆腐，使用的添加剂是石膏。再后来，听说济南人做豆腐，也是用石膏当添加剂。

内陆地区做豆腐，使用石膏作为添加剂，很可能是因为搞不到卤水，干脆就用石膏将就一下，因为石膏中的硫酸钙，也能使豆浆凝结聚沉。

虽说用石膏也能点豆腐，但它点出的豆腐，其品质没法与卤水点的豆腐相媲美。我从小吃惯了卤水豆腐，再吃石膏豆腐，就像从天空摔到地上，根本享受不到口舌的满足和味觉的快感。我既为自己从小能吃到卤水豆腐而深感荣幸，又对那些没尝过卤水豆腐滋味的同胞深表同情。

经济放开搞活以后，卤水才逐步进入内地市场，济南人做豆腐，也陆续不用石膏作添加剂了。知道人们都喜欢吃卤水豆腐，"豆腐西施"们就投其所好，挂个招牌，特别醒目地告知顾客，这里卖的是卤水豆腐。

顾客们对卤水豆腐和石膏豆腐的鉴别能力，也在迅速提高，不看卖豆腐的写什么，不听卖豆腐的喊什么，都习惯低下头去，把鼻子凑近豆腐上，闻一闻之后，再决定是否购买。

庄户人家，平时是不做大豆腐的，只有到了年关才做。过年之前做大豆腐，也有取其"大豆腐"之音、用其"大家都有福"之义的心理，拥有这样一些美好期盼，会感觉日子过得特别有奔头儿。

平时不做大豆腐，倒不是因为没工夫，而是做不起。即使过年，也不是家家都做，多数人家还是图个省事，直接从街上买点应付一下。

每到年关，外村就会有人来卖豆腐，挑着盛满豆腐的两个大筛子，敲着梆子走街串巷。人们一听到梆梆的响声，就会端着盆子带上钱，走出家门，这家买三斤，那家买五斤，一个时辰的工夫，就把那两个豆腐筛子买空了。这正是：街街梆子响，家家豆腐香。若干年以后，在济南的街巷胡同里，曾多次听到卖豆腐的梆子声，仿佛闻到了老家腊月的味道。

也有的人家，手头有点紧，但要过年了，总不能没有大豆腐，听到街上传来梆子响声，就从粮食布袋里挖上一碗黄豆，与卖豆腐的进行原始交易。卖方将黄豆过一过秤，把黄豆收下，按当地通行的兑换比例，给换一块大豆腐，通常是一斤黄豆能兑换三斤豆腐。这种兑换方式，是古老的以物易物的延续和传承。

（五）

做大豆腐，不像做小豆腐那样泡一碗黄豆就能解决问题，它用的黄豆量大，差不多得用十多斤豆子，才配忙活一通，少了不值当的。很多家庭，把做大豆腐，与杀猪、宰羊、做黄酒、做香油、蒸馍馍一样,看作是辞旧迎新过大年的重点工程。

按一斤黄豆能做出三斤豆腐来计算,若是用十斤黄豆,就能做出三十斤豆腐。这三十斤豆腐,差不多就是满满的一筛子,过年期间除了迎来送往,就是自己吃,基本可以应付过去。久而久之,这十来斤黄豆做的豆腐,就成了一个基本的计量单位,叫作"一捣子",或许就是"够捣腾一次"的意思。

做大豆腐之前好几天,我爹就会跟我娘商量,哪一天做豆腐,泡几斤豆子,借用谁家的水磨,买多少卤水,小缸刷干净了没有,等等。仿佛是两个指挥员,在谋划一场战役,围绕如何调配兵力、怎么布阵、采取什么战术,提前进行周密的安排。毕竟一年才做这么一回,战略上轻视,战术上重视,才能出其不意地打击敌人、赢得最后的胜利。

他们说话的声音并不大,但我都听得清清楚楚,无意中等于对我作了一次战前动员。每次听到他们的周密安排,我都有点小激动,虽说推磨不是个好活儿,但推磨之后,能吃到大豆腐,依然令我欣喜若狂、向往之至!

做大豆腐,就要推水磨,像平时做小豆腐那样,把泡透了的黄豆研磨成豆沫糊。因其量大,往往是我和哥哥轮流着推磨,或者采取联合作战的方式,两个人同时推。

推磨的具体模式,我在《磨旮旯里耗时光》和《推水磨是个苦差事》两篇文章中,已经作了详细介绍,这里就省略了一千九百五十五个字。

（六）

如果说推磨是第一道工序的话，那么第二道工序就是滤浆。这个活儿，不是小孩子能玩转的，弄不好会洒了豆浆。我爹对别人不放心，用现在的官方语言表述，他每次都是"亲自抓、具体抓、靠上抓"。

他在大生铁锅上，横放一块和洗衣搓板差不多规格的木板，两手撑着布袋口，让我娘用水瓢把适当掺了水的豆沫糊舀到布袋里，然后他就把布袋口揪紧，放在横板上晃荡。顿时，豆浆就像高山流水似的，从布袋渗出来了，欢快地唱着清脆的小曲儿，哗哗啦啦地滴落在锅里。

眼看着布袋往外渗的浆水越来越少了，他就把布袋口进一步收紧，开始用手掌发力；差不多快要挤干的时候，他就躬着腰，一手攥紧布袋口，用另一只小臂横在布袋上，进行强力挤压，直到挤不出浆水了为止，最后把布袋里的豆腐渣倒出来。就这样，一袋一袋地过滤，大约需要半个小时。

豆渣和豆浆，就这样被迫无奈地分离了。我娘就把豆渣暂时收起来，留待一家人慢慢食用，一般是用油炝锅，加点葱姜，炒着吃最好。那个年代，人都经常吃不饱，豆渣成了稀罕物，绝对不舍得喂猪、喂鹅、喂鸡、喂鸭。

豆浆过滤完了，接下来，就要进入第三道工序，即煮豆浆。煮到八九十度的时候，豆浆就会浮上一层薄薄的淡黄色固体膜，我们称它为脂皮儿。这层脂皮儿，主要成分是植物蛋白质，含有铁、钙等多种矿物质和卵磷脂，绝对是整锅豆浆的精华，用筷子挑起来，吃到嘴里，竟然很有嚼头儿，不仅营养丰富，而且满嘴溢香。

豆浆熬到接近开锅的温度时，蒸气和烟雾便充满屋宇，屋宇的四壁不见了，屋宇内的日用器具不见了，身边的家人，仿佛也拉大了距离，共同承蒙着一个混沌世界的笼罩。

一家人出来进去的，有刷家什的，有烧火的，有看锅的，忙忙活活，几乎没有闲人。每次置身于这种氛围之中，我都会感觉浓浓的年味扑面而来。

（七）

豆浆烧开以后，我爹就小心翼翼地一瓢一瓢把它舀进小缸里，开始进行第四道工序，即"点卤水"。

点卤水，不是把备好的卤水一下子倒入缸内用棍子滥搅和，而是分多次，从碗里往勺子里倒一点点，均匀地洒到豆浆上。把缸盖上，闷一会儿，给卤水和豆浆一次亲密接触的机会，使之全面沟通、充分融合。

趁这个空当，我爹往往会放下手中的家什，掏出烟袋，慢悠悠地吃上一袋老旱烟，用来打发无聊的时间。

待上几分钟，他再次揭开缸盖时，我发现豆浆一改原来乳汁般的液体状，一些粥样凝结物开始形成了。这时，他用勺子再把卤水轻轻洒进去一些，接着把水瓢深深地探下去，舀起一瓢粥样凝结物，扣下去；再舀起一瓢，再扣下去……然后再把缸盖好。

这个过程，酷似电影中的慢镜头，开始我还觉着挺新鲜，后来就有点不耐烦了，恨不得看到那些凝结物瞬间变成豆腐脑。而我爹，既像个充满自信的魔术大师，又像个故弄玄虚的气功大师，只见他蹲在小缸一边，心无旁骛，凝神静气，不慌不忙，不紧不慢，每点一些卤水，就轻轻翻动一次豆浆，再盖上缸盖，闷一会儿，如此这般，反复数次。

大约有三四两的卤水点完以后，略等片刻，见证奇迹的时刻终于来到了。我爹最后一次打开缸盖的时候，我急不可耐地探头一看，开始像牛奶一样的液体豆浆，竟然全都变成了很不规则的疙瘩汤形状的豆腐脑！

接下来，便进入第五道工序，也是最后一道工序：压豆腐。

我爹先在锅里放上一个井字形的箅子，再把提前备好的筛子拿来，放在箅子上，把一块大包袱铺在筛子里，一瓢一瓢地把豆腐脑从缸里舀进包袱里。

与豆腐脑一同被舀进筛子里的浆水，透过包袱和筛子眼儿，哗哗地往下流淌，似高山流水，清脆悦耳。

最后，我爹把包袱的四个角牵到中间来，盖住豆腐脑，再把提前到河里刷得干干净净的那块石板压在上面；若嫌石板的重量不足，再压上半桶水。

这时候，那些淡黄色的浆水，继续向外渗，顺着筛子眼儿，流到了锅里。与其说是渗出来的，不如说是被压出来的更真实。与此同时，原来那些很不规则的豆腐脑，在包袱里面，很快就聚合为命运共同体。

经过一两个时辰的挤压，我爹才会撤掉水桶和石板。

当他轻轻解开包袱的时候，满满的一筛子大豆腐，圆圆的，像磨盘那么大，足有几十斤重。这一大坨子大豆腐，以它白富美的丰腴体态，骄傲地展现在我们面前。

这时候，我才真正明白，为什么要称其为"大豆腐"了。

（八）

不管大豆腐有多么庞大、多么圆润、多么丰满、多么洁白、多么娇嫩、多么雍容华贵，最终都改变不了任人宰割的命运。

虽说大豆腐是为过年准备的美食，但刚刚做出来的时候，一家人都想趁热品尝一下。这时候，我娘总会用刀割下一块，再切成像擦字的橡皮那么大的一些小块块儿，盛在盘子里，让全家人蘸着蒜泥尝尝鲜。

我怀着激动的心，用我颤抖的手，拿起筷子轻轻夹起一小块儿，让它在蒜泥碗里打个滚儿，小心翼翼地把它递进嘴里，几乎不用嚼，仅用两腮和舌头一挤，尚带余温的新鲜豆腐，就释放出了一种奇妙无比的口感。若用准确的文字，对那种口感和滋味进行精准描述，我真的不具备那种能力，只能简单地作个概括，那就是：嫩、滑、软、香。有诗为证："个中滋味谁得知，多在僧家与道家。"

回顾做大豆腐，是一种难以割舍的情趣；想起吃大豆腐，则是一道不可放弃的美味。做大豆腐，工序比较复杂，吃块大豆腐确实不易。

当然，干啥都不容易，比如做香油，其工艺同样是一言难罄。当然，香油的味道，更是无与伦比。欲知香油怎么做，且看下篇解说。

芝麻油的大名叫香油

（一）

在我的认知范围内，只有两种油料，是用气味命名的，那就是臭油和香油。

臭油的学名叫沥青，是专门用来铺马路的。我最早闻到臭油的气味，是上高中的时候，以排球队员的身份，从公社中学到胶县第一中学参加集训，一下汽车，就看到了新铺的臭油马路，黢黑黢黑的，在烈日曝晒之下，散发出跟乡村的泥土和青草完全迥异的味道。从那以后，我就把臭油的味道，私自定义为"城市的味道"。

臭油，不是食用油，不说它了。

我们比较熟悉的食用油，比如：豆油、花生油、玉米油、菜籽油、棉籽油、橄榄油、猪大油、辣椒油、色拉油、鱼肝油，等等，都是用原料名称作修饰成分来命名，唯独用芝麻做出来的油,很少有人叫它芝麻油,而是称它为香油。

香油,可谓国之精品、油之精华。

我曾经接触过一个香港的朋友,他离济返港的时候,点名要带几瓶芝麻油。在那之前,我从未听谁称之为芝麻油,那是头一次,也是最后一次。

请原谅我的孤陋寡闻,我不知道是谁最先将芝麻油称为香油的。

芝麻油被称为香油,别的食用油,似乎都与香味无缘了,这好像不太公平,凭什么让芝麻油独占一种味道呢! 可是,不服气又能怎样? 哪种油不服气,就站出来跟芝麻油 PK 一下试试! 是骡子是马,拉出来遛遛!

童年时期,我比较熟悉的是花生油和豆油的味道,闭着眼,一闻,就能区分开来;对棉籽油和菜籽油的味道,没有丝毫的认知,因为俺那儿不兴;对色拉油和橄榄油,根本就没听说过,更谈不上对其味道的了解;对香油则不同,虽然食用的次数不多,但它的味道却让我刻骨铭心。

我娘包饺子的时候,一般会在水饺馅儿里滴上几滴香油。逢年过节,或者招待客人,也会在凉拌的白菜芯里滴上几滴香油。滴不滴香油,其味道可谓云泥之别。

每当这个时候,浓烈的芬芳气味,就会在整个房间里弥漫开来,深深地熏沐着我的童年记忆,我一直把它视为最奢侈的嗅觉享受。窃以为,给芝麻油起个名号叫香油,绝对实至名归!

（二）

我们家做香油所用的芝麻，都是自留地里种的，好像从未到集市去买过。

初秋，父亲收割了芝麻，就把它放在平整、干净、结实的地面上，暴晒于太阳底下，一两天之后，芝麻荚就陆续咧着小嘴儿笑了起来。芝麻荚一笑，里头的芝麻粒儿，便争先恐后地蹦了出来，自由自在地落到地上。就像被关在屋里太久的娃娃们，一看到房门开了一条缝儿，就活蹦乱跳地往外蹿。

也有少数的芝麻粒儿，还在芝麻荚里沉睡。我父亲就找块石头，攥起一把芝麻秸秆，往石头上轻轻摔打几下子，或者拿一根木棒轻轻敲打几下，那些睡眼蒙眬的芝麻粒，打一个激灵，一翻身就从芝麻荚里蹦哒出来。

父亲扫起芝麻粒，用簸箕先将草屑扇出去，再晃荡着簸箕，把芝麻粒盛在布袋里，最后倒掉的，则是那些潜伏下来企图混淆是非、搞阴谋活动的沙石。

芝麻的收获，到此完满收官，只待过年之前找个时间做香油。芝麻粒被做成香油，似乎是它们最好的归宿，也是它们至高无上的荣耀。

我们小孩子嘴馋，在芝麻还不太成熟的时候，就开始偷摘芝麻荚，从它的一侧轻轻掰开一道缝儿，两手捏着，递到嘴边，仰起头来，用俩拇指的指甲，向两侧一弹拨，芝麻粒就落到嘴里了。

芝麻收获完毕，我们也会趁大人不注意的时候，偷偷地将头探向小布袋里，用湿润的舌面，去舔食芝麻粒。若用手抓一把往嘴里填，那绝对是外行之举，能吃进嘴里的，绝对不如撒掉的多。

平时做饭做菜，很少舍得使香油，但过年期间就比较讲究一些，尤其是招待客人的时候，有些菜品，使上点香油，感觉就是不一样，哪怕只用几滴，也特别提味。所以很多家庭，在过年之前，都有做香油的传统。

（三）

做一次香油，大约需要三四斤以上的芝麻，少了不值当地忙活一回。

为了保证香油的质量，需要在进入程序之前，再次用簸箕把芝麻粒中的轻浮杂质扇一遍，紧接着再用清水淘洗。淘洗的主要目的，就是彻底清除芝麻粒中的沙子和尘土。就像教徒在作礼拜之前，要通过沐浴的方式除污净体。

淘洗芝麻粒这活儿，一般是我娘来做。她用水瓢舀上一些芝麻粒，随之再舀进一些清水，用一只手，握着水瓢把儿，将水瓢向一侧歪着，前后晃荡，相对较轻的芝麻粒儿，就会麻利地流出水瓢，沉到盆子底；体重不大的沙子，想趁机溜走而不得，便无奈地被挡在了水瓢里，最后被泼掉……如此这般，我娘淘完一瓢，再淘一瓢。淘洗完毕，把芝麻粒摊在用胡秫桔秆做的盘子上晾晒。这个过程，其实就是对芝麻粒的集体沐浴，净身之后的芝麻粒，才有资格进入第二道工序。

第二道工序，就是烘炒芝麻。芝麻粒晾干以后，就可以放到锅里烘炒了。用炒熟的芝麻做的香油，香气格外浓郁。

炒芝麻，特别讲究火候。炒得轻了，做出的香油不香，或说香味不够浓郁。如果火太急了，小小的芝麻粒儿就很容易被炒糊，营养成分遭到严重破坏，做出的油来，其品质必然要大打折扣，芝麻酱也会变得很苦。那样，就是一次严重的失误，难免令人懊恼。为避免此类事故发生，我爹对老婆孩子根本不放心，每次都是他来掌握火候。

我发现一个规律，我们家里这种类似的手工艺操作，关键环节，都是我爹亲历亲为。就像医院里作一台手术，助手、实习生、麻醉师、护士们，忙前忙后，都闲不着，但最关键的那一剪子、那一刀，必定是主刀的医生出手。

我爹蹲下来，从容淡定地往锅灶里频频续草，每次都续很少。锅灶里的火苗总是很微弱，似有似无，若隐若现，柔和而淡静。这期间，他会不时地站起来，躬着身子，不停地用炊帚呼啦着锅里的芝麻粒。大约二三十分钟的时间，芝麻的颜色逐渐由白变黄，喷香的气味，充盈在屋子里的每个角落。这表明，芝麻炒熟了，就不需要继续往锅灶里续草了，用奄奄一息的草木余烬，继续烘烤一会儿即可。

烘炒芝麻，究竟该用多高的温度、多长的时间最合适，根本没有量化的标准，全靠他的一种感觉，那种感觉，就是他多年积累的经验。

（四）

炒熟了芝麻，只是初加工；由原料变为最终产品，还需要深加工。于是，接下来便进入第三道工序——磨芝麻。

磨芝麻，需用推豆沫糊的水磨，或者用比水磨还小巧的拐磨。

拐磨，是水磨的一种，它体型较小，在上层磨盘的一侧凿个眼儿，安上磨拐子，再用一根略长的木棍与磨拐子垂直连接，上头高出磨盘，操作者用一只手，握着高出磨盘的木棍，按照逆时针方向用力，上层磨盘就会随之转动起来。

也可以用一两米长的木棍，通过不同方式与那根竖着的拐把儿连接，人站在一边，握着木棍，往前一送，往后一拉，磨盘就会转动起来。

不管是用手直接握着拐把儿，还是用较长的木棍连接拐把儿，这个用力使磨盘转动起来的动作，不叫推，而叫拐，被拐的石磨就叫拐磨。

我们那儿拐磨很少，我只听大人说过，但从未见过，也没用过，见的比较多的是普通水磨。使用水磨，就得像研磨豆沫糊一样，用人来推着转圈。

水磨一转动起来，酱红色的芝麻糊，很快就会出现在周圈的磨唇上，这时候就需要及时用勺子刮到盆子里。该用什么勺子刮？先人们还真是动了一番脑筋的。

铁勺子和木勺子，刮磨唇的时候，都是硬碰硬，很容易把勺子磨坏，而且还刮不干净。于是，人们想出了一个简易的办法，就是洗一个萝卜，竖着一劈两半，把其中的一半萝卜抠出内瓤，用萝卜的外皮当刮子，把芝麻糊直接从磨唇上刮到盆子里，刮得既干净，又不损伤勺子。

沾了芝麻糊的萝卜皮，也浪费不了，用完以后，吃掉就是了，相当于萝卜皮蘸芝麻酱，吃起来，既甜还脆，既脆又辣，既辣且香。

用萝卜皮作刮子，来完成刮抹芝麻糊的庄严使命，我不知道是哪个大明白人想出来的，看似很简单，里边却蕴含着不凡的智慧。若不是亲眼所见，至今我也想象不到，萝卜皮还有这样的使用价值。

芝麻终于研磨完了！

原来那些个体的、分散的芝麻粒，经过石磨的研磨，已经面目全非，实现了血与肉的相互融合，达到了你中有我、我中有你的境界，俗称芝麻糊，是芝麻油和芝麻酱的混合物。

（五）

让芝麻粒变成芝麻糊，只是完成了制作香油的阶段性任务，若想实现芝麻油和芝麻酱的整体分离，则需要一场更加艰难困苦的革命。于是，我们把盛着芝麻糊的盆子端到热炕上，开始了第四道工序 —— 搅芝麻糊。

这时候，我娘会准备好一小盆热水，用瓢舀着，断断续续加入芝麻糊当中；同时，我爹拿着擀面杖的一头，把另一头插到盛着芝麻糊的盆子里，顺着一个方向搅动。

我娘在一边慢慢加水，我爹在一边频频搅动，一直搅到芝麻糊上层飘出油来为止。加水要适量，加少了，芝麻糊搅不开；加多了，芝麻油浮不上来。

这项技术，是一代一代传下来的，在这个传承过程中，没有书面的教程可以按图索骥，完全靠的是一代又一代的言传身教。因其没有量化标准，只能是约摸着、看火候、凭经验、靠感觉，只要差不多、凑合着，说行就行。

这个特点，很像我们的中医。郎中说你肾虚了，是阴虚还是阳虚？虚到什么程度了？并没有具体指标，反正是不正常，怎么办？吃药调理呗。调理到什么程度为止？调理到不虚了就行。怎么才算不虚了？没有几人能说得清、道得明。

做香油也是这样，万一不小心，往芝麻糊里加多了水，芝麻糊的稠稀度就失衡了，不出油怎么办？也需要调理。

据说，老祖宗早就有了行之有效的调理方法——抓几把黄豆，放在锅里烘炒熟了，再投放到芝麻糊里。那些烘干了的黄豆，一接触到芝麻糊中多余的水分，就如饥似渴地吸吮起来，一会儿它们的皮肤就泡起了皱褶，很快就像充了气似的，变得丰满起来，同时也给了芝麻糊一个适中的稠稀度。这个过程，就是对芝麻糊进行稠稀度调理的过程。

祖宗传下来的这个应急预案，我只是听说过，在俺家从来都没用得上，这可能与我爹技术特别过硬有关。

搅芝麻糊，是个重体力活，需要有力气的人一次搅完、一气呵成；如果中途换人，或者乱搅一气，香油和芝麻酱就会相拥相抱、缠绵悱恻、藕断丝连、难分难解，那样以来，做香油这个活儿，就会前功尽弃。

前边忙活了半天，啥时候出油啊？

告诉各位，不光您急，我也很急。

哈哈……别在这儿卖关子啦，赶紧把香油弄出来才是硬道理！

随着我爹用擀面轴子搅动芝麻糊的连续动作，我听到的是盛芝麻糊的缸盆里，发出有节奏的呼噜呼噜声。眼看着那些芝麻糊，开始不那么黏稠了，不沾轴子了，我爹搅动得也越来越不费力了。原来，芝麻糊不粘轴子了，就是出油的前兆。

激动人心的时刻，就要来到了！我屏住呼吸，目不转睛地盯着缸盆里的一切微妙变化。只见我爹搅动的力度越来越轻柔，速度越来越缓慢……渐渐地，芝麻酱便自惭形秽，不声不响地沉入盆底，二指厚的一层芝麻油，便从芝麻糊上浮了起来。

最后一关，肯定是倒香油了！这时候，我爹就轻轻地把擀面杖抽出来，端着盆子，把香油倒进瓶子里。为了保险，我娘早就在香油瓶子口上插了一个聚口。

香油不会自觉地、轻易地、一次性地、彻头彻尾地、干净利索地与芝麻糊实行彻底分离，总会有少许香油缱绻于芝麻酱之中。

油高一尺，人高一丈。油有油的千条妙计，人有人的一定之规。针对部分香油不想从芝麻酱中分离出来的客观现实，我爹就用勺子蹾油。

蹾油，就是用一把勺子，在芝麻酱里轻轻地颠哒。芝麻酱比较重，香油比较轻，在一定的动力作用下，重的下沉，轻的上浮，勺子颠哒不一会儿，香油就无可奈何地浮了上来，我爹顺手就把浮上来的香油用勺子舀出来。实在舀不着了，就继续用勺子颠哒……这样，每颠哒一会儿，都有新的收获。

下沉的芝麻酱，会越来越板结，恰似胶州湾畔的淤泥，指头都戳不动；浮上来的香油也越来越少，勺子也到了无用武之地的程度，我爹他使出了最后的杀手锏——刮油。

他把提前准备好了的一根胡秫莛秆，折成三角形，捏住莛秆的两头，用三角形的中间那一边，在芝麻酱表面轻轻地拖刮，把浮在上面的残余香油，统统收拢到一起，再用勺子向外舀……最后，盆子里只剩下硬邦邦的芝麻酱了。

（六）

在俺那里，芝麻酱有个外号，叫麻固酱。大概或许可能差不多可以作这样的理解：麻，芝麻的麻；固，凝固的固；酱，大酱的酱。

与香油相比，麻固酱显然是残渣余孽。可别忘了，纵然是残渣余孽，那也是香油的残渣余孽。虽说豆腐渣、豆饼、花生饼也是残渣余孽，但它们祖上就跟麻固酱的基因有很大的差距，其品位和价值自然也大相径庭。我知道，有人拿豆腐渣、豆饼、花生饼喂牲畜，但从未听说谁用麻固酱喂牲畜，谁舍得啊!

我娘每次都是找个陶瓷罐儿,把麻固酱收藏起来,留作来年春天,让我们把它抹在地瓜上就着吃。

在煮熟的地瓜上抹一点麻固酱,吃起来口感就是不一样,犹如武大郎烧饼夹了咸菜、煎饼卷了大葱、大葱蘸了大酱、面包夹了鸡肉、粽子蘸了红糖,立刻就上升了一个明显的档次,不吃不知道,一吃忘不了。实话跟您说吧,那口感,我真不舍得告诉您!

这里提到的地瓜,许多年轻人可能只是吃过,但对地瓜的来历、地瓜的种类、地瓜的育苗、地瓜的栽种、地瓜的管理、地瓜的储存等等,并不熟悉。

欲知详情,且看下篇 ——《道不尽的地瓜情》。

道不尽的地瓜情

用地瓜蘸着麻固酱吃,那是凝固在我童年舌尖上的香甜记忆,每每想起,都会直流口水。

我是吃着地瓜长大的,得蒙地瓜厚恩久矣,特撰此文,以表达我对地瓜铭感不忘的情怀。

(一)

南方人说的地瓜,是一种被当作水果或蔬菜的食物,外观呈疙里疙瘩的陀螺状，剥皮以后，肉质纯白，咬起来脆生生的，有淡淡的泥土味和中药清香味，可以凉拌和炒食。

我说的地瓜，与这个不是同一种食物，又名红薯、白薯、番薯、甘薯，等等。据《东平县志》记载，地瓜"蔓生，实结于土中，形圆而长，本末皆锐，肉黄味甘，啖之可以代食"，"冬令土井收藏，可供冬春数月之粮"。《牟平县志》记载："贫民以此为主，几取谷类而代之矣。"

地瓜，浑身都是宝，我们那时候，地瓜是主粮，还可用来酿酒、做粉条；地瓜蔓子，晒干粉碎，还是很好的猪饲料呢！

按栽种和收获的季节不同，地瓜分为芽瓜和莳瓜两大类。

芽瓜，是春季栽的地瓜，中秋以后即可收获，煮熟了，面度特高，吃的时候噎得慌。我经常在碗里用筷子把它戳嗒碎了，舀上一勺子热水，边吃边喝，甜滋滋的，很好下咽。假如餐桌上有麻固酱，我会狠狠地掘一筷子，抹在面嘟嘟的地瓜上，咬一口，甜里透着香，香中带着甜，一次享用，回味无穷，无论岁月的水流如何湍急，都无法将那种香甜的记忆冲散。

莳瓜，是夏季麦收以后栽的地瓜，面度较低，水分含量较高，经过冬季的储藏，水分有所蒸发，糖分占比相对增高，不管是煮着吃，还是烤着吃，既甜又软。

我们那儿的人，对这种软糯的状态，习惯用一个"náng"的口语表述："náng 不 náng"？"很 náng！"与"囊"字发音完全一致。对煮熟了很 náng 的地瓜，最好是趁热吃，越热越甜。

因其太热，我总是不自觉地用两只手来回倒腾着降温，然后将一头儿的蒂把儿掐掉，剥掉部分外皮以后，就会看到金黄色的瓤儿。这时，我会撮起嘴巴，吹一吹，试探着，轻轻地咬一小口，一边吸着冷气，一边快嚼。嚼得慢了，既烫腮帮子又烫牙；咽得急了，食道受不了。一不小心，一些如糖似蜜的地瓜油儿，就会顺着地瓜皮的裂缝处流出来，滴在身上很麻烦，黏在手上很遗憾，必须全神贯注地享用它。

地瓜，不仅好吃，而且营养价值很高，含有丰富的维生素和膳食纤维等，具有润肠通便、增强免疫力、预防心脑血管疾病等功效。

有人为了证明吃地瓜的好处，便从历史名人那儿，抠搜出一条证据，说李时珍先生曾把地瓜列为"长寿食品"。但我从有关资料中得知，地瓜传入我们中国，是 1593 年，李时珍先生恰恰是 1593 年辞世的，他老人家是否作过那样的评判，我对其真实性存疑，除非他说的地瓜不是这一种。

地瓜是好东西，毋庸置疑，但在 20 世纪中后叶，以地瓜为主食的群体，普遍被认为那是贫穷的代名词；能常年吃上白面馒头的，才叫真正出人头地。很多人以不吃地瓜为梦想，发奋努力走出农村，极力跻身于吃白面馒头的城市人行列。直到现在，偶尔还能听到七十岁左右的人说，当年正是想改变吃地瓜的命运，才拼命考上大学的，才下决心从农村出来当兵、当工人的。

其实，这些人不是对地瓜有偏见，而是对自己面朝黄土背朝天的身份地位心怀不满。这事儿，瞒不住我。

我父亲从来不嫌弃地瓜，他经常教诲我们："想想挨饿那几年，能有地瓜吃，能吃上地瓜干，就很不错了！"他说的"挨饿那几年"，特指1960年前后闹饥荒的那三年。

我父亲认为，这辈子能有地瓜和地瓜干填饱肚子，就该知足了，别的都是异想天开。谁若浪费一粒粮食、一块地瓜干，都会遭到他的严厉斥责。我们在一起吃饭，只可以把地瓜的烂疤和蒂把儿掐下来，谁若剥掉地瓜皮，他就跟谁瞪眼，骂其为伤天害理的败家子。

难道他就没吃够地瓜和瓜干吗？实话实说，他也知道，白面馒头比地瓜和瓜干更好吃，但他有自知之明，知道命里没有，从来不敢强求。

（二）

说起地瓜，我总会下意识地去抚摸童年心灵上的苦涩印记。

1960年，我才5岁，主要依赖树叶、谷糠、玉米芯、茅草根、花生皮等维持生命。缺乏营养，导致虚肿，能勉强活下来，算我命大。

在那个年代，能吃上一顿地瓜或者地瓜干，无疑是奢侈的盛宴；地瓜的附属物——地瓜蔓、地瓜根、地瓜皮、地瓜叶，倒成了营养我们生命的主要食物。要是没有这些东西，我这条小命儿可能早就没了。

有一次，母亲从一只大蜡条篓子里挖出了两瓢地瓜叶，倒在簸箕里，往外拣草屑。地瓜叶是上年秋季从地瓜沟里打扫起来的，用滚子压碎，像卷烟用的烟末，黑黄色的。

我也凑过去，蹲在一旁，学着母亲的样子往外拣草屑，满怀憧憬地对她说："咱要是能盛上这么一簸箕地瓜干，往锅里一倒，煮熟了，满伙家子吃上一顿，那才好嘞！"

母亲说："等着吧，你长大了，自己挣；闯好了，大黄饼子、大馇馇，都会按顿吃。"

这个美好愿望，不久就变成了现实。三年大饥荒过后，地瓜或地瓜干不仅可以整顿吃，而且还经常变着花样吃。

母亲把地瓜干碾成粉末，和成面，擀了面条，用韭菜和蛤蜊打卤子，照样撑得我肚子滚圆滚圆的。母亲用地瓜面蒸菜包子，黑不溜秋的，但我吃起来，仍有改善伙食的感觉。

母亲还把瓜干煮熟了，用石碾压黏了，团搭起来，再用地瓜面做皮子，把这个团子包起来，蒸熟以后，黑黑的，圆圆的，跟运动员扔的大铅球一模一样，俺那儿称之为"瓜干馇馇"。我读高中的时候，每个星期一的早晨，母亲就用包袱给我包上一嘟噜瓜干馇馇，让我带到学校去吃。

时光像流星一样，欻地一下子，飞过了六十多年，以地瓜或瓜干为主食的日子，早就成了过往，但刻在我骨子里的地瓜和地瓜干印记，依然清晰而闪亮，岁月愈久，感触越深，至今也无法把它格式化。

（三）

据说，地瓜是公元 1593 年传入中国的。如此算来，我出生的那一年，先人们栽种地瓜已有 362 年的历史了。

地瓜，原产于美洲，被西班牙人带到了菲律宾。菲律宾人把它当成了国宝，严禁出口。

当时，中国有一个福建商人，名叫陈振龙，在明朝万历年间，他历经磨难，把地瓜从菲律宾引了进来。

第一次，他把地瓜藏在箱子底下，结果在过海关的时候，被查出来没收了，他被严厉地批评教育了一番。

后来，他把地瓜编在藤篮里，自以为万无一失，结果又被查了出来，除了被罚款之外，他还差点儿被关进大牢。因为这是第二次了，属于明知故犯。

陈振龙还是不甘罢休。第三次，他偷偷地把地瓜蔓子，编织在船上的绳子当中，这才蒙混过关，把蔓子带到了福建的福州。

当时，福建正在闹旱灾，陈振龙的儿子陈经纶，赶紧上报官府，建议推广地瓜种植，以抵御灾荒。从此，地瓜就开始在中国落地生根了。

17 世纪初，居住在上海的科学家徐光启，得知福建种植的地瓜，是救荒的好作物，便从福建引种到上海，随后便在江南地区传播开来，养活了无数的中国人，地瓜也慢慢地成为很多中国人的主要食物来源。

18 世纪，地瓜种植区域，扩展到以山东为主要省份的黄河流域。根据现存的文献记载，乾隆十五年（公元1750年），在山东胶州的福建商人余瑞元、陈世元、刘曦，把地瓜的种植引到了胶州，大获成功。

山东布政使李渭，得知此消息，甚喜，将种植地瓜视为"救荒第一要义"，遂颁布法则，要求地方官员劝导民众种植地瓜。《海阳县志》《泰安府志》《兖州府志》《诸城县志》等，对此均有记载。

乾隆四十一年，山东按察使陆耀先生写了一本书，名为《甘薯录》，包括辨类、劝功、取种、藏实、制用、卫生等多个篇章，对地瓜进行详尽描述和广泛宣传。地瓜种植遂在山东民间得以大力推广，胶州、潍县、诸城、临朐、泰安以及沿海很多丘陵地带，陆续成为地瓜的主要种植区。因其抗灾能力强、产量高、食用价值也很高等特点，成为与"五谷"并重的粮食作物。清代黄化鲤在《咏地瓜》诗中赞曰："自从海外传嘉植，功用而今六谷争。"

在山东，流传这样两句民谚："地瓜糊涂地瓜馍，离开地瓜没法活"，道出了地瓜在老百姓饮食生活中的地位非同一般。这里说的"糊涂"，就是用地瓜做的稀饭或黏粥；这里所说的"馍"，就是用地瓜干做的饽饽。

我恳请至今还在享用地瓜的中国同胞们，能在脑海的存储器里，满怀深情地输入三个汉字——陈振龙！如果没有他的执著和智慧，在这360多年的历史中，中国同胞肯定会有更多的人死于饥荒。

曾经作为主要农作物的地瓜，到了 20 世纪八十年代以后，种植面积锐减，老百姓的饮食结构也陆续发生了变化，农民曾经向往的大米、白面成了主食，地瓜以及与地瓜相关的食物，却在不知不觉中退居二线。

后来，因其缺者为贵，地瓜竟然又悄悄地成了人们的奢侈食品。现在，从地摊上买一斤烤地瓜，至少得花五六块钱。

1977 年寒假期间，我回老家，说起济南街头卖的烤地瓜一角钱一斤，我的一个堂兄，愣是不信："不就是个烤地瓜嘛，怎么会那么贵呢！"

从人民币的购买力来看，那时候的一角钱，折合为四十年以后的十元钱，没有问题；四十年以后，一斤烤地瓜卖五六块钱，就显得很便宜了，所以人们花五六块钱买一斤地瓜，毫不犹豫。

绝大多数人吃过地瓜，但地瓜是怎么种出来的，知道的人却越来越少。怎么培育地瓜芽子，怎么打地瓜埂，怎么搂地瓜埂，怎么栽，怎么锄，怎么翻，怎么刨，怎么切，怎么存，怎么煮，现在那些吃地瓜的人，多数并不知晓。

围绕地瓜这个话题，我自以为还是有点发言权的，于是，说地瓜，道地瓜，便成了本文的主旨。如果您对地瓜确实感兴趣，那就跟着我，沿着地瓜的生命轨迹，来一次轻松惬意的探幽之旅吧。

（四）

也许，有的年轻人会说：用大姜种大姜，用大蒜种大蒜，用芋头种芋头，用土豆种土豆，肯定也是用地瓜种地瓜呗。

直接用地瓜做种子，种出来的叫窝瓜，淀粉含量很高，特别适合切片晒瓜干。但是，俺那儿仅仅种了很少几年就放弃了，主要是不符合成本效益原则，所以更多的还是用芽子栽地瓜。用芽子栽地瓜，成本大大降低。

春季，用地瓜育苗，然后拔出芽子，在立夏前栽种，中秋以后收获。

每年八月初一那天，父亲就让我到自留地去刨个三五墩，名为"开沟"。我用镢头，撅着筐子，乘兴而去，满载而归，一种隆重的仪式感溢满心头。

麦收以后栽的叫莳瓜，是从芽瓜蔓子上剪下来栽种的，霜降前后才能收获。"莳"字，与"时"同音，是禾苗移植或栽种的意思。

栽芽瓜，需要先育苗。当时，育苗的方式仅有两种，一种是温床育苗，一种是园畦育苗。

每年春分前后，每个生产队，都会搭建一个大火炕。大火炕的样子，酷似长途运输的大拖盘汽车。在火炕一头的底下垒个炉灶，以便生火烧炭，为地瓜种子供暖。在火炕另一头的两个角那儿，留出两个烟囱，以供冒烟。

把地瓜种子从地窖里抬出来，密密麻麻地竖着排满火炕，然后将潮湿细软的黄沙覆盖其上，遮上一层厚厚的草苫，安排专人负责看守炉火，定时加炭，控制火炕温度在二三十度，并根据需要，在草苫上适时喷洒清水。

合适的温度和湿度一旦具备，地瓜种子就明确了自己的使命，无不春情萌动起来，大约五六天的工夫，下头便扎了根须，体内精华便孕育出了紫红色的嫩芽，陆续从黄沙里冒出来，争先恐后地接受春风的抚慰和暖阳的沐浴，半月二十天，地瓜芽子就能长到一拃多高。

谷雨时节，芽子具备了脱离母体、独立生长的条件，生产队长就会安排专人，先把那些长得又高又壮的芽子拔出来，排兵布阵，当天下午，就把这些芽子栽到地里去。

社员自家，都有自留地，每年也要栽地瓜，如不舍得花钱到集市去购买地瓜苗，就得自家育苗。有的人家，在天井里，用土墼搭建一铺小型火炕，把锅灶烧饭的烟火，进行改道，从室内的火炕引到天井的火炕中来。有的人家，采取园畦育苗的方式，在避风朝阳的地上，整一个菜畦式的苗池，把地瓜种子密密麻麻地斜插在苗池里，盖上沙子和草苫，从阳光中获取热能，促进芽子生发。相对于火炕育苗，这种方式的出芽速度比较缓慢，必须提前好多天安排。

社员自家育出的地瓜芽子，先种在自留地里，把剩下的芽子，一百棵捆成一把，拿到集市去卖。20世纪六七十年代，一把地瓜芽子，大约能卖两三角钱。

不管用什么方式育苗，拔了芽子以后的"地瓜母子"，人畜均可食用，但口感绝对没法跟育苗之前的地瓜相比。育苗之前的地瓜种子,外皮红润光滑,形体修长饱满;孕育出芽子以后,其能量转移给芽子,自身却变得干干巴巴、瘦骨嶙峋。蒸煮之后,给人的感觉,是满口的粗糙纤维,原先的甜糯感,再也找不到了,所以很不受人待见,大多被当成猪饲料,或者风干后,被当作柴草烧掉了。

"地瓜母子"的命运结局,时常让我联想到,那些儿孙满堂的老妪,她们用毕生的心血养儿育女,到了风烛残年,虽有满堂的子孙绕膝,但她自己却干瘪得毫无生机与活力。我每次看到"地瓜母子"那种令人伤心惨目的景况,都有一种悲凉哀怜之意袭上心头。

（五）

地瓜苗培育好了,紧接着就进入栽地瓜的环节。

生产队长,会提前安排那些劳动技能比较成熟的状年人驶牛耕地,在耕耘过的土地上打地瓜垄。

驶牛的人,套上牲口,挂上犁具,一只手握着犁把,并攥着缰绳,另一只手握着赶牛鞭,从容娴熟地犁出一道沟。这道犁沟是否笔直,是检验驶牛技能的主要标志。驶牛人要紧盯着设定在远方地头的目标,通过发号施令,随时调整两头牛并行前进的方向。

犁沟产生了,后头有人用二三指宽的袢,在肩上斜背着装粪的笆斗,边走边用一只手往犁沟里扒拉土杂肥,名为施底粪。

在施了底粪的犁沟两侧，驶牛人赶着牲口再走一个来回，向中间翻上两犁子土，半米多宽的地瓜垄就打成了。但是，在麦收以后栽种蓇瓜，一般不提前翻耕土地，土地就不像春天翻耕过的那么暄腾，驶牛的人就要扶着犁具、赶着牛，走两个来回，才能打出一道像样的地瓜垄。

驶牛，是个技术活。像我父亲那样的老把式，扶犁耕过的田地，深浅均匀，犁沟笔直；成片翻过的土地，犹如长龙翻鳞、整齐划一；恰似波涛翻滚，煞是壮观。技术差的人，扶犁耕出的犁沟，左偏右拐，深浅不一；成片耕过的田地，则如苦瓜皮上的疙瘩，东偏西歪，高低不平。

我曾经也试着扶过一次犁，根本扶不稳当，犁具左右摇摆，犁铧不是脱离了中线，就是从地里浮了上来。那两头黄牛，好像在故意戏弄我，硬是把我的指令当作耳旁风，要么耍赖罢工，要么猛拉快跑，搞得我惊慌失措、手忙脚乱。从那以后，我真是服气了，自信心也受到沉重打击。

当时年纪小，看着父亲他们一手扶着犁具，一手握着鞭子，偶尔把鞭子搭在肩上，腾出一只手牵着缰绳，用口令使唤着两头拉犁的黄牛，要求黄牛偏左一点，就喊"咧咧咧咧"；要求黄牛偏右一点，就喊"啦啦啦啦"。在我的眼里，什么叫作成熟老练？什么叫作沉稳潇洒？唯此而已矣！

并排前行的两头黄牛，脖梗子上都戴着一副锁头。缰绳的一头，通过挂在牛角上的铁环儿，连着牛的鼻孔；缰绳的另一头，被驶牛人攥在手中。黄牛只好喘着粗气，脚踏实地、默默无闻地拉犁,偶尔发现地上有棵青草或野菜,往往经不住诱惑,就低下头来,嗅一嗅,却碍于套在嘴巴上的笼嘴而不得食之。

每当看到老黄牛这种艰辛和无奈,我就百感交集,内心就会升腾起无限的感慨、酸楚和敬重。

地瓜垄的主体有了,但既不光滑,也不平整。为了便于插蔓,队长就安排我这样的半劳力搂地瓜垄。

我们这些搂地瓜垄的少年,也跟驶牛的大人一样光着脚丫子,站在垄沟里,侧着身子,用猪八戒先生不离手的那种耙子,倒退着,一推一拖,一推一拖,将地瓜垄上的土坷垃搂碎,让半成品的地瓜垄,变得板正而完美起来。这时,目光所及,都是经过自己搂过的地瓜垄:大坷垃捣碎了,高低凸凹之处平整了,慢慢地呈现出一排排笔直的地瓜垄,放眼望去,很像是在空白纸上,有规则地画了一道道杠杠,自己在这些平行的杠杠中,恰似一个小小的音符。看着这些可以继续在上面添枝加叶的作品,总有一种难以言状的成就感从我心底涌起,简而言之,就是"累并快乐着"。

(六)

到了栽地瓜的时候,生产队里都是几十个人同时上阵,采取联合作战的方式,有的负责挑水,有的负责插蔓,有的负责浇水,有的负责扑拉窝儿。

挑水的,多半是年轻力壮的整劳力,他们每人一副担杖、两个水桶,从远处的水湾里,把水挑到地里。他们一见有腾出来的空桶,就赶紧挑起来走人;水桶没有腾出来,他们就站着歇息一会儿。

插蔓的人,弯着腰,撅着腚,后退着,左手掐着一把地瓜苗,右手拇指和食指,捏住一支瓜苗的根须部位,按照大约三十厘米的间距,用其余三个指头,在松软的垄脊上,挖出一个拳头大的坑儿,随即把地瓜苗的根部,斜插在坑内。

插苗人的后头,紧跟着少年儿童,用水瓢舀着水,把小土坑浇满。待水渗下去以后,再后头又有人跟上来,一手的拇指和食指捏着瓜蔓的茎部,把瓜蔓扶正,另一只手把周围的松土围拢起来,然后两手同时发力,往中间猛地一簇,摁结实,扑拉平整,一棵幼小的地瓜苗,就稳稳地立在地瓜垄上了。

插苗、浇水、扑拉窝,三道工序,贯穿于栽地瓜的全过程。

地瓜苗,是刚刚脱离了母体的幼苗,栽上以后,最怕烈日暴晒。如果栽上以后恰遇阴雨天,它几乎不打蔫儿,会一直挺着腰板,向下扎根要水分,向上长叶要阳光,继而便是展叶舒蔓,开始新的生命轮回。个别秧苗因为天旱而夭折,过几天,生产队长会安排人进行补苗。

芽瓜成活了,到麦收以后,会自由散漫地长出二尺多长的蔓子,这时,正是在麦茬地里栽种莳瓜的最佳时期。

栽莳瓜,不需用火炕培育地瓜苗了,而是用芽瓜的蔓子当苗子。我们一般是上午到芽瓜地里剪瓜蔓,带回村子里,大家利用午饭前后的时间，坐在树荫下，再按照十厘米左右的长度，一截一截地剪断，一把一把地捋顺，当天下午，到坡里去栽种。

这些只有梗和叶的地瓜蔓，栽到地里，照常能够生根发芽，其生生不息的旺盛生命力，着实令人惊叹！1593年陈振龙最初引进的，就是这种地瓜蔓。

莳瓜生根发芽的时候，芽瓜的蔓子已经爬满了地瓜垄沟，与此同时，杂草也会前呼后拥地跟着凑起热闹来。

那个年代，没有除草剂，丛生的杂草，会拼命地跟地瓜秧子争夺水土养分，所以，锄草便成了农民的必修课。

越是在雨水丰沛的夏季，杂草生长越快，经常是刚刚锄完一遍，又来了一场雨，杂草很快死而复生。

锄草，是三个人一组。前头的人，拿着两米左右长的杆子，顺着垄沟，把瓜蔓翻向两边，闪出垄沟以后，跟上两个人，各锄垄沟一侧。这一沟锄完，翻蔓子的人再翻下一沟，锄地的两个人，再跟上去锄下一沟……直到三伏天结束以后，大约需要锄三遍。

赶上雨水过多的天气，地瓜蔓子接触地面的部位，很容易扎根，一旦扎了根，这墩地瓜的总部养分，就会被截留。

如同税收，一旦被地方截留，中央财政就会亏空，就很难集中精力办大事了。与此同理，养分被蔓子分散吸收了，根部的地瓜生长就会受到干扰。所以，每年夏天，生产队里经常组织人力，集中几天时间，成群结队地去专门翻瓜蔓。

（七）

　　经过半年的生长，春季栽种的芽瓜，长到极限了，社员们刨地瓜、切瓜干，便提上了重要的日程。

　　在这"三秋"大忙季节，要组织一场战役性劳动，生产队长会特别关注天气预报，尽量避开阴雨天，调动全部力量打歼灭战。一旦作出决定，就要男女老少齐动员。我们这些乳毛未褪的半大小子，主要负责割地瓜蔓；那些青壮年社员，是刨地瓜的中坚力量；中年妇女们，则是切瓜干的主力军。

　　切地瓜干的工具叫铡刀子，像一张小桌子，两头各安一个刀片和一个木把。切的时候，就在地上把铡刀子放平，上面用大石头压牢，在两头的铡刀底下，各放一个条编小筐，两人分别在铡刀子一头相对而坐，各人右手握着木把，向前推开，左手拿着一个地瓜，放在木把和铡刀刃之间，稍微用力压住，右手将木把朝后用力一拖，地瓜便被切成五六毫米厚的圆轮，落在筐里。

　　筐满了，女人们就端起小筐来，学着天女散花的样子，唰地一下子撒向半空，白花花的瓜干闪着银光，均匀地落在空闲地里。偶尔有些挤压在一起的瓜干，生产队长会安排一些小学生或年老体弱的人，让他们拿着一根树枝，将叠压在一起的瓜干拨拉开。

　　在秋高气爽的日子里，大约四五天的时间，瓜干就晒干了。生产队长就会组织人力，集中拾瓜干。拾瓜干，讲究快抢快收、争分夺秒,跟天气周旋,与时间赛跑,在最短的时间内,把地瓜干收回家。如果因行动迟缓而遭到雨淋,地瓜干就会霉烂在地,社员们大半年的劳动成果,就会毁于一旦。

这期间,漫山遍野,到处都是成群结队拾瓜干的人。他们蹲在地上,低着头向前挪动,前面是茫茫似雪的一片地瓜干,后面则是一片干干净净的黄土地。

生产队那帮年轻力壮的人推着小车,负责把装满瓜干的麻袋陆续运到场院里。春天,他们的小车是从村里往坡里送粪,送出的是沉甸甸的希望和梦想;秋天,他们的小车是从坡里往村里运瓜干,运回的是甜滋滋的成就和喜悦。

每个生产队的场院里,都有两名管理员。瓜干运到场院以后,管理员就会将其均匀摊开,以利通风透光。彻底晒干以后,一部分要交公粮,一部分要分给社员,一部分要储藏起来,当作集体养猪的饲料。

经过地里刨、铡刀切、太阳晒、大伙拾、小车推、场院晒、社员分,这些步骤走下来,芽瓜的一个生命周期,就到此结束了。

(八)

霜降过后,立冬之前,收获莳瓜的任务便浮出水面。

莳瓜,不是一经收获就能迅速处理、马上消费的,而是需要经历一个漫长的储存期。在收获莳瓜的时候,人们都会小心翼翼,尽量不磕磕碰碰,避免其伤痕累累。

莳瓜被刨出以后,由年轻力壮的人,用小车运到村子里,生产队成立以会计为主的分配小组，带着账本，抬着磅秤，按照不同家庭的人口和所挣的工分数额，计算出应得的地瓜数量，在社员家门口过磅，抬着挨家挨户送到社员家里去。社员放工以后，回家再整理和收藏。

莳瓜与芽瓜相比，面度低，水分大，不适合晒瓜干，主要归宿有三：一是被搁在卧室房间的棚子上，以备冬春两季直接煮熟了吃；二是被留作种子，等来年培育新苗，以传宗接代；三是把那些伤残的、不便储藏的细小地瓜刮去皮，放在太阳底下暴晒，晒软了，煮熟以后，再放到墙头或瓦屋上二次晾晒，晒得又干又硬又甜，俗名叫作地瓜枣儿，可以当作贵重的土特产送给亲友，或者留给自家小孩子当甜点。地瓜枣儿嚼在嘴里，那感觉，不啻于高粱饴，但比高粱饴更有咬头儿、更有嚼头儿。

地瓜于我，是有大恩的，它滋养了我的生命，强壮了我的体魄。我写地瓜，可谓有感而发。只可惜，我心力不足，笔力平庸，如此唠叨，也未必能透彻地表达我对地瓜的深情。

在此，我对那些没有耐心卒读此文的人，表示理解；我向硬着头皮读完本篇的人，表示敬意！

种地瓜，需要施粪；不施粪，就不会有好收成。粪是怎么来的呢？欲知详情，且看下篇——《难忘的"粪"斗史》。

难忘的"粪"斗史

上小学的时候，我就听老师说过一个歇后语，叫作"懒婆娘的裹脚——又臭又长"。我知道，这个歇后语，是专门形容那些不够简练的文章。当然，长文章不一定就臭，长和臭总还是有区别的嘛。

我这篇文章，字里行间都塞满了屎和粪，内容很"臭"，篇幅挺长，是名副其实的又臭又长。

如果您特别感性，就不要继续读下去了，否则，您将见粪不及掩目，闻屎不及捂鼻，一旦恶心了肠和胃，您就会茶饭不思、后悔不已。

（一）

以我的理解，屎和粪，外延不同，概念上有部分的重叠。

屎，是人、畜、禽的直接排泄物，比如牛屎、猪屎、羊屎、鸡屎、狗屎等；"小孩拉屎了"，几乎没人说"小孩拉粪了"。

粪，既包括人、畜、禽的直接排泄物，也包括人造的其它有机肥料，如湾泥、炕洞，以及藤蔓、菜叶、杂草、秸秆、草木灰、餐饮废弃物等发酵合成的肥料。

对屎和粪，人们常常因其恶臭不堪而嗤之以鼻，甚至形容某人信口雌黄、胡说八道，就骂他是"满嘴喷粪"；谈到某人道德败坏、恶性不改，就说他是"狗改不了吃屎"。

屎和粪，都是人们最鄙视、最厌恶、最感恶心、最不共戴天的脏物、污物,唯恐躲之不及,但对于粮食作物、瓜果蔬菜而言,却是求之不得的营养品。这就是事物的两面性,也是生活中的辩证法。

俗话说:粪是庄稼宝,没它长不好;庄稼一朵花,全靠粪当家;种地不施粪,等于瞎胡混;底肥不足苗不长,追肥不足苗不旺。这些农家谚语,翻来覆去,都是一个意思:粪和肥,默默无声地为人类的生存和繁衍,提供了巨大的间接帮助。因了这个缘故,我们庄户人,在接触化学肥料之前,对屎和粪都抱有一种特殊的情感,视之若金,爱之如宝,一年四季,有空就鼓捣屎、鼓捣粪,闻屎则喜,见粪则奋。

没有那个经历的人,很难理解老农民对粪的感情和态度。如同没生过娃的女人,很难理解母爱的纯挚与深沉。

我女儿上中学的时候,回老家看望她大爷。回到济南后,在《返乡记》一文中写道:"吃饭的时候,大爷问我:'你尝着这茼蒿好吃不好吃?和恁那里的是一个味?'我说比我们那里的好吃呀!大爷很自豪地说:'那是!没有农药,没有化肥,光施粪,能不好吃吗!'我筷子都滞空了:'咱吃饭呢,能不提粪么?'大爷满不在乎地说:'粪咋了?粪还不能说?'我筷子都下不去了:'大爷,你又说了两遍……'"这组对话,生动地反映了生活在不同时代、不同背景下的两代人对粪的情感和认知。

我在童年时期,亲眼目睹了父老乡亲对屎与粪的渴求、对屎与粪的向往、对屎与粪的亲近、对屎与粪的爱慕。少年时期，我直接参与了跟粪肥相关的劳作，对于父老乡亲与屎粪打交道的生产活动，我虽然无力撰写一部《"屎"料翔实的"粪"斗史》，但跃跃欲试的念头时常萌发。

（二）

20世纪六七十年代，社员群众与屎粪有关的劳动项目很多。

第一种是拾粪。这是一种主动出击、四处搜寻的觅粪活动。鸡豚狗彘之畜，撒便没有定点，房前屋后，街边村头，都会留下它们的粪便；尤其是被驱赶到地瓜或者花生收获之后的空地上的群猪，往往是一边拱地觅食，一边随地大小便；还有耕地的牛、拉车的驴，将大便撒在阡陌小道上，也比较司空见惯；在野外劳作的人们，没有公共厕所解决大小便的问题，什么墙角草垛、深沟野坡、街边巷尾、田间地头、树林河边，凡是人少涉足的区域，都会成为大家释放内急之苦的场所，都有可能留下粪便。这些情况，就是决定农民拾粪捡粪的路径因素。

谁发现得早，那些粪便就属于谁，谁发现得多，谁的收获就大，拾粪便成了检验一个人是否勤奋的重要标准。那些披星戴月、起早贪黑、走街穿巷、不辞劳累、满山遍野到处拾粪的人，总会有超常的收获并得到乡邻的尊重。

雷锋就是那个时代的一面旗帜。1960年农历正月初一初二那两天，他拾大粪六百来斤。1961年大年初一，全连的同志都高高兴兴地到和平俱乐部看剧去了，雷锋却背着粪筐，拿着铁锨到营地外围，拾了三百来斤粪。据说，三天时间，他拾粪上千斤。我们不必对他"一天拾粪三百斤，三天拾粪上千斤"这个数字的真伪进行考察论证，我们学的是雷锋同志的那种忘我为公的精神。

俺庄上有个叫李文亮的人，比我大好几岁，是我的小学同学，以勤奋劳动而全村闻名。某年正月初一，天刚蒙蒙亮，我们都在串门、拜年、磕头、问好，他却用铁锨撅着粪筐，围着村子到处转悠着拾粪。这件事，至今都被乡邻们传为佳话。我父亲不知道雷锋是谁家的孩子，从没让我向雷锋学习，却经常拿着李文亮的榜样训导我，因为李文亮是发生在我身边的典型，有可学性。

严寒冬季，冰天雪地，我经常被父亲从被窝里喊起来，穿上并不厚实的棉裤棉袄，戴上蓝布棉帽子，用小铁锨撅着粪筐，附庸风雅地学着别人的样子，天不亮就到村外去拾粪。寒风呼啸，雪花飘飘，腮帮子和下巴，像被刀子刮得一样生疼。我那不争气的沙眼，见风就流泪，我只好用棉袄袖子不停地擦拭，同时要弯腰低头，眯眯瞪瞪地搜寻每一块疑似狗屎的东西。偶尔发现一块黑乎乎的东西，很像狗屎，用脚一踢，硬得很，仔细一看，竟是一块石头。经常是围着村庄转悠一个早晨，也没有多少收获，一种强烈的自卑感，油然而生！

上小学的时候，劳动课也经常是拾粪。哥哥比我大四岁，我俩是同班同学，我们抬着一个筐子，满坡里转悠半天，不管能否拾满筐子,回校一过秤,老师记账的时候,都是二一添作五。学期终了,我兄弟俩的名字后头,登记的拾粪数额相等。因为我比他小好几岁,结果我遭到老师的强烈表扬,还能领到本子或铅笔之类的奖品,我哥哥却连名字也未被提到。至今,我都觉得欠着我哥哥一笔陈年老账。

(三)

第二种是捡粪。以干农活为主,撅着粪筐顺便拾粪,我称之为捡粪。到地里干农活的人,凡是使用的工具与铁锨不相冲突,一般都会用铁锨撅着一个粪筐子,顺路拾粪;或者收工以后回家时,不走常规路线,而是另辟蹊径。有两句歇后语作的比喻很形象:"拉屎扒地瓜 —— 两不误";"搂草打兔子 —— 捎带着"。

有的人养成了捡粪的习惯,偶尔哪次没带铁锨和粪筐,恰巧在路上遇到了牛屎、猪屎、狗屎,就特别后悔和懊恼。就像一直想买而没买的股票,接连出现了几个涨停板,那种踏空的感觉,让人耿耿入怀。

手牵牛缰绳,肩撅粪筐子,是生产队放牛郎的标配。我们几个放牛的小伙伴,放牛是按天数记工分,捡的牛粪再按重量记分,相当于工资之外,还拿一份补贴,何乐而不为!牵着牛从饲养院往外走的时候,我们都是用小铁锨撅着粪筐,回到饲养院的时候,总会收获大半筐的牛粪。

（四）

第三是攒粪。是指各家各户在壕牢（háo lao）里积攒农杂肥（壕牢，后面专门介绍）。那年月，社员家里都有养猪的习惯，在院子一角建个猪圈。猪圈分两大块，一块是猪们下榻的小房子，一块是小房子前头的壕牢。

壕牢是一个好几平方米的方形池子，池子四周用石头砌成，深度大约有一米半。为了攒粪，就在壕牢四周垫上土，让猪在上面拉屎撒尿，然后不定期地用铁锨把这些与屎尿相混合的泥土除到壕牢中。这期间，家里有了鸡屎、羊屎、草木灰、生活污水、烂菜叶子等，都会统统倾倒进壕牢里，经过日积月累，壕牢里的混合物与日俱增，并发酵为很好的有机肥料。

生产队里，对农户攒粪设定了相应的激励措施，与农户的工分收入紧密挂钩，谁家攒的多，谁家攒的少，是以小推车为单位计算的，然后按照一车多少工分记入户主的名下，起到了奖勤罚懒的作用。

（五）

第四是掘粪。农户壕牢里的粪攒满了，生产队就会派两名社员，从壕牢里把这些粪土掘出来。

这两名社员，一个站在壕牢中，把粪掘到岸上；另一个站在壕牢岸上，从院墙里边，越过墙头，一锨一锨地把粪土撂到院墙外边的胡同里。

这时候，从此路过的人，一不小心，就会被溅一身臭粪。

所以都知道卡着节奏、捂着鼻子、侧着身子、小心翼翼、急三火四地走过，腿脚稍微慢一点，就很难躲过那一劫。性格爽朗的，会大声央求院墙里头撅粪的人稍微停一停。有时候，撅粪的人故意发坏，就会装作没听见，照撅不误，随后便会引来过路人的一通嗔怪和责骂。

也有的农户，在临街的壕牢墙上抠一个洞，这样，掘粪的人就不用从墙头顶上往外撅粪了，可以节省不少力气。

在胡同里隆起的粪堆，刚开始，稀溜溜的，像泥浆一样，几天以后，水分大多蒸发了，生产队就会安排社员，用小推车送到宽阔的集体粪场里。

（六）

第五是掏粪。一个生产队，大约有三十户人家，家家都有一个承接大便的茅坑。为了把这部分最优质的肥料集中统一使用，每个小队都有一个两人组成的掏粪小组。

1970年，我15岁，生产队长竟然安排我，当了一整年的专职掏粪工，让我经历了一段难忘的"粪斗史"。年过半百的李瑞义，我称他小叔，自然是我的领导；15岁的我，自然是他的下属。

他是整劳力，职务工资是10个工分；我是半劳力，职务工资是8个工分。他扛着一把大铁勺，我挑着两只粪桶，他负责把大粪挖到桶里，我们俩抬着粪桶，联合过秤之后，我就挑着盛满大粪的俩桶，送到生产队那个一百多平方米的积肥大坑里。

也有的生产队，大粪是不过秤的，而是论勺记账。由此流行过一个顺口溜，把掏粪工的权力，与生产队的几大"常委"相提并论，列在不可得罪的重要人物范围之内："得罪了队长干沉活，得罪了会计挨笔戳，得罪了保管挨秤砣，得罪了收大粪的两勺算一勺。"这个顺口溜的言外之意是：别拿豆包不当干粮，就连挖大粪的你也得罪不起。

不过，那个年代，社会风气尚可，大家也只是当笑话说说罢了，没有谁果真把我这个掏粪工当回事儿，我自己也从未体会出那种优越感；履职期间，我忠于职守，该是几斤我就记几斤，该是几勺我就记几勺，至今都问心无愧。

各家各户积攒的草木灰，也属于我们掏粪工收集的范围。我们以笆斗为单位，测量完了，记录在册，拌上黄土，倒进壕牢里。

黄土，都是我用小推车从村外运到各家各户门口的。垫在猪圈里的黄土，需要提前摊在胡同里暴晒，晒干以后，再用粪筐挑着送到猪圈，垫在壕牢四周，让猪们继续在上面尽情地拉撒。猪们睡觉的位置，也常常拉满了屎尿。我们要把污染了的泥土除进壕牢里，再垫上干土，让猪们暖暖和和地睡在上面。这活儿，相当于给猪们晒了被褥一样。

当个掏粪工，整天跟那些臭气熏天的屎尿打交道，感觉如何？实不相瞒，我都不舍得告诉您。孔丘老师"入芝兰之室久而不闻其香"，我是"入农家茅坑久而不闻其臭"。我走门串户，遇到刮大风、下大雨，随时都可以躲在农户家的炕头上，学着大人的样子，悠闲地卷上一支黄烟，吞云吐雾，凑巧赶上谁家有客人，还能蹭上一杯茶水。那感觉，真是太享受了！我至今也不明白，队长怎么会那么优待我。

当然，感觉怎么样，全是对比出来的，跟那些在田间地头劳动的父老乡亲对比，我没有风吹日晒的艰辛，的确很知足；可一跟城市的工人、机关干部相比，心理上就很不平衡了。

多年以后才知道，1959年，国家主席刘少奇，握着北京掏粪工人时传祥同志的手，说了一段话："你掏大粪是人民勤务员，我当主席也是人民勤务员，这只是革命分工不同。"时传祥同志觉悟很高，当场表示："我要永远听党的话，当一辈子掏粪工。"这事若摊在我身上，我可能管不住自己的嘴："少奇同志，咱俩换换吧。"不过，我后来一想，幸亏没有那样的对话机会，万一心想事成，少奇主席晚年遭的罪，就会转移到我身上来了。

（七）

第六是沤肥。这种新型造肥方式，兴起于20世纪六十年代末期，就是到田间地头去，用锄头把野草耪起来，或者用铁锨，把南瓜蔓子、土豆秸子铲碎了，掺上黄土和麦糠，用水和成泥巴，堆成坟墓般的土包，用泥巴抹得光溜溜的，让里边的青草和秸蔓发酵，变成营养农作物的肥料。这种造肥方式，一般是在伏天进行，气温越高，泥巴堆里的杂草腐烂越快，沤出的肥料,功能越强大。

当年,为了多积肥、多沤肥,我们都是光着膀子,穿着裤头儿,赤着脚丫子,头顶烈日,在杂草和烂泥里踩来踩去。脚丫子被浸泡得久了,经常被细菌感染,几乎每个人的脚上,都会生一些痒痒疙瘩,痒痒起来钻心地难受,一旦挠破了皮,局部就会溃烂。

为了解痒而又不把皮肤弄破,父亲经常拿着他刚刚吸过烟的铜烟袋锅儿,给我烫痒痒疙瘩 —— 啊,疼中带着痒,痒里掺着疼,疼就不觉痒,痒就不觉疼,那滋味,忒过瘾了!成年以后,百病难侵,大概或许很有可能就是早年那些原始劳作方式,在我体内种下了多种病毒的疫苗!

(八)

第七是掘湾泥。把水湾底下的淤泥掘上来,晒干了当肥料。那个年代,雨雪天气多,庄前村后都有一些水湾,水湾里常年有水,水里有鱼和鳖,水上有鸭和鹅,冬天是我们的滑冰场,夏天是我们这些光腚猴儿的游泳池。到了春天枯水季节,生产队就组织人力,把水擢出去,湾底就露出了臭烘烘的污黑淤泥。

擢水时,在笆斗两侧各拴根绳子,由两个人各拽着一根绳子,喊着号子,朝相同的方向,往水中一送,笆斗落入水中,湾水进入笆斗;再喊一声号子,朝相反的方向一送,水就被擢了出去 …… 如此反复,起着抽水泵的作用,湾里的水越来越少，湾底的鱼儿，感觉到了生存的危机，就开始蹦蹦儿了，一二两的鱼有，一二斤的鱼也有，放眼望去，一片银光闪耀。

这时候，湾崖上就会聚集起围观的人群，他们指手画脚、惊呼喊叫、嘻嘻哈哈。湾底的鱼，被人捞起，扔到岸上，岸上的看客，纷纷扑上去争抢，一时间，湾崖上便热闹起来。

水擢干了，鱼也抢光了，一场掘湾泥的总攻开始了。几十个青壮年男劳力，都光着膀子，高高地挽着裤腿儿，每人握着一把铁锨，试探着迈向湾底，小腿全都没在污泥之中。站住脚以后，就铲起一锨污泥，两臂朝着一侧用力一甩，身子一扭，唰地一声，就将污泥撒到岸上 …… 整个湾底，人声鼎沸，锨起锨落，污泥横飞。泥落岸上，发出了噼里啪啦的响声，此起彼伏，全面开花，与掘湾泥的人发出的哼哧声交相辉映。那个热火朝天、蔚为壮观的场面，既是一幅别致的水墨画，也是一首雄浑的大合唱。

（九）

第八是打炕洞。俺那地方的人，自古就有睡炕的传统。炕，是用土墼垒起来的。这个垒的过程，称为盘炕。"盘炕"二字，是个动宾词组，其结构方式，类似于盘腿、盘账、盘山、盘货。

盘炕，是在炕帮和窗台之间，按照一定的规则，垒上曲里歪拐的烟道，样子类似八卦迷魂阵。然后在最上面，平铺一层特别宽大的土墼,用泥巴抹了缝隙,一铺炕就盘成了。在炕上铺一层麦秸,在麦秸上铺一层胡席,在胡席上面铺上被褥,就可以睡觉了。

外间锅灶里的烟火,先是横着在烟道里穿行,然后再竖着穿入墙壁,最后顺着屋顶上的烟筒升到空中。从这里升起的袅袅炊烟,消耗了无数文人骚客的笔墨,成就了连篇累牍的华美诗章。

这个过程中,大部分热量,被炕洞的土墼所吸收,发热的土墼温暖着被窝。山东半岛地区的人,祖祖辈辈就是这么取暖的,就是在这种火炕上生儿育女、传宗接代的。有打油诗赞曰:"外间锅头里间炕,中间隔着壁子墙,锅头烧火炕头热,翻来覆去煿脊梁。"在寒冷的冬夜里,那个翻来覆去煿脊梁的过程,真是一种莫大的享受!

砸炕洞,就是先拆旧火炕,再盘新火炕。砸炕时,烟熏火燎的陈年墼块,拆下以后,名为"炕洞",是很不错的肥料。这种肥料,一般是在自留地里使用。使用之前,要先泼上几遍水,然后用镢头打碎,再用耙子捣成粉末。据说,炕洞年岁越久,肥力越强,对庄稼和蔬菜越有营养。

(十)

俗语说:集腋成裘,积少成多;有鱼没鱼市上见。一家社员的农杂肥,不过五六车,几十户社员的农杂肥,集中到一起,生产队那阔大的粪场里,就会堆积如山,那壮观气势,预示着一个丰收的季节又要到来。山包一样的粪肥，在庄户人眼里，决不是臭烘烘的废品垃圾，而是狗头地瓜，是金灿灿的玉米，是籽粒饱满的花生，是谷子小麦，是大豆高粱，是粮食大丰收的渴望和梦想。

高高的粪堆，几乎都成了小孩子们施展体能的战场。童年的我们，经常模仿着战争题材的电影情节，临时划分一个敌我双方，拿着树枝当枪炮，抓起粪土坷垃当手榴弹，在粪堆上摸爬滚打、乐此不疲，冲锋号一吹，冲啊……杀……最后绝对是八路军胜利、日本鬼子投降。

堆积如山的黑黝黝的粪土，暂时是给少年儿童提供了撒欢打闹的舞台，最终还要送到庄稼地里，只有在庄稼地里，才能实现其应有的价值。

（十一）

这些粪肥被施到地里之前，还需要经过几道加工的程序。

第一道程序是捣粪。把大坷垃捣碎，把不同的粪搞均匀，实际上就是对粪土的一次细加工。就像谁家的姑娘要出嫁了，婶子大娘们就来给她绞脸、梳妆、打扮一番，颇有一定程度的仪式感。

捣粪，是三个人一组的联合作业。第一个人倒退着，用二齿钩子，从粪堆上劈下一些粪土，顺便把大坷垃砸碎；第二个人，也倒退着，用猪八戒使的那种耙子，一推一拉，把粪疙瘩和土坷垃进一步弄碎；第三个人，向前走着，用铁锨把前头两人弄碎的粪土,除向粪堆的一侧。三个人走完这一趟,再转向粪堆的另一侧,朝着相反的方向继续作业。第一组过后,第二组依次跟进。就这样,中间那座像山似的粪堆,渐渐变成了孤岛,捣腾碎了的粪土,在两侧堆得越来越高,到最后,中间那高高的粪堆,就被一分为二了。

捣粪这活,劳动强度不大,勿需太高的技巧。参与捣粪的大多是老年人、妇女、小学生。捣粪的人,没有憋着半天不吭声的,一般是你一言、我一语,嘻嘻哈哈地说笑着,荤的素的都有,动口不耽误动手,动手不妨碍动口,既交流了信息,又解了闷儿,在轻松愉快的氛围中,将原来粗陋不堪的粪土,捣腾得细碎、均匀而松软。

(十二)

第二道程序是送粪。用独轮小推车,把粪土运到农田里。那时候,每个生产队,都有一支运输队伍,二三十岁、身强力壮的男青年推车,十四五岁的少年拉车,两个人一伙,一个推车的,一个拉车的,形成了"大人推在后,小孩拉在前"的阵势。

七八辆车子,排起队来,向某方田地进发,虽然谈不上特别壮观而浩荡,但也绝对是独成一景。这一景,多年不见了,随着农业现代化的实现和农村城镇化的推进,以后再也看不到了。就像山东老百姓当年为夺取淮海战役的胜利,推着小车支援前线的场景,永远地成了历史。这样的历史,我不希望再现,但我希望有人能记住它。

1969年春天，我还不满14岁，就参入了拉车送粪的行列。推车的是生产队里最棒的八个青年，每个独轮车上，都绑着两个槽式的偏篓，满载着黑油油的农杂肥。车子前头，拴着一根粗绳子，绳子的另一头，挽着一个扣，我一只胳膊套进绳子扣，横在胸前，把绳子搭在肩上，另一只手用力地摆动，躬着身子，目视前方，拼命地在前面拉、拉、拉……前面有我们拼命地拉，后边有人在使劲地推。山包似的农杂肥，就这样被我们一车车送到清水洼、九头沟、柱山顶、马家岭、石梁冈……

山东省临朐县辛寨镇双山前村，有个退休教师叫张崇利，他在《新编农用杂字》中，用韵文的形式，对送粪作过细致传神的描述："蜡条编篓子，紧煞车两边；推粪田间送，装满再培尖。车祥鬃毛织，足有四指宽；窄了勒死人，宽的沉甸甸。大人推在后，小孩拉在前。一走一扭腚，额头直冒汗；吱吱嘎嘎响，惊动四邻看。地暄难推进，扭头倒一半；顺着车辙走，瞪圆两只眼。共然二亩地，推了两三天。"

这种一推一拉的运输方式，比肩挑人抬，固然是一种进化，但它比旧时代的人推马拉，或者驴驮骡背，实际上没有多少进步。

送粪的小车，走在平道上，不用我们过分用力地拉，但在爬坡的时候，在进入刚刚耕耘过的暄土地的时候，我们必须竭尽全力向前拉，身子几乎与地面平行着，那只空着的手，能触着地面，粗硬的麻绳，毫不怜惜地勒进我们稚嫩的肩头肉里。

为了减轻我的痛苦，母亲就找些破布，给我缝制了厚厚的"垫肩"。即使这样，一天下来，红红的肩膀也会扭去一层皮。火辣辣的滋味，让我品尝到了劳动的艰辛。

我们八个小金刚，初生牛犊不怕虎，浑身充满了少年的活力，都有强烈的自我表现欲，一到平坦的路上，我们就放下拉绳，要求亲自驾起装满农杂肥的独轮车，让担负推车任务的大人跟在后头走。大人们巴不得我们这些小傻瓜自我表现呢，对于我们的争强好胜，几乎都报以赞赏性的微笑。他们推车的时候，我们拉车；我们推车的时候，却不用他们拉车。但他们是整劳力，一天挣 12 分，我们是半劳力，一天只能得 8 分。明知不公平，我们这些拉车的小伙伴，却依然乐此不疲，这就叫"周瑜打黄盖——一个愿打，一个愿挨"。

（十三）

第三道工序是施粪。有的是用铁锨，把成堆的粪肥，均匀地撒在地上，然后再耕地，耕地的时候，这些粪肥就被翻到土里去了。也有的是用两手将粪肥扒到笆斗里，笆斗上拴着一根袢，把袢套在肩膀上，斜背着笆斗，顺着犁具刚刚豁开的那道犁沟往前走，边走边用一只手攉拉着笆斗里的粪肥撒在犁沟里。

到此为止，粪肥总算有了着落，彻底结束了被沤、被泡、被砸、被捣、被耙、被翻来覆去地折磨和蹂躏，终于在厚重的大地上，找到了自己安身立命的归宿。

在未来的日子里，粪肥便默默无闻地充当起了庄稼的营养品，任凭农作物根系自由地吸收和利用。至于人们在乐享丰收喜悦的时候，是否还感念着粪土的恩惠与奉献，它却从不在意、从不计较、从不忧伤、从不烦恼，它似乎懂得，既然回归了自然，就该顺其自然。

时代发展，社会变迁，五六十年，改地换天，使用臭烘烘的农杂肥那个年代，地里产的粮食、蔬菜、瓜果，农家养殖的畜禽之肉食乃至鸡鸭鹅产的蛋，那是该香的香、该甜的甜、该苦的苦、该鲜的鲜；孰料，改用化学肥料以后，那些美好的口感和味道，只保留在我们这代人舌尖味蕾的记忆之中，肚子倒是填饱了，本色的滋味却彻底消失了。

没有屎尿粪肥臭烘烘，哪得米面瓜果甜又香！与其说我在写自己的"粪"斗史，不如说我在表达对农杂肥的感恩之情。

本文曾经提到，家庭攒粪的设施——壕牢，时间进入 21 世纪，壕牢的身影基本消失了。欲知壕牢的功能，且听下篇解说。

壕牢的功能

"壕牢"长什么样子？干啥用的？请听我细细道来。

《庄子·秋水》中有个寓言故事，说是有一蛤蟆，坐在井里，跟空中飞来讨水喝的一只小鸟对话，说天跟井一般大。

我早就知道，这个故事是用来比喻和讽刺那些眼界狭窄和学识浅薄之人的。我反观自己，坐井观天的情况也时有发生。

　　仅举一个例子。我小时候，周围的人，对大小便的场所，都称为"壕牢"（háo lao），我就认为全党全军全国各族人民，都跟我们那儿一样，称大小便的场所为壕牢。后来才知道，现代汉语词典中，根本就没有这个词；再后来接触了城市生活，才知道城市人对那种场所，称为厕所或茅房；再再后来，跟同事聊起来，才知道还有叫"栏"的，也有叫"茅厕"的。

　　我曾经用阿Q先生的法儿，安慰过自己："壕牢"很有可能是古语。可是，又总找不到证据。

　　有一次，我从朋友送给我的一本书中，接触到一个"圂"字，感到很陌生，一查字典才晓得，这个字读hùn，其义为猪圈、厕所。

　　我恍然大悟，原来古人称大小便的场所，既不是厕所，也不是茅房，更不是壕牢，而是圂！也就是说，"壕牢"既不是现代词语，也不是古代词语，仅仅是俺那儿的方言而已。

　　俺那儿的人，思想观念比较守旧，对外来文化特别排斥，谁把养猪、攒肥、大小便的场所，说成"厕所"或"茅房"，周围的人就会呲牙撇嘴，进行讥讽和嘲笑："少在这儿拽文！谁不知道谁啊！"

　　这就是我小时候所处的文化氛围：以遵循原生态的传统习惯为荣，以吸收先进文化为不守本分、不靠谱儿、不着调儿。因为这个，我到省城读书时，放假回到老家，说话就非常谨慎，要大小便了，就说"我要上壕牢"，绝不敢说"我要上厕所"，唯恐用普通话词语代替了方言词语让老少爷们笑话。

农村实行了分田到户的"大包干"多年以后，政府不允许农民家庭养猪了，农民也逐渐习惯了种地只用化肥而不用农家肥，家庭也就不需要攒肥了，"壕牢"这一场所，就逐渐从人们的生活视野中消失了。这时候，"厕所"和"茅房"的说法，才进入了我老家人的话语体系；而那个"圂"字，仍然被深埋在幽暗的时光里。

"圂"，是个会意字，外边是个方框，里边有个豕（shǐ）。豕，指的是猪。古人担心猪乱跑乱窜，就筑个篱笆墙，或者弄个栅栏，把猪围起来进行饲养，于是就有了猪圈。

说"圂"的本义是猪圈，这个好理解；但是，说"圂"的本义也是厕所，这就有点不可思议了。厕所是人拉屎撒尿的场所，怎么跟猪圈混为一谈了呢？

这得从古人的生活状态说起了。

据说，人类养猪的历史，由来已久。古人一直把"养得起猪，吃得上猪肉"，看作是生活富足的象征。

古人的生活条件特别简陋，厕所和猪圈一般是不分开的，习惯在拉屎撒尿的场所养猪，在养猪的地方拉屎撒尿，而且人的大便，恰好是猪的美食。这样，人排了大便，就顺便犒劳了猪，同时还节省了饲料，真可谓一举多得，何乐而不为呢！所以，猪圈就是厕所，厕所可以养猪，一个"圂"字，起了双肩挑的作用,解决了两个问题,属于一个部门承担两大职能。

您也许很费解:这是什么年代的事儿?这种生活状态太原始了!

其实,这种生活状态,距我们的现代生活并不遥远,大约在20世纪五六十年代,很多农户家里,都是这样的生存状态。对此,我一点也不陌生,陌生的倒是那个"圂"字,它虽然笔画相对简单,颇有文化底蕴,却不知道从哪个年代开始,在我老家那儿,被严重地边缘化了。我现在才认识它,相见恨晚呐!我对"圂"字被"壕牢"取而代之的命运,深表遗憾。

当然,我老家那边的人,只是有"háo láo"的发音而已,"壕牢"这个词,并没有在词典里落上户口,是我为了撰写这篇文章,才根据方言发音,冒昧地临时组装起来的。

在我老家那儿,"壕牢"取代"圂"字,既然早成事实,那么我在这里,就把壕牢的结构、形态、功能作一简单介绍。您可能不感兴趣,但您有兴趣的时候,却不一定能见到与此相关的介绍。

可以说,壕牢,在20世纪六七十年代以前,是我们那儿农民家庭的基本设施。家家户户院落一角,都建有一个猪圈,类似于一间带院落的小房子。这间小房子,是猪们下榻的地方,里面垫着干土,铺着麦秸,肥猪、种猪、老母猪以及小猪崽们,都可以无忧无虑地在上面打呼噜、作美梦、哼着小曲、看日出日落。

猪圈前头露天的部分,有一口用石头砌成的方形池子,长、宽、深分别都接近两米，这就是壕牢。

壕牢四周，垫着黄土和草木灰，让猪在上面拉屎撒尿。猪圈和壕牢连为一体的这个小院落，既可以养猪，又能够攒肥。

稍微让人省点心的猪，是不会在自己酿梦的猪舍里随地大小便的，一有大小便的感觉，就主动到壕牢沿儿上去排泄。壕牢沿儿的黄土被猪的屎尿搅和遍了，我们掏粪工就得把它除到壕牢里，然后在壕牢沿儿再垫上一层黄土，让猪在上面继续踩踏、继续拉撒。

圈里养着猪的时候，人要在这里大便，就比较麻烦，需要拿着一根棍棒，不停地驱赶着闻臭而至的猪，显得很不近猪情。

猪养肥了，就卖了，猪圈暂时就空出来了，主人们要大便，推开猪圈门子，蹲在壕牢的一角，就可以轻松地解决内急的问题。

平日里，做饭烧成的草木灰，洗刷餐具的浑水，鸡鸭鹅羊的粪便，以及可降解的废弃物，也都倒进壕牢里。数月之后，原本空荡荡的壕牢，就日渐丰盈起来，里面的粪便杂物，相互浸染、中和发酵，就沤成了对庄稼和瓜果蔬菜极为有用的土杂肥，其价值相比于人而言的复合维生素，有过之而无不及。

后来，看到社会上到处都流行这个"中心"那个"基地"的，我就想，给农家的壕牢起个雅号为"攒肥中心""酿肥基地"，绝对是名副其实、当之无愧。

壕牢满了，生产队就会安排社员掘粪。掘粪这个营生，一般是两个人搭伴，其中一个人站在壕牢里，一锨一锨地把黑糊糊、臭烘烘的土杂肥，掘到大约半米多宽的壕牢沿儿上；另一个人再用铁锨铲起来，越过墙头，撂到院外胡同里。

壕牢里的土杂肥，被掘得干干净净，大口井似的壕牢，就空空荡荡了。爱撒欢儿的小猪，还有那些行走笨拙的老母猪、大肥猪，一失足就很容易掉进壕牢里。

这种情况一旦发生，对一个家庭而言，就是一个事故，主人就得设法尽快实施营救，亲自下到壕牢里，把猪抱上岸来。

发生了这种情况，如果赶巧了男主人不在家，家里的人就会急忙央求邻居，去帮忙救急。特别是在汛期，壕牢很容易积满污水，猪若掉下去，施救不及时，就很容易溺亡。所以，帮忙给邻居家从壕牢里救猪的行为，自然被看作是见义勇为的豪迈壮举。

壕牢里的污水多了，特别适合蚊子产卵生仔。蚊子生的仔，学名叫"孑孓"，俺老百姓没文化，都称它们是"蚊子虫"。蚊子虫多了，又会导致蚊子肆虐，这是恶性循环。

考虑到这些问题，主人会在大雨过后及时排水，用铁桶把污水提上来，倒在天井里，让其顺着大门口一侧的阳沟，流到街上去。大雨明明早就消停了，街道胡同里，怎么又淌出一些污水？我们一看就明白，肯定是谁家在排壕水了。

我费尽心思，私自组装了"壕牢"这么一个方言词语，这会儿您该理解了吧？

毫无疑问，家家户户这个又臭又臊的壕牢，是为农作物生产维他命的核心车间；但作为本文的读者，您若因阅读本文而产生了很不舒服的生理感受，我就会陡增强烈的负罪感。

考虑到这一点，我得引领您尽快转移视线，把目光从壕牢中移开，了解一下香甜年糕的制作流程，熟悉年糕的模样，了解年糕的品性，品品年糕的滋味。

请看下篇——《糕，高，年糕的高》。

糕，高，年糕的高

前头，《难忘的"粪"斗史》和《壕牢的功能》这两篇又臭又腺的文章，所展示的场景，很容易让您倒胃口。很抱歉，吾之过也，望君海涵。

我现在，带着赎罪感，迅速更换频道，让您通过本篇文字，分享我对年糕的香甜记忆。

我不敢奢望您能因着我的文字而垂涎，但我坚信，您能兴奋着我的兴奋，陶醉着我的陶醉，体会到我对吃年糕的期盼，理解我小时候吃年糕的激动与兴奋。

（一）

童年乃至青年时期，我一直认为，做年糕只能用黍米。后来认识了糯米才知道，我的认知，有着明显的地域局限性,纯属井蛙之见。

当然了,我写的,都是"我小时候的事",与别人的经历、与其它地方的习俗,都没有关系,很难不存在偏见和局限。对此,我心中有数就行了,您就不要跟我较真儿了。

黍米,是黍子粒脱了外壳之后的精华,呈金黄色,我老家的人,习惯叫它"黄米"。其它地方也有叫它"大黄米"的。这里的"大",是与谷子脱粒出来的小米相比而言的。

黍米的营养价值和药用价值,早就被人们高度认可,黍米甚至是我国传统的中草药之一。现代技术手段检测的结果是,黍米中的蛋白质含量,一般在 15% 左右;人体必需的 8 种氨基酸含量和维生素 E、B_{10}、B_{20},常量元素钙、镁、磷的含量,微量元素铁、锌、铜的含量,食用纤维的含量,均高于小麦、大米和玉米,若经常食用,则有利于减少胆固醇在血管内壁的沉积,有利于防止冠心病的发生。

黍米有这么多好处,却因产量不高、种植数量不大,一直未能成为老百姓的主食。因其缺者为贵,蒸一点黍米年糕,主要是用来当供品的。

供品,是祀神供祖的祭品,当然要用品质优秀、稀罕珍贵、享有声誉、寓意吉祥的美味佳肴,样样都得有讲头儿才行。所谓"有讲头儿",就是能讲出点道道儿来,要有富足、盈余、吉祥、美好、温馨、和谐等诸多美好的寓意。有诗为证:"年糕寓意稍云深,白色如银黄色金,年岁盼高时时利,虔诚默祝望财临。"

处于这种近似宗教信仰般的虔诚，每到年关，我母亲都会在蒸饽饽的日子里，捎带着蒸一块年糕，以备摆供使用。

年糕刚蒸熟，尚未冷却的时候，黏性十足。按其特性，毫无疑问，应该称之为"黏糕"；但是，老百姓偏不认那个理儿，非要称其为"年糕"不可，究其原因，或许似乎大概也许差不多很有可能就缘于它是过年用的糕。

对"年糕"二字，根据它的谐音，可望文而生义：浅层的字面意思，就是过年才蒸、过年才吃的糕；深层的寓意，则是高官厚禄、福星高照、高高兴兴、年年升高、逐年升高、一年更比一年高！就像酒席上食必有鱼一样，借的就是"鱼"的谐音，图的就是"富裕、结余、盈余、绰绰有余、富富有余、年年有余"的吉利。老百姓过的苦日子久矣，余胜于缺嘛！

民间的很多习俗，都是由这类厚重的文化意义支撑起来的，因其承载着老百姓对美好未来的诸多向往和期盼，才慢慢地在人们的生活中散播开来，渐次成为地域特色浓郁的风俗习惯。

当下，丰衣足食的理想，虽然早已变成现实，但人们业已养成的风俗习惯，依然难以改变。社会变迁中的文化滞后现象，由此可见一斑。

（二）

黍子，是我们的先人最早耕种的粮食作物之一。《周礼注疏》称"五谷，麻、黍、稷、麦、豆也"，可见它在中华民族作物种植史和饮食文明史当中,地位非同一般。

现在的年轻人,认识黍子的不多了。举目广袤大地,人们熟识的,基本上是玉米、小麦、地瓜、花生、大豆、高粱,更多的人根本分不清哪是稻子、哪是谷子、哪是黍子。

黍子,主要产自山西、陕西、河北、内蒙等地,是北方的重要作物之一,其生长期与谷子相仿,大约播种于春末季节,收获于中秋季节。

20世纪中叶,在我们鲁东南地区,经常能够见到黍子,很多人对以黍子为原料的年糕和黄酒也不陌生,但黍子的种植面积相当小,有的人家,仅在自留地里种一点点,反正我从未见过生产队有大面积种植黍子的。

黍子也是有大概念和小概念之分的。大概念的黍子,是区别于谷子、高粱、玉米的一种粮食作物。小概念的黍子,是从黍穗上刮下来的黄白色籽粒。

黍子,属于草本植物,秸秆比稻谷粗壮,能长一米多高,既有单生的,也有丛生的。黍穗长约十几厘米,像稻穗似的呈散漫状,不像谷穗那么集中和拘束。

黍穗跟稻穗、谷穗都有一点相同之处,就是在成熟过程中,日渐下垂,绝没有稗子那种趾高气昂的姿态。黍穗抬着头的时候,是为了吸收灿烂的阳光;低下头的时候,是为了避免危险的冲撞。这种适时而沉稳的低头,能给我们深刻而有益的启示,能让我们从中感悟到人生的诸多智慧。

（三）

黍子被收割以后，连缀在黍穗上的籽粒，总是恋恋不舍的样子，若无外力强制，它们会始终与黍穗保持高度一致，紧跟黍穗不分离，与黍穗同进退、共患难。

那时候，农村还没有脱粒机，我们只能用笨拙的手工方式进行脱粒：脱粒的人，坐在小机凳上，或者坐在蒲团上，将铁锄放在比较光滑的地面上，锄杆朝外，锄头朝着自己，让锄刃仰天。我们一只手握住一把带穗的黍子，放在锄刃上，另一只手按在黍穗上，握黍穗的那只手反复向后拉。经锄刃一刮再刮，黍穗上的籽粒就无奈地与黍穗分离了，毫无规则地自由散落在地上。

我不是黍子，我体会不到黍穗籽粒被生拉硬扯、生拖死拽的分离之痛，但我从那一声声嚓嚓的噪音中，似乎听到了籽粒与茎穗被迫分离时发出的撕心裂肺的哀鸣。籽粒和茎穗，一经分离，便是永远，两者相视无语、泪眼朦胧，何日与君再牵手？唯在魂牵梦绕中！

我们把刮掉了籽粒的茎穗集中起来，用铡刀从弯脖的十几厘米处铡断，留着扎笤帚，所以习惯叫它"笤帚苗"；剩下的那一大截子秸秆，被当作了柴草，这是它的最终归宿。

从黍穗上刮下来的籽粒，经过暴晒，扬去细碎的叶屑，用布袋或者笸箩盛好，储存起来，以备重用。

重用之前，必先去壳。如同对优秀人才，在提拔任命之前，必经严格的培训，使之脱去懵懂的稚气和青涩。

如果收获的黍子较少，想去掉外壳，就用碓（duì）来舂（chōng）。

碓，是名词，是木石结构的捣米工具；舂，是动词，方言说"捣"。

碓，由两大部件组成：把一块较大的石头，镨成上大下小的圆柱体，在朝上的一面，凿出一个很像碗口、却比碗要深的石窝，这是碓的主体部分。再把一尺多长的木棒，安在半圆体石头的平面中心圆孔上，组成一个比碓窝小一圈的碓头。

舂黍子的时候，用手握住木棒，一提一落，反反复复，碓头的重力，都落在了碓窝里的黍子上。籽粒的外壳，就是在这样舂来舂去的冲撞和摩擦中去除的。用簸箕将外壳扇出去，剩下的便是我们想要的精华 —— 黄米。

舂黍子，不能用力太猛，否则，外壳还没来得及脱掉，籽粒就被捣碎了，那将是一次失败的劳作，带给我们的则是懊恼和失落。

收获的黍子较多的话，体量较小的碓，就得靠边站了，石碾就派上了用场。

我们把晒干的黍子粒，放在碾盘上，集中在某个部位，厚厚地摊开，扶着碾裹，往前一推，往后一拉，既要保证褪去外壳，还要保证黄米完整，这就得好好拿捏着，一不小心，连皮带米，整个都被压碎了。

所以就要不停地用笤帚往上扫着。碾压过几下，就翻动一次，不停地往上扫着，继续碾压。这样反复多次，部分籽粒，受不了碾砣的高压和蹂躏,就率先脱掉了外皮。

我母亲就用簸箕把黍子皮扇出去,黄米就与黍子皮分离开来;把那些尚未脱掉外衣的籽粒,重新倒在碾台上,继续实施碾压,继续用簸箕往外扇皮,等到所有的黄白色籽粒都褪去了外壳,变成一堆金珠子,才算大功告成。

扇出去的黍子皮,也有用处,我们会收集起来,留着楦枕头。据说,用黍子皮楦的枕头,具有健脑明目、清热安神、促进睡眠、自动调温的多种功能。在那个年代里,我们大人孩子用的枕头,除了少数用荞麦皮的之外,大多是用黍子皮楦的。

黍子籽粒,脱去了外衣,就被改名为"黄米"了,它以精赤的金黄色,呈现在我们面前,直到被蒸了年糕、被包了粽子、被做成黄酒,它的价值才得以最终实现。

(四)

话题扯得有点儿远,还是说说怎么做年糕吧。

我母亲每次在蒸年糕之前,都要先给黄米泡个澡,然后用笊篱把黄米捞出来,放在用高粱莛秆制作的盘子上控水,等到它半干不湿的时候,再用石碾压成粉状的糕面子。晾晒得轻了,碾压出来的糕面子水分含量太高,稍不注意,就会烀了。烀了,就是因发热而变质,做熟的年糕发苦。晾晒得过头了,黄米太干,碾压出来的糕面子,即使过一遍箩,也会呈现细小的颗粒状,影响年糕的黏度。

要蒸年糕了,母亲先用温开水把糕面子和好,不稀不稠,软硬适中,让它醒着。紧接着,就在锅里添上水,放上一个箅子,在箅子上铺一层麦秸,麦秸上铺一层蒸布。最后,把醒好了的糕面子均匀地摊在蒸布上,盖上锅盖,再烧火。

开锅以后,再继续烧一刻钟左右,年糕差不多就该蒸熟了。母亲掀开锅盖,用筷子戳一下锅里的年糕,通过察看粘在筷子头儿上的年糕颜色,来确定年糕是否蒸熟了。发白,不粘筷子,就是不熟;又黄又黏,就是熟了。

如果确认已经蒸熟了,稍一落火,母亲就把锅盖顶猛地掀起来,倚在锅台后头的壁子墙上。霎时间,锅里的蒸气,腾地一下子窜起来,在整个屋子里弥漫开来。后来,我从影视屏幕上,看到原子弹爆炸时升起的那朵蘑菇云,时常引发起我对这股热气的联想。

我透过云雾般的蒸汽,定睛一看,下锅之前,黄白色的糕面子,现在已经变得黏糊起来,而且金灿灿的,成了一个仿佛涂了黄油似的大金饼!

我在年画中,曾经见过金条、金砖、金元宝。我想,如果把那些金条、金砖、金元宝拎到这张大大的"金饼"面前,它们都难免因其相形见绌、黯然失色而自惭形秽。

母亲趁着年糕的热乎劲儿,把早就洗干净的几枚铜钱和几颗红枣插上去,以表达年年高升、发财致富、红红火火、甜甜蜜蜜等全方位的美好愿望。

当然,希望和梦想到底能不能变成现实,她就不管了,有梦想总是好事,万一不小心实现了呢!人若没了梦想,也就没了追求,活着也就没啥意思了。我估摸着母亲就是这么想的。

经常听说一句俗语,叫作"心急吃不得热豆腐"。我想套用一下,改个说法,叫作"心急整不成热年糕"。这时候,年糕尚未凉透,是不可让它出锅的,下手早了,就会黏黏糊糊地整不出想要的形状来。

过了很大一会儿,静静地躺在锅里的年糕,一丝热气儿也不冒了。母亲用指尖轻轻一戳,感觉真的已经凉透了,插上去的铜钱和红枣,就像长在年糕上似的,稳稳当当,成为与年糕不可分隔的一部分,她这才着手把年糕请出锅来。

年糕虽黏,一旦冷却下来,就变得硬邦邦的,给人一副生冷的面孔。殊不知,这恰恰是我母亲想要的效果。

接下来,母亲便把这块一指多厚的年糕放在面板上,操起菜刀,把很不规则的四周切掉,只保留插着铜钱和红枣的中心部分,即大约一尺多长、六七寸宽的长方体。切好了以后,用包袱一包,暂时收藏起来,等到过年摆供的时候,再拿出来,把它倚在供桌后墙上,让它扮演与馒头、隔年饭、糖果等多种供品并列却互不替代的重要角色。

(五)

大年初一头一天,过了初二是初三。初四那天,我就开始惦记着,明天早晨该吃年糕的事了。正月初五,俗称"五马日",我们家习惯在早饭之前,先吃年糕。

摆在供桌上的那块年糕,水分已经蒸发殆尽,早就呈现出大旱之年水田干裂的模样。初五那天一大早，母亲就把年糕掰成若干小块块儿，连同一开始切下来的边角料，都放在热水里泡一会儿，然后捞出来，把水控干，最后放到锅里用油煎。

年糕这玩艺儿，有着吃冷不吃热的脾气性格，在油锅里一煎，它很快就像发高烧的人散了架似的，肢体瘫软下来。块与块之间，原来冷眼相待的独立个体，突然变得友好起来，你扯着我的袖，我牵着它的手，酷似久违的老朋友邂逅在异国他乡，急不可待地亲切拥抱起来。那种难分难舍的情景啊，着实令人感动！

母亲把这些糯软的年糕，用铲子铲到瓷盘里，撒上红糖，端到饭桌上。红糖一着热，迅速溶化，变成黏糊糊、酱红色的糖水。

啊，我心心念念、金灿灿、红彤彤的油煎年糕啊，您终于闪亮登场了！我那两只小眼睛，放射出了贪婪的光波，口里止不住涎水肆流。

一家人很神圣地围坐在炕上，略带仪式感，分别从不同的方向，把筷子伸向了盛满年糕的盘子，各自夹起一块儿，填到嘴里。吃得急了，来不及嚼就咽下去，黏牙、烫嘴、烧胃，很难享受到年糕的香甜润滑带给自己的口舌快感；吃得慢了，甜度和黏度都会明显降低，而且一旦冷却下来，它就像拔丝山药似的黏在盘子上，洗刷餐具的时候，会很麻烦。

谁若夹起的那块年糕恰巧黏连着另一块年糕，抖搂不下来，又不好意思一下子据为己有，就会招呼身边的人，用筷子摁住黏连的另一块儿，这样互相帮助、互相合作，生拉硬扯地夹起一块来，让它在刚刚溶化的糖水中打个滚儿，顺势把它填进嘴里。

那一霎儿，那个场面儿，那个滋味，那种感觉，真是莫可名状、妙不可言，只觉得，香香的，甜甜的，烫烫的，黏黏的，弥漫唇齿的软糯，瞬间就把味蕾惯坏了，吃了一口，还想再吃一口。古柏阳春曰："五马日里早餐好，最难忘怀吃年糕，黏黏糊糊香甜烫，滋味不啻蜜三刀。"人说此味只应天上有，其实天上根本就没有，要想体会年糕真滋味，须到俺老家那儿走一走。

十来岁的时候，一进腊月门儿，我就盼着过年，除了可以穿新衣、放鞭炮、走亲戚、吃水饺之外，最有诱惑力的，当属吃油煎年糕了。不知道是年糕的甜软黏糯让我刻骨铭心，还是缺者为贵让我对其念念不忘，抑或二者兼而有之。

遗憾的是，吃了这么多年的年糕，从来没捞着一顿吃个够，每年只能吃一次，每次只可吃几口，就幸福得够呛，一辈子忘不了。

一年一相遇，皆似初相识，久久不相见，焉能不相思！2022年初，我八十岁的大姐，听说我挺馋年糕的，就到粮店买了十斤糕面子，速寄给我。我一看，不是黄色的黍米面子，而是白色的糯米面子。这不能怨我的大姐"狸猫换太子"，而是俺老家那儿，黍子早就绝种了，是商家把糯米从南方贩运到北方现磨的面子。

不管是白的还是黄的，有毛就不算秃子！老婆每天早上给我油煎一小碟，我趁着热乎，撒上红糖，照吃不误。不看什么颜色，图的就是那个甜软黏糯的口感，权把糖水作墨水，写满一纸故乡情。

年糕留给我的口舌快感，可谓阳春白雪，可谓高大上，但毕竟一年才吃那么一次，总觉得它与我的日常生活有太大的距离，飞龙在天，高不可攀。相比年糕而言，与我的日常饮食密不可分的，则是平民化的酱。

酱的下里巴人地位和平易近人的性格，决定了它在我的童年饮食中，有较多的出场机会。我和酱，虽有隔三差五的亲密接触，但仍然常见常新、常吃常亲，哪顿饭若无酱的陪伴，哪顿饭就觉得寡淡无味。如同吃干粮的时候，习惯就着咸菜，或者喝着汤水；再如空气、阳光和水，有它们的时候，觉不出它们多么重要，没有它们的时候，就受不了。这就是我与酱"时常相逢不相厌，到老终无抱怨心"之缘由。

酱，是怎么做出来的？自家做的酱是什么滋味？您想知道吗？那就请您垂阅下篇。

大酱是这样炼成的

我们刚刚"品尝"了年糕，或许还凭着幻觉，沉浸在香甜黏糯的口舌快感之中；此时此刻，我把一坛子大酱抱上来，可能会横扫和涤荡您的雅兴。

这，实在怨不得我，而是这坛大酱的平民化身份，根本就没有那种"千呼万唤始出来"的傲气与作派，它早就妆扮一新，主动请缨，急不可耐地要登台亮相，争着抢着要接受您的检阅。

不过，在帷幕拉开之前，我还是要把大酱的前世今生，向您做个简单介绍。

（一）

有人曾对远古时代、上古时代的生存史和饮食史，作过简单梳理，说得有鼻子有眼儿的——为了避免野兽侵袭，有巢氏引领着众人，在树上筑巢；燧人氏钻木取火，教导大伙把食物烧熟了吃；神农氏教民食用谷物，以降低对肉食的过度依赖；黄帝父子俩，教人种植五谷及瓜果蔬菜；商朝的开国君主商汤，发明了肉酱，叫作醢（hǎi）。

上述生存技能和食物的创始人，不一定就是这些原始首领和奴隶君主，大概可以这么认为：他们所处的那个时代，人类开始掌握的那些本事和食物，因为没有文字记载，后人就习惯把这些创造发明的成果奖牌，颁发给那些时代的代表人物。正如说，20世纪六七十年代，我们中国有了"两弹一星"，但绝不是主席他老人家亲自研制、具体设计、靠上管理的结果，道理是一样的。

醢，有两种词性。作名词用的时候，它是一种重要的食物，后来才慢慢演变成一种作料。作动词用的时候，它是远古时代的一种酷刑，酷得不能再酷了，酷得令人毛骨悚然，酷得让人心惊肉跳，酷得能彻底掏空我们普通人的想象力，它就是把人剁成肉酱，甚至还要分而食之。连孔夫子都受不了那种感官刺激，由此而改变了他的饮食习惯，您说，还有比这个更酷的刑罚吗？

话得从头说起。孔夫子秉持的饮食观念，是"食不厌精，脍不厌细"，他曾提出过"八不食"的饮食原则。据此，我们称他老人家为"资深美食家"，一点儿也不为过吧？

他的"八不食"，其中有一条，就是"不得其酱，不食"。这里的"不得"，不是"没得到"的意思，而是"搭配不得当"的意思。他认为，不同的食物，要有相应的酱来搭配着吃，才是完美的，才能吃出应有的美味，否则，宁可不吃。这叫什么？这就叫讲究！

想不到的是，孔老夫子如此讲究饮食，如此重视酱之地位，竟然戒掉了肉酱，原因涉及到他和子路的师生深情。

孔夫子有个得意门生，名叫子路，因其参与了卫国的政变，被当作乱臣剁成了肉酱。孔子得知子路惨死的真相，极为悲痛，回家以后，把家里所有的肉酱统统倒掉，发誓再也不吃肉酱了。那种决绝的态度，真让我铭感五内，并让我联想到身边某些人，因受某个事的刺激，毅然决然地把多年养成的抽烟习惯戒掉，其毅力让我肃然起敬。

酱，在古人心目中的地位，比在今人心目中的地位要高很多。我们现在，有煎、炸、蒸、烤、炖、煮、炒等五花八门的烹饪方式，古人没有这么多本事，饭、菜、肉都是用水煮着吃。到了先秦时期，人们吃鱼要蘸着卵酱，吃干肉条要配着蚁酱，吃肉羹要配上兔肉酱，吃鱼片要配上芥子酱，等等。据《礼记》记载，周朝天子，每逢大宴宾客，都要上很多道菜，每上一道菜，都要换一种酱，酱和菜，要求搭配得当，不容错乱，而且上菜之前，必先上酱，有经验的食客，一看端上来的是什么酱，就明白下一道会上什么菜了。

又经过两千多年的文明演变，酱才从食物的角色，慢慢退居到作料的位置。到了 20 世纪中叶，我的童年时期，"醢"字在人们的视野中，成了生僻字，那种令人悚惧的刑罚，早已不存在了，纵然孔子再世，也不会对肉酱有什么心理障碍了，费劲巴力做的那缸肉酱，他绝不舍得轻易倒掉。

当然，本文要介绍的酱，不是肉酱，而是豆瓣酱，也叫大酱。

（二）

酱者，百味之将，帅百味而行也。酱，像那些平暴除恶的大将军似的，能够抑制各种食物之毒，所以有人说，"大酱"可能就是因此而得名的。这个说法，让人比较好接受，就算是戏说，我也认了，否则总是纠缠不清：为什么这种东西被读为jiàng？为什么还要在"酱"字前头加个"大"呢？

大酱的创始人，民间传说是范蠡（lǐ）。范蠡，是春秋末期的政治家、军事家、经济学家，公元前448年就去世了。

他十七岁时，在财主家做饭，现在来看，正是刚读高中的年龄，还是个孩子，没有做饭的经验，经常是把饭做多了，剩下的饭，存放时间长一点，就酸了、馊了。财主发现后，惩罚他必须在十天之内，把酸馊的食物变成有用之物。

这事要是摊在我身上，我可就抓瞎了，必定是如坐针毡、寝食不安、惶惶不可终日；可是人家老范家这孩子，脑袋瓜子特别灵泛，他把长了白毛的食物，用盐处理一下、晒干、炒熟，加点温水，搅拌成糊糊状，当成猪饲料，废物得到了很好的利用。结果呢，不管是大猪、小猪还是老母猪，都像饿死鬼托生的一样，吃得特别来劲儿。东家见状，十分高兴，就再也没难为小范。

这件事，本来就这么过去了，可是，有个小长工，偷将这食物放在范蠡吃的面条里，本来是想搞一场恶作剧，没想到，范蠡觉得这碗面条特别有滋味。小长工道出原委，范蠡得此启发，就用这种酸馊发毛的食物，创制出了美味可口的酱。

这个传说的确很美，但也仅仅是个传说而已，因为还有人说，酱的酿造最早在西汉。不过，西汉与春秋末期，只隔了个短暂的秦朝，这个时间差儿，是可以忽略不计的，不影响大酱的隆重出场。

古人制作大酱，用的主要材料是什么？这是我们都很关心的问题。唐朝有个名叫颜师古的人，给出了很好的答案：

"酱,以豆合面而为之也。"至今,我们从超市购买的豆瓣酱,主要原料也是黄豆和面粉,其次才是食用盐、白砂糖;为了提味和延长保质期,还用了一些添加剂,比如:谷氨酸钠、黄原胶、山梨酸钾、三氯蔗糖等等。我小时候经历的俺家自制的豆瓣酱,可就没有这么奢侈和洋气!

那个年代,因为缺粮缺菜,做酱的意义,就显得特别突出。很多农户都做酱,但一般用不起黄豆和白面,而是根据实际情况,灵活变通。像陈佩斯和朱时茂合演的那个小品似的,主角和配角,调个个儿,以地瓜干碴子为主料,适当加点黄豆,意思意思罢了,有毛就不算秃子嘛。

这种所谓的豆瓣酱,用料档次不高,但比起现在市场上卖的豆瓣酱,可能更安全、更有利于人的健康。

酱的品种有很多,我在这儿,不说豆豉酱、甜面酱、番茄酱、辣椒酱、芝麻酱、花生酱,也不说果酱、鱼子酱、虾酱、蟹酱,只说说我小时候俺家做的大酱,即豆瓣酱。

(三)

每年开春以后,我娘就忙活着做酱。在她心目中,每年做的这一小缸酱,不是一件普通的家务活,而是一项重点工程,既要有规划设计,还得有日程安排,甚至到最后,还有与邻居家的对比验收。

她把黄豆和地瓜干,放在锅里一揽子煮,煮得烂熟以后,再用大盆端着,送到碾屋去碾压,进行初加工。压黏之后,就搭成大大的面团子，这个面团子就是酱坯。

母亲找一个小篓子，里面铺上麦秸草，把这些面团子，小心翼翼地放在篓子里，盖上包袱，最后把这个盛着面团子的小篓子，放在风吹不着、雨淋不着的棚子上，用小被子焐着，让其中的水分自然蒸发。我知道，能够得到我母亲如此精心呵护的，除了那些小鸡、小鸭之外，就是这些酱坯了。我母亲，就像伺候产妇坐月子似的，唯恐有所闪失而落下后遗症。

我们的住宅中，除了睡觉的火炕之外，最暖和的地方，非棚子莫属。把酱坯焐在棚子上，既能透气，又能保温，但不直接暴露在空气中，更不直接暴晒在太阳底下，特别有利于实现它的初次霉变。这个初次霉变的过程，方言叫"丝闹"。

棚子的主要架构，是在接近大梁的高度，用三四根碗口粗的木头，横亘在房间的东西两堵墙壁之上；木头上面铺上高粱秸，再将一把一把的高粱秸，用麻绳勒紧，并排着连在一起，上面抹一层厚厚的泥巴，泥巴上面，铺一层豆叶之类的软草。这个棚子，占据着整个炕前之上的空间。

这个空间的功能，类似于现在城市楼房中存放物品的储藏室或吊柜，大人到炕沿儿上一站，伸手就可以向棚子里面存取物品。但不管是大人还是小孩，要想爬到棚子上去，都需要踏着凳子才行，否则就可望而不可及。每年深秋季节，往棚子上搁地瓜的时候，因为我在家里是最小的，父亲总是把我抱上棚子。他们端着小筐笼，把需要存放的地瓜递给我；我蹲在棚子上，接过筐笼，把地瓜轻轻倒出来，挑些比较大的、长溜溜的，就像用石头垒墙似的，沿着棚子沿儿大约十厘米以内的位置，摞起一道地瓜墙。地瓜堆放得越多，这道地瓜墙垒得越高。

存放秋地瓜，是棚子的主要功用，剩下来的空间，也可以存放其它相对重要的物品，以防自家的孩子乱拿乱动。把准备丝闹的酱坯，放在棚子上，无疑是最明智的选择。

待上十天左右，搁在棚子上的酱坯，就干透了，再也不像当初那么容易团搭了，甚至比土坷垃还硬，用手掰不动的话，我母亲就会找根棒槌进行捶打。这让我联想到那些叛逆的孩子，自己觉着翅膀硬了，对于来自家长的口头教育，总是无动于衷；家长很无奈，气急了眼，有时候会付诸相应的惩罚手段。当然，在我那个时代还可以，现在行不通，家长的棍棒还没举起来，孩子就跳楼了。

打碎了酱坯，能看到缝隙里有一些浅白的茸毛，这就算是丝闹好了。每当看到酱坯上这些茸毛，母亲就像看到我从学校捧回了奖状似的，心花怒放，两眼发光，欣喜若狂。她知道，酱坯长了这些茸毛，这次做酱就等于成功了一半。

（四）

这时候，她就按照计划，放心地进入第二道工序：晒酱。把全部丝闹好了的酱坯碎块儿，带到碾屋，进行二次碾压，碾压成粗沙状，收起来，带回家，倒进提前刷得很干净的小缸里。同时，烧一锅开水，加上适量的咸盐和花椒，等水温降下来以后，倒进小缸里，用勺子反复搅拌，最后盖上盖顶，让其慢慢地进行二次发酵。

倒多少水合适呢？这个没有绝对标准，而是根据经验和口味，约摸着操作。水加少了，做出来的酱太稠糊；反之就太稀薄。嫌酱太稠糊了，可以再添一点水；嫌太稀薄，那就被动了，不可能再从酱里向外撇汤沥水。所以，开始的时候，宁可让它稠糊一点，也不能让它太稀薄了，这是个大原则。

添水是这样，撒盐也是这样。盐撒少了，发酵以后的酱，容易变得酸臭，既不好吃，也不易存放；盐撒多了，做出来的酱，就会太咸，太咸了齁人啊！很多人因为吃酱，被齁出了气管炎，不是咳嗽就是喘，有的既咳嗽又喘，治疗跟不上趟，就会导致肺气肿。我的上一代人，有气管炎病的人相当多。我不敢断定，引发气管炎疾病的罪魁祸首就是太咸的大酱，反正很多人都认为大酱有重大嫌疑。

要把酱做得不咸不淡，而且还有爽口的鲜味，那就要循序渐进，一开始少施盐，隔几天用筷子蘸一点尝尝，感觉滋味不足，再撒上一点咸盐，直到满意为止。假若一下子撒盐太多，后悔就来不及了。

这个二次发酵，在当地俗称为"晒酱"，通常是在春末夏初这个不温不火、不冷不热的季节里进行，大约需要二十多天时间。

晒酱，既需要较高的温度，又需要较好的透气性，这样，发酵的效果才会好一些，酱坯中的蛋白质，就会更好地分解为对人体有益的氨基酸，氨基酸含量越高，酱的口感越鲜美。我们习惯把酱缸置于天井朝阳的地方，让其接受阳光的直接照晒，以便提升温度。

酱缸敞着口也不行，很难避免飞尘和草屑的落入。这还是次要的，主要的是，那些嗅觉极其灵敏的绿豆蝇，会从老远的地方急速飞来，盘旋着，鸣叫着，一头扑向酱缸，如入无人之境，贪婪地消费这席美餐。

关键是，绿豆蝇有个坏习惯，特别让人讨厌，它们饱食之后，几分钟之内，即可排便，边吃边排，会对大酱造成严重污染，能够传播 50 多种疾病。

更可恶的是，绿豆蝇特喜欢把酱缸当作自己的产床，在它们吃过的酱里，总会留下一大群蝇子蝇孙，一个个雪白透亮的幼蛆，撅着黑色的小嘴巴，在大酱里边肆意地涌动着，眼瞅着它们就变得肥胖而臃肿起来。

一看到这个场面，我就瘆得浑身起鸡皮疙瘩；吃酱的时候，很难抑制住糟糕的联想。

为避免上述情况的发生，我们就找一块纱布，蒙在酱缸口上，再用一根细绳，绕着酱缸口扎起来。这样，酱缸可以享受阳光的直接抚摸，促使里边的大酱加速发酵，又能有效地阻止苍蝇的侵袭和滋扰。

攫取阳光之暖，保持充足氧气，避免蚊蝇染指，这就为晒酱提供了全部的必要条件。

人，毕竟是万物之灵，苍蝇那点小智慧，在人的面前何足挂齿! 后来我学习毛爷爷诗词, 一读到"有几个苍蝇碰壁, 嗡嗡叫, 几声凄厉, 几声抽泣"那几句, 就会联想到那几只盘旋于我家酱缸周围的绿豆蝇, 感到很是解气, 也多少有点儿幸灾乐祸 —— 哈哈, 小样儿!

为了保温, 每到夜间, 我们都要在酱缸上盖一个梃秆盖顶, 在盖顶上面, 再压一块石头, 这样可以防风、防雨、防畜禽, 确保万无一失。

这段时间里, 我母亲每天都要揭开酱缸的面纱, 拿一根比筷子还长的木棍, 插到酱缸里搅和搅和, 以便让它均匀地发酵; 同时也要听一听酱缸里的声音, 观察大酱的色泽, 闻闻大酱的味道。她用舌尖舔一下蘸了酱的棍子头, 吧唧吧唧嘴巴, 两三秒钟, 就能对大酱的淡咸, 作出精确判断, 知道该不该继续撒盐。那个心无旁骛的神态, 很像是一位品酒大师在鉴别酒的香型和度数。

如听到有噗噗的冒气声, 就证明发酵正常; 颜色若没有变红, 那是发酵的火候还不到; 若尝着口感偏淡、偏酸, 就适当再撒一点盐; 如果还没尝到应有的鲜味, 那是酱中氨基酸的量还不够, 需要继续发酵。

酱缸里噗噗的冒泡声消失了, 酱也变成了赭石色, 口感不淡不咸、滋味鲜美了, 这缸酱的制作, 就算大功告成, 可以正式结束暴晒的程序, 把这缸酱转移到室内, 安顿起来, 以便随时取而食之。

（五）

在上一篇介绍年糕的时候，说到庄户人特别偏爱那个"余"字，皆因其生存状况的最大特色就是"缺"，缺粮、缺菜、缺油、缺肉、缺衣、缺柴……除了不缺阳光、空气和水之外，所有生活必需品都缺。平常日子里，能吃饱，就很奢侈了；想吃好，只能盼着逢年过节。但是，再苦再穷，只要还活着，家庭主妇们就得想方设法，把生活调剂得有滋有味儿。这当中，酱的作用不可小觑。

有了这小缸二三十斤重的大酱，我母亲心里就踏实了很多，哪顿饭即使没有熬菜，纵然家里的咸菜也断了顿，负责后勤保障的她，也不会过于自怨自艾，吃饭的时候，端上半碗大酱，足以抵挡一下子。有了大酱的辅佐，全家人甭管是吃地瓜，还是吃地瓜干，都不会觉得单调和乏味。

冬天，我们全家人，一般是围坐在炕上吃饭，炕上坐不开的话，我大姐、二姐都是在炕前里站着吃饭。炕上放个长方形的木质托盘，大约70厘米长、50厘米宽。这个托盘上，一般会有个带着很多眼儿的泥盘盛着主食。这个泥盘，又叫漏盘，因其有眼儿，冷却水不至于浸泡了食物。主食，不是地瓜，就是地瓜干，偶尔也有玉米饼子。天暖和了，尤其是在炎热的夏季，我们吃饭，就从炕上挪到当门，或者挪到门楼底下的过当里，一家人不再用那个托盘了，而是围着一个小饭桌，坐着小机凳吃饭。

吃饭时，我们基本上是每咬一口主食，就把筷子头儿，戳向盛酱的碗里,夹起一点点,即使没有夹到什么,也习惯性地把筷子梢儿迅速送到嘴里,抿拉一下,让酱的滋味在口腔里与正在咀嚼的主食充分调和,然后端起碗来,轻啜一小口温水,一口饭就这样被送了下去。如果没有酱,这顿饭不是不能吃,而是吃起来索然寡味,感觉特别对不起自己。

俺那儿,不习惯炒菜,都习惯熬菜,除了适当用盐和少量用油之外,若能再戳搭上几筷子酱,熬出来的菜,就摆脱了单调与乏味,其品质会立马跃升一个档次,变得非同寻常,餐饮者的食欲会得以激增,幸福指数也会跟着噌地一下子飚升了起来。

当然,跟大酱最有缘分的,还是大葱!大葱蘸大酱,可谓鞍马相配、珠联璧合!如果自家菜园里种了大葱,我们随时都可以到地里去拔几棵;自己没种,就到集市去买几斤,一家人可以吃好几天。

有了大葱,我们吃饭之前,都会洗上几棵,端将上来,每人拿起一棵,蘸着大酱,猛咬一口,就着主食,痛快淋漓,大快朵颐,鲜、咸、甜、辣,多种滋味融为一体,那可真叫一个爽啊,而且还得外加一个绝!食欲因之而大振,胃口因之而大开,吃一口还想继续吃,越吃越想吃,直到舌头和腮帮子都被辣得麻木了,麻木到吃啥都尝不出真滋味了,还是对"大葱蘸大酱"不厌其烦。许多人都爱这一口。

严格说来,在那个年代,大酱在烹饪中的调味角色并不突出,但是它的佐餐功能却非常显著。大酱没有因为自身的平凡而自甘平庸，也没有因为缺乏文人骚客的颂赞而自暴自弃，而是默默无闻地用它的朴实无华，装扮着老百姓的餐饮。它不该被忘记，我也从来没有忘记它。我用文字把它呈现出来，不是为了哗众取宠，而是对它的一种感恩、致敬和致谢。

酱的种类那么多，我大多数没经历过，对其工艺流程一无所知。我只经历过三种酱的制作：第一种，是芝麻酱，在《芝麻油的大名叫香油》那篇里介绍过；第二种，就是本篇介绍的大酱；第三种，便是蟹酱。

蟹酱，也是佐餐的好货妙品。欲知蟹酱来历，敬请垂阅下篇。

早已淡出餐桌的蟹酱

（一）

我打听过几位与我同龄的亲友，他们都说，小时候吃过蟹酱，但有五十多年没再吃了。

亲友的回答，坚定了我的判断：出生于 20 世纪七十年代以后的人，基本上不知道蟹酱为何物；蟹酱，未经隆重谢幕，就已经淡出了人们的视线，悄然无声地离开了我们的餐饮大舞台，仅在部分老年人的记忆库中，残留着一些模模糊糊的碎片。仿佛一个摩登女郎，从我们身边飘然而过，那沁人心扉的淡淡余香残留身后，久久不散。

我到海滩抓过小蟹子，推着石磨做过蟹酱，对蟹酱的制作流程、蟹酱的食用方法，虽时过境迁，却仍旧难以忘怀。我把它写出来，不只为了满足自己的表现欲，更是为了对得起那个曾经的自己。

故乡不远处，就是胶州湾，胶州湾西岸的海滩上，曾经富产小螃蟹。油炸小螃蟹，乃至用小螃蟹做的蟹酱，都是百姓餐桌上常见的海鲜美味，这等口福，足以激发内陆人的羡慕忌妒恨。

（二）

虾酱和蟹酱，都是用海产品制作的佐餐佳肴，但蟹酱的用料，要比虾酱丰富，它是调着黄豆一起研磨而成的。

虾酱的补钙功能很高不假，但在营养人体方面，纵然有以一敌十的能力，仍属于"单兵作战"；蟹酱作为螃蟹和黄豆的混合体，在营养人体的过程中，则属于"多兵种的协同作战"。有些营养素，需要另一种营养素的协助，才能被身体完全吸收，所以单兵作战的效果，往往不如协同作战。我不是营养学家，无力用专业的术语，把这个问题说得明明白白，但其要义并不离谱。

黄豆，是自留地里种的，或者是生产队里分的。要做蟹酱了，就从粮袋子里挖两碗黄豆，用清水把黄豆泡得胖乎乎的，然后跟小蟹子放在一起，用水磨研制成糊糊状。

蟹子从那儿弄？有两条渠道，要么掏钱，从肩挑叫卖的人那儿购买，或者到集市的海货摊上购买；如果不想花钱购买，那就得靠自己，到胶州湾海滩上亲自捕捉。

我们家，距离胶州湾海滩，不到二十里地，说近不近，说远不远，有人常去那儿捉小螃蟹。

在胶州湾西北岸，有五条从西向东入海的河流，像五根手指似的插入胶州湾，被当地人称为"五河头"。在淡水与海水的交汇处，被河流携带的泥土，都淤积在那里，形成了一百多平方公里的新生地带。那片新生地带，就是我们常去扫咸土、挖蛤蜊（方言发音为 gā là）、捉螃蟹的地方。

（三）

我大约八九岁的时候，有过两次赶海的经历。第一次去的时候，海水刚开始退潮，淡水与海水亲密拥抱，海汊子的水面很不平静，显得浑浊不清，跟我后来看到的黄河水没大区别。

很多人在齐腰深的海水里捞东西，男人大多光着身子，女人穿的衣服也不多，有的捉到了鱼，有的挖到了蛤蜊，有的挖到了蛏子，有的捉到了螃蟹，有的捡到了海螺（方言发音为 gǔ lù）。

唯独我，啥都没弄到手，很是失望，仅仅收获了一次终身难忘的赶海记忆，也对当地"羞涯不羞海"的说法，有了一次真真切切的感知 —— 赶海的男女之间，基本不避讳赤身裸体。

面对正在退潮的海汊子，会游泳的男子，习惯举着自己的衣服和工具踩水而过；那些不会游泳的女子，要涉过齐腰深的水，常常需要男子拉着她的手，予以协助，才能解除恐慌。这时候，男人基本不穿衣服，女人穿的也很少，异性之间，既不躲避，也不耻笑。

啥叫"特殊情况，特殊对待"？就这！

活人不能被尿憋死！

但是，请注意这里有个"但是"，一旦从水里走出来，就得快把衣服穿上，就得正儿八经、老老实实，不该接触的不接触，不该露的不露，不该看的不看。

这叫啥？这叫规矩！

（四）

再一次赶海，职责明确，使命光荣，就是到海滩上捉小螃蟹。那是暑期的一个下午，刚刚下过一场雨，我们几个同伴，经过二十里路的跋涉，赶到五河头的时候，天色开始黯淡了，正是小蟹子出窝觅食的时候。

板结而光滑的淤泥海滩，一眼望不到边，既不同于沙滩那么松软，也不像农田那么凹凸不平，我们赤脚走在上面，既硌不着脚，也留不下脚印。

海滩上，爬满了密密麻麻的小螃蟹。它们身披乌青色的盔甲，体型像军棋的棋子那么大，异常警觉地竖着两只小棒槌似的眼睛，摆开了黑压压的阵势，犹如千军万马，浩浩荡荡，各自在距离蟹窝不远的地方，小心谨慎地寻觅食物。它们左右逡巡着，仿佛在向我们示威挑战，又像在对我们眉目传情。

我的心情异常兴奋，以傲视群雄的姿态，想象着随便一捡就会手到擒来，而且十拿九稳，吃袋烟的工夫，就会弄它个桶满罐满。我列开了在坡里捡花生一般的架势，信心满满地要大干一场。

孰料，小螃蟹的八只腿脚相当利索，行动异常敏捷，我刚要弯腰、伸手，它们就刷地一下子各自逃遁到了自己的安乐窝，像使了隐身术似的，忽然都不见了踪影，以我为圆心的几米开外，只剩下了黑乎乎、光秃秃的一片平整海滩，仿佛电视屏幕悄无声息地转换了另外一个画面。

我愣了一下，蹑手蹑脚、小心翼翼地继续往前挪了几步，相距两三米的小螃蟹，依次消遁，各进各的窝，各找各的爹，各回各的家，各找各的妈，地面上干干净净，毫无踪迹可寻。表面上看，它们是有意地给我闪开一条通道，实际上是在跟我捉迷藏，既不挥动衣袖，也不带走一片云彩，连"到此一游"的痕迹都没留下。

没想到这些小精灵的警惕性这么高、回窝的速度这么快，竟然用地道战的方式耍弄我，我岂能善罢甘休！我一定要挖地三尺，让它们知道，谁才是真正的赢家！

我瞅准了一个稍大点的蟹窝，蹲下身来，用食指和中指抠开窝边的淤泥，不时地用食指下探；感觉没有探到底，就继续扒抠周围的淤泥；估计差不多能够直捣黄龙了，就把指头伸进去，想用两根指头把它提溜出来，摞倒一个俘虏一个，甭管它们多么狡猾，都逃不出我如来佛的手心……突然，我的手指肚儿，像被钢针扎了一样，嗖地一下，钻心地疼。我猛地抽出手来，发现小螃蟹并没被随之提溜出来，鲜红的血液，却从我手指肚上流了出来。这真是：偷鸡不成米先折，捉蟹不得流鲜血；海滩淤泥抠不动，后悔没带锨和镢。

这次赶海，又是以失败而告终。这次失败，得到的教训是：在这个世界上，狗有狗道，猫有猫道，大自然就是这么丰富多彩、奥妙无穷；我们不要以为人就能战胜一切，我们即使获得了暂时的胜利，也并不证明人就是最后的赢家。

（五）

那些生活在海边的人，赶海的经验比较丰富。他们发现小蟹子有个作息规律，喜欢夜间出来觅食，而且对灯光很敏感，愿意向有光的地方集中；见到灯光，又很容易迷失了回窝的方向，一个个像小傻瓜似的，任凭赶海的人去收拾它们。

懂行的人，就利用小螃蟹昼伏夜出的习性，晚上提着灯笼，或者拿着手电筒，到海汊子、海滩上去捉小螃蟹，收获颇多，自家吃不了，就挑着到别的村子去售卖。我们家做蟹酱用的小螃蟹，就是从他们手上购买的。

有位朋友，老家距离海岸线不远。他说，大雨过后，海汊子里小螃蟹比较多。他小时候，曾跟随父亲，晚上提着灯笼，到海边逮过小螃蟹。他们带的水桶，很快就要装满了小螃蟹，再继续往里放，小螃蟹就会爬出来。怎么办？他就脱下裤子，用麻绳把两只裤脚扎起来，捡了小螃蟹，就往裤筒里扔，很快又把两条裤筒也装满了。

看来，他父亲就是那种摸透了小螃蟹习性的人。

（六）

20世纪六十年代，老百姓手头上都比较紧巴，平时干活从来不带钱，只有赶集的时候，怀里才能揣个块儿八毛的。那时候的钱，用现在的眼光看，购买力相当强，一毛钱能买好几斤小螃蟹。如果用现在的收入，退回那个年代去消费，给个皇帝也不干。

我们每次买了小螃蟹，回家以后，总会拿出一小部分，放在油锅里炒着吃，先犒劳一番，其余的再做蟹酱。

螃蟹虽小，然其名声并不清佳，它凭借着"铁甲长戈"，习惯于横行无忌，很容易让人联想到那些权倾一时、奸佞猖狂之人的德性，从而引发人们的憎恨。"常将冷眼观螃蟹，看你横行到几时"这句话流行甚广，足以说明问题。

小螃蟹遭受热油爆炒，其状之惨烈，真是目不忍睹啊！刚刚还在漫无目的地爬上爬下、横行直撞的小螃蟹，被一下子倒进地狱般的热油锅里，刹那间，欻的一声，一团热气，裹挟着又香又鲜的味道，从大锅里腾地窜了起来，瞬时就弥漫了整个房间。母亲用铲子翻弄几下，青色的蟹壳，陆续变成淡黄色。估计差不多该炒熟了，母亲就把它们除到盘里，让我们都趁着热乎劲儿赶快吃，凉了再吃就不那么酥了。

我轻轻捏起一只，连壳带腿儿，囫囵个儿地填进嘴里，一嚼，酥酥的，香香的，鲜鲜的，纵然有嚼不烂的硬壳碎渣，我也顾不上那么多了，凭着我的好胃口，我还怕消化不了你嘛！

（七）

那些留下来准备做蟹酱的小螃蟹，已经被判了死刑，只是尚未"立即执行"罢了，它们并不知道那些同伙已经进了我的肠胃，仍在盆子里嬉戏打闹。大限将至，大难临头，面临粉身碎骨的结局，它们没有丝毫的恐惧与悲哀，却有随遇而安、和光同尘的洒脱，其状态之逍遥与悠闲，令我肃然起敬！

一盆小螃蟹，半盆黄豆，都准备停当了，这是做蟹酱的全部主料。我舀一勺子旺活的小螃蟹，迅速倒进磨眼里，发现有个别垂死挣扎的，就用筷子狠狠地往磨眼里戳搭，紧接着再舀上半勺子黄豆，倒进磨眼里，与此同时，赶紧推着水磨转圈儿，一场轰轰烈烈、触目惊心的推磨运动，由此开始了。

此时此刻，按说我该首先为它们的再生而超度。可是，我哪儿懂那一套啊！对它们的惨死，我只能深表同情，浑身麻煞煞的，心被紧紧地揪着，特别不是个滋味。那种强烈的罪恶感，像魔咒似的缠着我，至今想起来，仍然觉得很不自在。

有时候我又想，何必如此纠结呢！人生大事，吃喝二字，在食物短缺、食不果腹的年代里，能活下来，才是第一要务，才是硬道理；小螃蟹，是活生生的动物实体不假，但当时的我，仅仅把它看成了一种食物而已。事到如今，再为自己的杀生而自责，就显得过于矫情，只有"伪善"二字方可注解。经过这样一番自我辩解、自我安慰，我的灵魂才得到了适度的救赎。

小螃蟹的肢体，在石磨的碾动下，旋即粉身碎骨，连同黄豆研磨在一起，形成的糊糊状，从磨唇流出来的时候，就分不清谁是谁的谁了。蟹肉嫁给了豆沫，两者合二为一，从审美的角度，我既没获得视觉的享受，也没获得味觉的满足，反倒看着就恶心、闻着就反胃。

（八）

研磨成的一盆蟹酱糊糊，只是蟹酱的初级产品。再按照一斤蟹酱大约配一两咸盐的比例，加上咸盐，密封在小坛子里，让其自然发酵，二三十天以后，蟹酱才能发酵好。

发酵，就是霉变。一般来说，霉变的食物，对人体有害无益。可是老百姓的习惯，就是改不了，明知"臭鱼烂虾"是"得病冤家"，偏偏执迷不悟，不管是做虾酱，还是做蟹酱，都要发酵；纵然买几条刀鱼或鲅鱼，也不舍得一次消费掉，总喜欢腌制一下，放在坛子里焐一焐，让其适度发酵，再挂在绳子上，晾晒到半干的程度，留着慢慢消费；食用之前，放在锅里一熥，吃起来感觉特别美嘴。怪了，很多人还就是爱好这一口！

清代有个叫李渔的人，身为戏曲理论家和戏剧作家，于饮食之道也颇有心得,他撰写的《闲情偶寄》,就是一部养生学的经典著作,当中有一段话:"世人制菜之法,可称千奇百怪,自新鲜以至于腌糟酱腊,无一不曲尽其能,务求至美。"我老家的人,对研磨的蟹酱,非要发酵以后再食用不可,也在李渔先生夸赞的"曲尽其能,务求至美"的"腌糟酱腊"之范畴。

我们平时煮瓜干的时候,经常是从坛子里舀出半碗蟹酱,放在锅里的篦子上煴着,瓜干煮熟了,这碗蟹酱也煴熟了。如果舍得磕上一个鸡蛋,切上些葱花,用筷子搅和搅和,那可真叫锦上添花,煴熟以后,吃起来,能享受到特别鲜美的口舌之感。

也有的人家,喜欢用蟹酱炖茄子、用蟹酱炖豆腐,可能这都属于同烹共食的黄金搭档。因其滋味鲜美,妙不可尽之于言,事不可穷之于笔,人们才乐此不疲,以致成为当地独特的乡风食俗。

据说,蟹酱中有丰富的蛋白质和微量元素,有利于增强人体免疫力,具有清热解毒、舒筋活血、补骨添髓、通经络、利肢节、滋肝阴、充胃液、防结核病之功效。

纵然如此,蟹壳和蟹螯,研磨之后,未经过滤,我吃起来总觉得有些牙碜。如果蟹酱和虾酱同时端上餐桌,我首选的,可能还是虾酱。

(九)

依赖购买的小螃蟹做蟹酱,刚开始还行,后来慢慢觉着味道不对头，邻居之间，相互一交流，都说有浓烈的666农药味。后来一打听才知道，那些专门捉螃蟹的人，竟然采用了赶尽杀绝的方式，站在海滩上风头儿，向出窝觅食的小螃蟹抛撒666药粉，一下子就能灭绝一大片。

666粉，是由苯与氯气在紫外线照射下合成的胆碱酯酶抑制剂，作用于昆虫的神经膜上，能使其动作失调、肢体痉挛、浑身麻痹，直至死亡。在农村，主要用于防治蝗虫、稻螟虫、小麦吸浆虫和蚊、蝇、跳蚤、虱子、臭虫等。在海滩上抛洒666粉，对小螃蟹来说，无异于在战场上使用了杀伤力很强的化学武器。

严格说来，这样被销售的小螃蟹，不是在灯光照射下捕捉的，而是先被化学药品毒死，然后被搜集起来的。这种捕杀方式，对海滩的自然生态，造成了严重破坏，纯属利益驱动下的为富不仁，跟后来使用地沟油搞餐饮的行为一样，令人所不齿。人的智慧用邪了，就是灾难，加速物种的灭绝，导致人类的慢性自杀。

悠忽之间，半个多世纪的时光飞逝，五河头的平坦海滩，早就被人为的水坑和池塘所替代，满地横行的小螃蟹早已不见踪影，吃蟹酱的习俗也在20世纪七十年代失传了。

蟹酱，曾经是我们的佐餐美味；但是，那种自然淳朴的半原始生活，并不能满足人们日益增长的饮食需求。您若没吃过蟹酱，不必有什么遗憾；像我这样的，既做过蟹酱，又吃过蟹酱，其实也没啥了不起的，只是多了一种经历，多了一种对别样滋味的特殊记忆,仅此而已。

大酱,蟹酱,都是佐餐的美味,但严格来说,它们不在咸菜的范畴;真正的咸菜,是用咸盐腌制的菜。比如,萝卜、胡萝卜、辣菜、白菜、黄瓜、茼蒿、香椿、辣椒,都是以菜为主体。

腌咸菜这个技艺,可谓由来已久、源远流长。欲知详请,敬请垂阅下篇。

始皇教俺腌咸菜

(一)

世上的咸菜,品类繁多、五花八门、丰富多彩、数不胜数。所有的咸菜,不是直接用盐,就是间接用盐,反正都与盐有关系。那么,腌咸菜的这项技能,您知道最初跟谁有关系吗?

为了追求名人效应,有人从古书里到处查找史料,找不到直接证据,就搜集了一个民间故事,说腌咸菜这项技能,是秦始皇发明的。

秦始皇执政期间,征用了大量民工修建长城,因地处偏僻,民工长期吃不到蔬菜,身体受不了。秦始皇就派人准备了一些青菜,用海水洗干净,晾晒到半干不湿的程度,供干活的那些民工佐餐。大家吃起来,觉得口感挺好,食欲随之大增,干起活来也有劲了。于是就有人开始效仿,弄些青菜,用海水处理过以后,再用大缸囤放起来,慢慢消费。

咸菜便从此被大众所认可，秦始皇未经申请，就获得了咸菜发明专利。遗憾的是，他个人没有通过这项专利获得长期的收益。这个传说的流传，权作是对他一种特殊形式的回报吧。

别看秦始皇在位不久、在世不长，那可真是个了不起的大人物，他能把四分五裂的天下统一起来，已是功莫大焉！天下统一以后，他又大刀阔斧地搞了车同轨、书同文、统一度量衡等一系列改革，其德何邵矣！看看当今，连那些家用小电器的插头都统一不了，家家户户都攒了好几抽屉充电器，造成多么严重的资源浪费啊！一想到这个，我就更加佩服秦始皇的霸气与魄力。哪曾想，我们至今吃的那碟小咸菜儿，竟然也隐含着秦始皇的智慧，纵观历史，善之大而逾此者，寡也！

（二）

咸菜，跟我们每个人都有密切关系。咸菜的品类之盛，丰富了我们的饮食；腌制的程序之别，充实了我们的生活。提起咸菜，我们都会有一肚子话要说，说起来都会眉飞色舞、绘声绘色。

我童年时期，不知道其它地区怎么样，反正俺那个墕儿的人，不是顿顿饭都能熬上一盆子鲜菜就着吃的，大多是就着咸菜吃饭。吃咸菜的时候，我也不知道应该感恩秦始皇，只觉着母亲为了操持全家人的一日三餐挺犯难为的。现在想想，有点对不住秦始皇，要是没有他，我们只能单吃地瓜、独嚼地瓜干。

那时，我们吃的咸菜，种类并不多，最常见的就是萝卜头、辣菜疙瘩。腌制萝卜和辣菜疙瘩，是我母亲每年必做的营生。

深秋初冬，是萝卜和辣菜的收获季节，不管是自留园里种的，还是生产队里分的，我们都是挖个地窖，把又大、又长、又顺流的萝卜窖藏起来，留待冬春两季熬菜吃，剩下的那些长得砢碜的萝卜和辣菜疙瘩，基本上都切成条，腌了咸菜，只有少量辣菜疙瘩，被腌成辣菜丝儿。

母亲挑选一些品相端正的辣菜疙瘩，洗得干干净净，削掉根须，切成细丝，或者用擦床子擦成丝儿，经过晾晒，去掉水分，晒到半干的程度，放在陶瓷坛子里，撒上咸盐，扣上盖子，隔几天打开盖子翻弄一下，免得受盐不均。

腌好了的辣菜丝儿，触摸起来，感觉很疲软，但它属于咸菜中的阳春白雪，不是"公鸡中的战斗机"，也是"咸菜中的神仙菜"。

家里来了客人，母亲做饭时，会从坛子里抓出一把腌制好了的辣菜丝儿，放在水瓢里，舀上清水，用手捼撅捼撅。将清水沥干以后，把辣菜丝儿盛在碗里，倒上一点酱油，点上几滴香油，在碗里拌一拌，就端上了餐桌，成了一道口感独特、滋味鲜美的下酒佳肴。

有一首题为《小咸菜》的"调笑令"，写得通俗有趣："真怪，真怪，佐酒偏心小菜。天然绿色清香，去腻除油寿长。长寿，长寿,切忌腰肥肉厚。"

这首小令的意思是:说奇怪呀,还真奇怪,很多人都喜欢就着小咸菜饮酒,不太喜欢大鱼大肉;小咸菜,天然绿色,清香可口,可以去除油腻,能使人健康长寿;要想健康长寿,就得减肥去肉,小咸菜正是减肥去肉的美味珍馐。

我们有时候,也跟着客人沾光,用筷子轻轻夹起几根辣菜丝儿咸菜,填进嘴里,细嚼慢品,软得虽如橡皮筋儿,嚼起来却是带响儿的,用俺那个埝儿的说法,是"咔嚓儿咔嚓儿的"。那声音,既不是生脆,也不是酥脆,又不是松脆,而是非常筋道、特有咬头儿、很有韧性、很耐咀嚼的鲜脆和爽脆,鲜里带着咸,咸里带着鲜,给人一种特殊的口舌享受。

我母亲,把它看作是咸菜中的精品,一般不舍得给我们吃,除了来客的时候能拌上一小碗,一般是当作礼物,送给远方来的亲戚了。

平时吃的咸菜,基本上就是萝卜头。我读高中的时候,因为距家较远,到了昼短夜长的冬季,基本上是以住校为主。每个星期一,天亮之前,母亲都会给我准备一堆瓜干饽饽。就是把地瓜干煮熟了,用石碾压黏了,团搭成圆圆的团子,再用地瓜面作皮子,把这个团子包起来;再放到锅里蒸,熟了以后,圆圆的,黑黑的,模样很像田赛运动员推送的大铅球,俺那儿称这种食物叫"瓜干饽饽"。

母亲用包袱把那堆瓜干饽饽裹起来,装在一个网兜里;再给我切一些萝卜头咸菜,用四鼻子罐装好,倒上一点酱油。

天还不太亮，我就用一根小棍子，挑着一网兜瓜干饽饽、一罐子咸菜，憧憬着美好的未来，大步行走在坑坑洼洼、弯弯曲曲的求学小道儿上。我心里很明白，必须小心谨慎走好每一步，稍不留意摔倒在地，摔烂跌破的，不仅仅是一个星期的主食和咸菜，更是母亲寄予的厚望和自己那模模糊糊的梦想。

（三）

当年，买一斤盐粒，是一角二分钱。腌咸菜的缸，比做大酱的缸还要大，腌一缸咸菜，需要用多少斤盐？需要花多少钱？我至今也说不清楚，我只知道，邻舍百家腌咸菜，都不舍得买那么多的盐。但是，咸菜总是要腌的，否则用什么就饭吃？

买不起盐怎么办？俗话说得真好啊：天无绝人之路！我们可以用咸土腌咸菜，这个不用花钱，出点力就可以，到海滩上去扫起来、运回来，腌咸菜的问题，随之迎刃而解。

季羡林先生曾经撰文，回忆他小时候家里穷，没有钱买盐，只能把盐碱地上的土扫起来，在锅里煮成咸水，用来腌咸菜。相比而言，我比他有优势。我的优势不是比他家有钱，而是所处的地域不同。他老家是内陆地区，处在漳卫河与古运河交汇处，盐碱地里的盐分，稀松寥寥。我老家靠海相对近一些，我们可以到海滩上扫咸土。海滩的含盐量，比河滩的含盐量，绝对不是同一个量级。

胶州湾西岸，被五河头（五条河流的入海处）淤积起了一望无际的海滩，这海滩不是沙滩，而是细腻的淤泥。海水涨潮时，滩涂就被海水淹没；海水退潮以后，经过海风吹拂，海滩表层的水分，就会迅速蒸发，随之就结出了一层盐晶，放眼一望，如霜似雪，经太阳一晒，这层盐晶很快就会消失。

俗话说：靠山吃山，靠海吃海。从我家到胶州湾的距离，接近二十里路，严格说来，算不上靠海。但是，说近不近，说远也不远，我们没有下海打鱼的条件和传统，但有每年到海边扫咸土的习惯，也算是蹭了一点大海的边儿吧。

我们摸透了海滩那层盐晶的出没规律，几个邻居轧伙，凌晨三四点钟，就从家里出发，推着独轮车，车子两侧的偏篓里，放着树枝、笤帚、钝刀、铁锨等必需的工具。我们摸着黑儿，影影绰绰地穿过几个不知名的村庄，绕过一些庄稼地和菜地，终于到了五河头海滩。

置身一望无际的五河头海滩，向东远眺，大海彼岸一片通明。俺知道，那就是青岛，是出产大金鹿自行车和大前门香烟的城市；俺从印在火柴盒上的红色图案中知道，青岛有个著名景点叫栈桥。要是有那么一天，能到青岛去转转，该有多好啊，看看中山路的繁华，看看前海沿儿的美景，看看栈桥上每天来来往往的都是些什么人，看看青岛人穿什么衣服、戴什么帽子，听听青岛人说话什么腔调，据说青岛大嫚很漂亮，不知道敢不敢看……还应该看看什么，我也不清楚。

其实，当时的我，只顾扫咸土了，这些杂念，似乎根本就没敢萌生，因为青岛是一个遥远的与我无关的另一个世界，类似外星人是如何吃喝拉撒的，关地球人屁事！

我们一行数人，就像八路军跟鬼子争夺山头似的，要跟太阳抢时间，到了目的地，一停下小推车，就打响了扫咸土的突击战。其中一个人，拿起树枝子，蹲在地上，在平整的滩涂上，就像对待仇敌一样，左右手倒换着猛烈地抽打，一经抽打过的滩涂表层，就暴起了一层带土的盐嘎渣儿；再一个人，用钝刀刮刮，用笤帚扫扫，把咸土堆起来；最后一个人，用铁锨把成堆的咸土除到偏篓里……待车子装满了咸土以后，我们心里也装满了沉甸甸的希望。

这时候，睡眼蒙眬的太阳，已经化妆完毕，正在为自己的隆重出场营造氛围。我们扫咸土的小分队，就像在战场上获得了一批战利品似的，一人推车，一人拉车，一人扛着工具，背着通红的太阳，高高兴兴地返程了。

（四）

这一车咸土，通常是两家轧伙扫回来的，一家分一偏篓。这一偏篓咸土，主要有两大用处。

第一个用处，就是腌咸菜。把萝卜条、辣菜条，放进咸菜缸里，撒上一层咸土；再放进一些萝卜条和辣菜条，再撒上一层咸土……让咸土中的盐分，慢慢渗透到萝卜条和辣菜条的肌体里，使之由淡变咸。过上几天，我母亲把咸菜从带水的泥土中捞出来，摆在高粱秸子编制的帘子上，或者摆在墙头上，让其接受阳光的照射，晒到半干的程度，再储藏起来就不腐烂了。咸土把自身的盐分默默无闻地奉献给了萝卜条和辣菜条，成就了一大缸咸菜，光荣地完成了自己的使命，正式办理了退休手续，被送回大自然中去了。

第二个用处，就是滤咸水。我们会找个半米多高的小缸，在缸口上，横放一个Y型树枝做的箅子；在箅子上，安放一个底部钻了圆孔的泥罐；找个酒盅，扣在泥罐底部的圆孔上；抓一把谷糠，撒在酒盅周围，免得咸土漏下去；把咸土装满泥罐，用水瓢舀上清水，浇在咸土之中；清水下渗，透过罐底，咸土被谷糠挡住；咸水穿过罐底的那个圆孔，吧嗒，吧嗒，一滴，一滴，落在下面的小缸里；小缸里的咸水，从无到有，积少成多，水位线也随之慢慢提升；几罐咸土，最后过滤成一缸咸水。有了这缸咸水，熬菜的时候，直接舀一勺子添到锅里；或者通过太阳暴晒的方式，把水分蒸发掉，获取沉淀缸底的盐嘎渣儿。

咸菜得吃，日子得过，不吃也得吃，不过也得过。不知道这种吃法，对身体有害与否，反正俺祖祖辈辈就是这么过来的，我就是吃着这样腌制的咸菜长大的。

时光飞逝，转眼就过去了半个多世纪。有一年，我回老家，邻居的一个晚辈李旭光（与我同岁），开车拉着我们几个人，就像重走长征路似的，到了当年我们扫咸土的五河头海滩上，目的不是扫咸土，而是请我们吃虾、吃螃蟹。

孤零零的餐馆，只有一排简易的房子，没有院落。我站在房前，四处观望，想找找当年扫咸土的场景，却发现，除了成片的坟茔，便是由个人承包的虾池和蟹池，一个连一个，每个都像足球场那么大，整个滩涂，再也找不到原来平坦开阔、一望无际的模样了。

向东南方远眺，是胶州湾跨海大桥，像彩虹一般，把西海岸与青岛老市区连为一体。因为有了跨海大桥，很多人曾经对青岛这个现代化国际大都市的神秘感，都被半个小时的车程一扫而空。

现在，俺老家那儿的人，很少有自家腌咸菜的了，想吃什么咸菜，到市场买点就够了；即使自家腌点咸菜，也不用咸土了，用咸土腌咸菜早就成了遥远的传说。自己特想吃的咸菜，如果自家没有，也不要紧，开着轿车，一踩油门儿，就从城里买回来了。

（五）

辣椒是辣的，甜瓜是甜的，香油是香的，咸菜是咸的，是啥就该有个啥滋味，否则，就是名不副实，忒没劲。

咸菜中的盐分，是人体不可缺乏的营养素。人的体内缺了盐，会导致乏力等许多不良症状的出现。因为咸菜滋味鲜美，被人们视为佐餐下饭的佳肴，稍不控制又会吃多了。吃多了咸菜，喝水不及时的话，很容易齁着；一旦齁着了，不是咳嗽就是喘，若久治不愈，就成了气管炎。

我父亲曾经谆谆教导我们说："美食不可尽用。"这里面有个度的正确把握问题，强调的是恰到好处，体现的是中庸之道。母亲每次发现我们咸菜吃多了，不是当场制止，就是让我们多喝水进行稀释。

当地还有个说法：孩子刚吃了咸菜，不能打孩子，不能让孩子哭。人们说不出什么科学道理，可能是先辈的经历教训了他们，小孩子刚吃过咸菜，挨了打，情绪不好就会哭，一哭就容易咳嗽起来没完没了，气管炎很容易由此而引发。

咸菜不是主食，因它与秦始皇沾了点边儿，就陡增了厚重的历史感和文化意义，让我在吃咸菜的时候，很容易联想到，这不仅仅是在吃咸菜，而且也是在吃文化。

第三编

遗风旧俗

醉人的年味儿

（一）

小时候那么盼望过年，不是希望快快长大，而是向往那种醉人的年味儿。

刚一进腊月门儿，村子里就会传来零星的爆仗声，仿佛在提醒我们：年，已经离我们不远了，该准备过年了。

这时候，身边的大人就会说：嗯，开始有年味儿了。

这年味儿，是不请自到的腊月携带而来的，还是零星的爆仗声送来的，我不知道，只知道干什么活都来了劲头儿。

邻居五叔家，每年腊月里，都制作爆仗，到集市上去换点钱，补贴家用。我偶尔也利用晚上的工夫，去搭一把手，帮着卷爆仗。

五叔家，从集市上买了废旧报纸，裁成不到一寸宽、不足一尺长的纸条；把那些粗粗的白线，也都剪成一尺来长，可以用来当拉线；找来一只饭碗，用清水调和半碗黄药，制作拉爆仗的全部材料，就算备齐了。

我也跟着他们家的人一起，坐在炕上，围着小炕桌做拉爆仗。

先铺好一张纸条，拿起一根白线，在中间促成一个圆圈，用拇指和食指将这个圆圈一捻，就捻成一个黏连的线扣；紧接着，一手提着白线的两个头儿，将那个线扣递到碗里，用一根筷子头，将线扣往黄药里一摁，线扣就蘸满了黄药；随即把那个线扣提溜出来，放在那张纸条上，从纸条的一头儿开始卷起，那个蘸了黄药的线扣，就被紧紧地卷在纸条中间；最后，用浆糊把纸条的末端粘上，一个可以给小孩子带来无穷乐趣的拉爆仗，就正式出品了。

名义上是去帮工，其实是为了蹭几个小爆仗罢了。我这点小心思，早就被五叔看透了，每次去帮工，临走的时候，他都会硬塞给我一两嘟噜拉爆仗。

我带回家去炕炕(炕炕，就是压在热炕头的席子底下烙干)，炕干以后，随时可以抽出一两个，两手各扯着一个线头，举在头顶上方，猛地一抌(dèn)，蘸了黄药的线扣，被抌开的那一瞬间，产生摩擦，当中的黄药就被激怒了，啪地一声炸响，一团火光闪烁，一团白烟散开，恰似一道闪电划破云雾。

甭管别人反应如何，反正是自己首先听到了震耳的响声，首先闻到了硫磺的味道，首先享受了那份异常的刺激。

这几个拉爆仗，带给我的满足感，难以言喻。我不舍得一次消费完，只是偶尔抽出一两个，趁别人不注意的时候，炫耀性地放一个，过把瘾。

(二)

接近年关的时候，父亲也会给我买一挂100头的鞭炮，那是灰药的，需要点火才能燃放。因其较为细小，俗称"麦秸草"，意思是像麦秸草那么细小的爆仗。

在我们的话语体系中，"麦秸草"这个词语，总共就两个含义，一个是本义的麦秸草，一个是引申义的小爆仗。

一挂麦秸草小鞭炮，若是点上信子，噼里啪啦，几秒钟就能一次性地燃放完毕。我可没有那么奢侈，每次都是把它编成辫子的信子拆开，将其化整为零，可以燃放一百次，每次听一响，我就可以享受一百次的乐趣。

过年期间，我每天都会在口袋里装上十来个，逮空就放一个。一手捏着小爆仗屁股，一手拿着正在燃烧的半截子香，用香火对着爆仗信子轻轻一触，爆仗信子就刺刺地燃烧，等它接近燃尽的那一瞬间，我把小爆仗往空中一扔，啪的一声脆响，烟飞纸碎，我胸中的不快，霎时间就能得到粉碎性删除，内心的自信，旋即就能得到有效激发。

（三）

要过年了，家里的活也跟着多了起来。我会根据大人的要求，推磨，推碾，帮着做大豆腐，扫尘除垢，烧火蒸干粮，等等。大人做大事，小孩子在一旁递递拿拿，当个帮手，既是义务，也是实习。

扫尘，就是年关必须实施的一项重大工程。老人们常说，不好好过年的人，就不会好好过日子。好好过年，就要对过年当回事。打扫卫生、清理房间、盘整锅灶、洗刷餐具等，就是对过年当回事的重要体现。

干干净净过大年，高高兴兴迎新春，是我们的共同愿望，所以每年腊月二十三，都会集中力量，大干一场。把摆在当门的供桌，搬到天井里，把能搬动的器具，也都搬出屋子，能用清水刷的，就用清水刷，不适合冲刷的，就用抹布擦，清理干净以后，样样家什都焕然一新，我们的心灵也随之亮堂了起来。

营造浓厚的过年氛围，尤其离不开母亲的巧手扮家。

每到年关，她都要对居室进行一番美化和装扮，找地方淘换一块石灰，在大盆里用清水一泡，就是很好的刷墙涂料。母亲站在炕上，端着脸盆，用笤帚蘸着石灰水，把陈旧的墙皮粉刷一遍。

刚开始，我们看不出效果，半天以后，水分蒸发了，烟熏火燎的墙壁，焕然一新，室内顿时明亮了许多。

邻居们也有不刷墙的，而是到集市去买些旧报纸，糊在墙上，墙壁虽然不如石灰水刷的洁白，可也有它的好处，用手一摸，很光滑。如果家里有上学的孩子，他们坐在炕上，环顾一周，就等于置身于世界新闻发布会的现场，国际国内的很多重大事件，都能一目了然，久而久之，甚至烂熟于心，这对于识字的孩子来说，等于是打开了一扇观望世界的窗口。

我母亲，能把大半天的工夫，消费在对一扇窗户的装扮上。

她花三分钱，买一张白纸，用来封窗；花八分钱买一张花纸，贴在窗户内侧的顶棚上；在窗户两边斜面土墙上，贴上两幅叫作"窗旁"的图画；提前用大红纸剪了窗花，在窗棂之间的上半截，并行排着贴上八张不重样的窗花；在窗户中间，留出一个长方形的区域,制作个一尺来高的小卷窗 —— 在卷窗的四个角,分别钉上一个小鞋钉,找根梃杆当轴,把下垂的白纸与梃杆粘在一起,在四个鞋钉之间,用红线对角来回走几趟,一个小卷窗就做成了。室内若有浓烟,或者需要透气,就可以把这个小卷窗卷上去,晚上睡觉时就放下来。

原本透风撒气的窗户,终于封好了,保暖功能与母亲的审美观念,实现了完美统一。

（四）

农家过年之前,在普遍实施的封窗工程中,一般都要贴窗旁。我便从中发现了一个商机,曾经突发奇想:我们自己画,既可以自家贴,还可以到集上卖。

我跟本家兄弟李春国一商量,两人不谋而合。他比我小两岁,上学比我低一个年级,我们两家相距挺远的,但他就愿意跟我在一起玩。

我们先到门市部买了一些封窗纸,把每张大纸裁成四张长条,四张长条纸就能画两副窗旁。如果一副成品画能卖 4 分钱,那么两副画就能卖 8 分钱,退去每张纸 3 分钱的成本,其中就有 5 分钱的赚头儿。到年关了,挣点零花钱,买几串小爆仗没问题。

我们找来老人戴过的破毡帽,剪下长宽各一二厘米的毡片,用两块竹片一夹,把竹片两头用皮筋一缠,画笔就做成了。没有水彩颜料,就用染布用的颜料。

捏着这种特制的画笔,一个角蘸一种颜色,或者红黄搭配,或者黄绿搭配;或者一个角蘸颜色,另一个角蘸清水,画在白纸上,就出现了很自然的过渡色。

能用这种过渡色,画花画鸟画蜜蜂;画枝画叶画花瓶,在当时农村里,是很时髦的。

我们一般是画兰、荷、菊、梅,不管是热烈盛开的,还是羞羞答答半开的,或者是含苞待放的骨朵,都在我们特制的画笔之下相继呈现。画完了花朵和枝叶,再根据需要,点缀上蜻蜓、蜜蜂、蝴蝶、小燕子,然后在下半部分画上花瓶,最后在纸的边缘处,题写吉祥词语。

初生牛犊不怕虎。我们竟然也敢拿着自己的作品到大集去摆摊儿,哪儿知道个天高地厚啊!在熙来攘往的人群中,我们不停地吆喝:"卖窗旁啦!"耗了半天时间,总算出手了,最后是赔是赚,就不管那么多了,不砸在自己手里就行。

凡是经历,皆为获得。十来岁的孩子,有那么一次特殊的商场实战经历,纵然赔了,也是赚了。

(五)

每年腊月二十三,家家户户过小年,焚香祭酒摆糖果,祈求天宫降平安。

过小年,也叫"辞灶",就是为灶神(灶王爷)送行,送他回天庭去述职。

我们家的辞灶仪式比较简单,都是在晚饭之前举行。

大锅后头、灶台之上是壁子墙，墙上贴着一张叫作"灶马"的旧年画，经过一年的烟熏火燎，早就灰头土脸了。

我母亲把它揭下来，再贴上一张新的。揭旧的，贴新的，这相当于挂职干部的轮岗。

然后，她就在灶台上摆放几个小碟子，碟子里供上糖块和水果。随即蹲在锅灶前，划一根火柴，把旧的灶马烧掉。每次焚烧旧灶马的时候，她都很虔诚地小声祈祷："灶马爹，灶马娘，吃了糖瓜上天堂，上天言好事，下界降吉祥，少摊使费，多打五谷杂粮。"

看得出，她是想用最低廉的成本，贿赂这个天堂下派官吏（灶王爷），希望他到天庭述职的时候，向老天爷多诉基层百姓苦，切莫报喜不报忧，这样老百姓才能得到上苍更多的怜悯和护佑——风调雨顺，五谷丰登。

结果呢？第二年，该怎么穷还怎么穷，似乎灶王爷并没有起到任何作用。这究竟是俺娘给灶王爷送的糖果太少，没被灶王爷看在眼里，还是老天爷根本就没把灶神的述职当回事？俺至今也没整明白。

纵然如此，老家至今还保留着这套风俗，其中包含着老百姓的一个甜美梦想：管它有用没用呢，有枣没枣都打一竿子，万一梦想实现了呢！

有句时髦的话叫"诗和远方"。很可能老百姓的诗和远方，就隐藏在这种神秘的梦想之中。

（六）

"大年三十皆不足，正月初一万事休"，这是父亲过年期间经常说的一句话。临近年关那几天，左思右想还差点啥，唯恐哪件事情疏忽了，该置办的没置办，临阵抓瞎。一旦想起来，不管遇到什么恶劣天气，都要去赶集，把年货置办回来。

同时，他还把"好过的年，难过的春"这句话挂在嘴边，提醒我们，过年事大，但也不能太奢侈，购置年货，不能把那点可怜的小钱突击花光，必须顾及到年后的漫长春日怎么熬。所以，割几斤肉，称几斤葱花和芫荽，买几刀纸，买几子香，买几挂鞭炮，置几双筷子，添几个碗，都得精打细算，绝不可寅吃卯粮、顾头不顾腚。

购置年货，一般是赶王台大集。王台大集，位于胶县和胶南县之间，是方圆百里规模最大的民间货物集散地，距离我们村仅有三四里。每逢四、九日，赶集的人络绎不绝，用担杖挑，用筢筢挎，用肩膀扛，用小车推，从四面八方，聚集到一起。

大集设在王台西河沙滩上，按照不同类别的货物，人们分别摆成不同的过道，过道两侧是卖家看守的待售物品，在过道当中来回走动的，是挎着筢筢或篓子的购物者。

摊位排列整齐的，主要有果蔬市、肉鱼市、农具市、粮食市、布匹市、鸡鸭市、杂品市等，都分得比较清；而那些木材市、柴草市、牲口市、畜禽市、鞭炮市等特殊市场，相对散乱，一般设在大集的边缘位置。

腊月里的王台大集，比平常增添了几分热闹，就像大海的潮水涨到了最高峰。我每次走到河东岸，趁着尚未被一浪高过一浪的人海吞噬，放眼望去，人头攒动，摩肩接踵，人欢马叫，听到的是呜呜泱泱的嘈杂声，却啥也听不清晰。

临近过年的那几个集日，卖鞭炮的商贩，成了这台大戏的主角，这家燃放的鞭炮尚未停息，那家便毫不示弱地接上了火，团团烟雾缭绕，声声震耳欲聋，可谓此伏彼起、不绝于耳。一些赶闲集的人，围着几个鞭炮摊儿，转来转去，不花钱，干听响，总觉着赚了不少便宜，所以丝毫不吝啬其高声喝彩，忽悠着商家"再来一支"。

平时，在这个大集上，我们也经常以卖家的身份出现，大白菜、萝卜、大葱、韭菜、土豆、甜瓜、面瓜、苦瓜、黄瓜、吊瓜等等，我都卖过，能卖五厘钱，就力争不卖四厘五。

临近过年了，我跟着父亲去赶集，转身变成了消费者，能省五厘决不枉花半分，从来就不懂得什么叫设身处地、换位思考。我父亲总是不紧不慢地在摊位前面走来走去，为了几厘钱的差价，也反复地给人家砍。他不是一般地货比三家，而是货比多家之后，依然不能成交，我很替他着急，却不敢多说话。

我明白，一旦惹他不高兴了，他要是不给我买小爆仗，我过年还有啥意思呢！我叮嘱自己，能忍就忍忍吧。

（七）

恭敬祭祖的礼节仪式，是构成年味儿的关键要素。

除夕那天下午，多数人家要安排上坟，恭请祖先亡灵回家团圆，也叫迎财神。一次上坟，两种职责。

有的家庭，要在供桌上摆放祖宗牌位，或者在堂屋后墙上悬挂带有已故先人名号的家谱。我们家族，人虽不少，但没有文化传承，祖宗名字叫什么，哪个年代从哪里来的，都没有记载，我们只能悬挂木版年画上画着空格的轴子。当然供桌上不能少了该摆的祭品，也会定时点燃蜡烛，定时焚香化纸，并按规矩磕头祭奠，颂扬祖上盛德，祈求家人平安。

不知从什么时候开始，我们家跟邻舍百家不同，除夕那天下午不到祖坟迎接先人亡灵。多年后的一次，我从外地回家过年，看到人家都在除夕下午去上坟，我也心血来潮，学着别人家的样子，给亡故的父亲去上坟，也想趁这个机会给财神作个向导，请他到我家来认认门儿，以便将来经常莅临，不要总是"过家门而不入"。

结果，除夕那天晚饭后，我突然发生了痉挛性的腹部疼痛，我嫂子发生了严重的呼吸困难，可把我母亲吓坏了，她赶紧到供桌前烧了几张纸，祷告祷告，我们这才度过了那一劫。

看来，各家有各家的风俗习惯，一家门口一个天，东施效颦要不得，家人若无发财命，烧纸能把鬼引来。

（八）

一夜连双岁，五更分二年。我们小时候，没有电灯照明，没有电视引坐，习惯了早睡早起，过年几乎没有守岁的，也不在子时举行过年仪式，而是先睡上一觉，大约在丑时，再正儿八经地起来过年。

这个时候，平日不做饭的男主人，主动下厨房，摆放供品，烧纸燃香，烧火煮水饺。平时，我爹也经常烧火做饭，但那都是协助我娘，打个帮手而已。大年五更这次下厨房，那是祖先传下来的规矩，是一家之主的神圣职责，抑或包含着"唯我独尊"的荣耀和"舍我其谁"的意味。

女主人则勿需到灶房去忙活，主要职责是伺候孩子换新衣裳，自己洗漱完毕，然后等着和家人一起，坐在炕上吃过年饺子。

明面上看，女主人忙活了一年，终于熬到过大年，享受一下男主人的伺候，理所当然，给男主人一次用实际行动来表达对女主人感谢的机会。其实根本不是那回事，本质上还是男尊女卑的体现——在五更头儿这个特殊时刻，在祖宗灵魂和天上神明备至的这个最为神圣的环境氛围中，身份卑贱的女人，没有出头露面的资格！

这是多年以后我才悟到的。

大年五更里，禁忌特别多。比如：讲究肃静，烧火不能拉风箱；煮水饺一般是烧豆秸，图的是"烧豆秸，出秀才"的寓意；或者烧芝麻秸，意味着芝麻开花节节高，日子越过越好；如果祖上有信佛的居士，五更这顿饺子就包素馅的，讲究一个素净；送年之前不能扫地，扫地意味着扫财，会把财气扫没了；过年也不能倒垃圾，倒垃圾会把污物溅到神的身上，引起神的恼怒；等等。

我们小孩子，一起床就被叮嘱，说话要放低声音，别惊动了祖先。在那个鸡不鸣、狗不叫的神秘时刻，我们说话的声音，突然压低了若干个分贝，像平时说悄悄话似的，用假嗓子。

这时候，我娘会特别嘱咐我们，坐在炕上，身子不要倚着墙，否则在这一年里，身上会生疮生疖子。长大了，我才明白，那是一种托词，是怕我们把衣服弄脏了、磨破了。

有些禁忌，爹娘在过年之前，就给我们打预防针了：说话要说吉利话，与发财、平安、健康、长寿有关的字眼，可以说；不能说破了、死了、完了、赔了、灭了、拉倒了之类的不吉利字眼儿。饺子煮破了，不能说破了，必须说挣了（中了）；但是，一个水饺都没煮破，万万不能说一个也没挣（中），避而不谈就行了。

最大的忌讳，是香烛熄灭或歪倒，那种现象，常被理解为"断了香火"或"拉倒了"的不祥之兆，一家人都会惊悚不堪。所以，烧香点蜡之类的事，都是男主人亲自做，轻易不让毛手毛脚的小孩子代替。

这些规矩和禁忌，交融在一起，骤增了年的神秘感，正是这些神秘感，带来了扑鼻而来的浓浓年味儿。

（九）

父亲把饺子煮得差不多了，就让我和我哥到大门口放鞭。如果说过年是一台综艺晚会的话，那么燃放鞭炮就是这台综艺晚会的高潮时刻，如同新媳妇刚刚被扶着走出大花轿，如同国家元首宣布奥运会开幕。

我和哥哥从炕席底下取出一挂带着热乎气儿的鞭炮，从卧室来到当门，发现父亲已经营造出了一个热烈而神秘的环境氛围——大桌子后墙上，挂着一幅木版年画，正好挡着后窗，那幅画，我们叫轴子。轴子上半截，划了一些格子，是为了填写列祖列宗名号的。供桌上摆满了供品，五个为一组的大饽饽，摆了三组；饽饽前面，摆着四个小碟子，碟子里盛着糖果点心；靠墙还立着三双崭新的筷子，筷子东侧立着一块插有红枣和铜钱的年糕，筷子西侧摆着一碗隔年饭，隔年饭里插有柏枝、桃枝、竹枝、红枣、铜钱。桌子靠前的两角，摆放着两个蜡台，蜡台上各插着一只通红的大蜡烛，灵动的火苗，在蜡烛最上端翩翩起舞。摆在供桌前端正中间的是香炉，香炉里插着三炷已经点燃的香，冒着缕缕青烟，直抵屋笆。

锅里冒出的蒸汽，与香烛、火纸、柴草燃烧的烟味混在一起，形成了多种成分相混合的味道共同体，似乎触手可及，甚至一抓一大把，闻起来深感奇异而丰富、芬芳而馥郁。透过浓烈的烟火气，朦胧中可看到父亲忙碌的身影。

我们把鞭炮带着麻绳的那一头，拴在提前准备好的杆子头儿上，来到大门口，一个人挑杆子，另一个负责点火。

点火的人，捏着半截香，凑到嘴边，轻轻吹拂燃烧的香头儿灰，小心谨慎地用香头儿触碰鞭炮的信子。那撮引信，顿时就刺刺啦啦、火光四溅,紧接着,一连串的鞭炮声,就噼里啪啦震响起来,漆黑的夜空中,一团团转瞬即逝的火光,在大门口频频闪烁,半条胡同都被惊醒了,却听不到一声鸡鸣狗吠。

鞭炮声刚刚响起的时候,突然从街上飞来一群半大小子,他们奋不顾身地争抢落在地上没有爆炸的爆仗。鞭炮燃放完毕,他们数着手里不带信子的爆仗,心满意足地奔赴到另一个"战场"去了。

(十)

放完鞭炮,我们回到屋里,做好吃饺子的准备。吃饺子之前,要先到供桌前面,跪在蒲团上,给爹娘磕头,随之再折身,向端坐在炕上的爹娘问一声"过年好",然后才能上炕吃饺子。

每次给爹娘磕头问好,我总是羞羞答答不好意思。天天跟父母在一起,他们的状况好不好,我都看在眼里,还用问吗!但是,爹娘好像很是享受那种礼遇,坐在炕头上,高高兴兴地回答:"好,好,好!快上炕吃饺子吧。"

常言道:大年五更吃饺子 —— 没有外人。一家人围在一起吃饺子,是团圆的象征。我越来越觉得,真正的年味,不是出自熙熙攘攘的酒店大餐,更不出自车马劳顿的旅游途中,而是出自老少几代人那顿"连双岁,分二年"的团圆饺子。

包饺子的时候,我娘已经在少数饺子里,包上了铜钱或红枣。吃饺子的时候,谁吃到一个铜钱,就象征着这一年会有钱花;谁吃到一个小枣,就意味着在这一年会鸿运当头。这些象征意义，带给我们的是诸多美好期盼。人若没有这些对美好未来的期盼支撑着，活下去的动力必将大打折扣。

过年的饺子，都故意包得多一些，除了满足一家人五更里吃的，还要多出几碗摆供的；五更里吃不完，第二天中午接着吃，象征着年年有余。

为了追求年年有余，我们家每次过年吃饺子的时候，都要配着两盘菜肴：

一盘是蒜泥拌绿豆芽。绿豆芽是用开水焯过的，用蒜泥一拌，脆生生，辣齁齁，很对口味，关键是它还有着生生不息的象征意义；如果没有准备绿豆芽，就切一盘白菜心，白菜是"百财"的谐音，有百财聚来之美意。

另一盘是油煎的刀鱼。就着鱼，吃水饺，我并不觉得合口味，但我心知肚明，图的只是"年年有余"的寓意罢了。

（十一）

我们吃完饺子，约摸着邻居家也该吃完饭了，就把自家的大门打开，便于邻居来给我父母拜年。随后，哥哥领着我，就消失在黑古隆冬的胡同里，给我们的同宗长辈磕头拜年。

拜年，纯粹是走过场，到大爷、大娘、叔叔、婶子家，在其供桌前头，先喊一声"给某某磕头"，随之两手叠加，深深作揖，然后跪在蒲团上，双手伏地，磕头，起身，再作揖；大爷、大娘或者叔叔、婶子都健在的，我们就得反复两次，给男的磕完了,再给女的磕。

这时候,坐在里屋炕上的长辈,就会冲着当门,愉快地大声喊着:"中了,中了,不用磕了,不用磕了,快起来吧,快起来吧,来来来,上屋哈水。"

我们行礼完毕,就走进里屋,再当面向坐在炕上的长辈问好。

长辈们,满脸堆着幸福的微笑,愉快地接受我们的问候,都希望借着我们的吉言,把我们送上的祝福,变成他们新一年的现实。

他们纷纷欠身,扑拉着炕席,拉着我们的手,真诚地招呼我们上炕坐下喝水,并且端详着我们,好像多年未见似的,赞不绝口地说:"安样来,你看看这孩子,长得真喜人,一崩儿(一霎的意思)就长这么高了!过了年,几岁了?恁大大,恁娘,也都挺好?回去也向恁大大、恁娘问好,昂!"

不知道老祖宗什么时候发的通稿,我们每到一家,听到他们说的几乎是同样的客套话。多年以后,我听到大会主持人讲话,感觉如出一辙:"同志们,今天,我们开了一个非常重要的会议,某某同志所作的报告,给我们上了一次生动的政治课。"

假如只有我们弟兄两个在场,我们也许会稍微逗留一会儿,跟长辈们多聊几句;可是,俺那个家族比较大,差不多家家都有虎头虎脑的两三个以上的半大小子,拜年的路上,我们经常碰到一起,十多个人,积在谁家都像一瓶子罐头鱼。

遇到这种情况，没有空间坐下来多聊几句，常常是呼呼隆隆进去，呼呼隆隆出去，再排着队，轧伙着到另一家。

走到某一家门口，有的突然说："他家，我已经去过了。"于是就分道扬镳，队伍慢慢就零散了。

（十二）

天亮之前，我们把该拜的长辈都拜完了，然后就到大庙去烧香。烧香是幌子，放爆仗或者观看放爆仗，才是目的。

大庙里，香火很旺，天一放亮，就人声鼎沸、熙熙攘攘了，老远就能听到孩子们的追逐打闹声，噼啪的爆仗声，如同接连不断的水珠子溅到了热油锅里。院子上空，烟雾缭绕，庙宇附近飘散着浓烈的过年才有的烟火气。

前来逛庙的，有烧香的，有烧纸的，有进殿磕头的，有在院里燃放鞭炮的。我就属于最后那一种，从焚香炉里，拿一根没燃尽的半截子香，用俩指头捏着，不时地从口袋里掏出一个小爆仗，用香点着了，向空中一抛，啪的一声炸响，一阵青烟在半空中散开，一股特有的火药味扑鼻而来，心里头涌动着满满的幸福感。

放爆仗的欲望是无限的，口袋里的爆仗是有限的。很快，我的口袋里就一无所有了，心里顿觉空落落的。后来我参加工作了，经常是下个月的工资还没发下来，钱包就空了，心中的感觉跟那时差不多。

在大庙的院子里，我经常会听到有人在大声喊叫："哗啦头，二踢脚（脚，方言读为 juē），谁有爆仗我有火！"看来，弹尽粮绝的，不光我一个。

这时候，父亲的话语，就在我耳边回响："痴巴放爆仗，精神听响声。"痴巴，指的是傻瓜；精神，就是聪明的人。他的意思是，花钱买爆仗的，都是些傻瓜蛋子；真正聪明的人，跟着听响就行。

按说，也确实是那么回事，放爆仗的人，无法将爆仗的响声据为己有。可是，话又说回来了，为什么会有那么多的人，愿意当傻瓜呢？肯定是有区别的。

我要正确处理买爆仗和听爆仗的关系，必须全面把握父亲这一伟大思想的精神实质，把无限的欲望寄托在有限的痴巴身上，让痴巴们放去吧，反正每个爆仗的响声，都没有逃脱我的耳膜。

长大以后，我有幸结识了阿 Q 先生，才知道我父亲那套理论并非他自己的创造，而是有历史渊源的。阿 Q 先生，似乎笑着对我说："你父亲那一套，是跟着我学的。"

我一查阿 Q 语录本才发现，还真是的呢："我们先前 —— 比你阔的多啦！你算是什么东西！""现在的世界太不成话，儿子打老子 ……"

原来我以为我父亲很了不起，后来才明白，他至多能算是阿 Q 精神的伟大继承者而已，到了我这一代，就传承不下去了。

（十三）

过年，有吃的，有喝的，光玩，不用干活，大人孩子都高兴，连家里养的畜禽和宠物，也能跟着改善伙食，吃到一点有滋有味的食物。这样的日子，一年才有这么几天，能不让人留恋吗！

遗憾的是，仅仅过了两天，就要在初二晚上举行个简单仪式，把年送走，我真是依依不舍。

晚饭后，母亲少量地包一些水饺，用来供天供地供祖宗。

父亲盛上三碗水饺，摆在供桌上，点上过年尚未燃尽的蜡烛，点上三炷香，在供桌前头的火盆里烧完火纸，在地上洒一点白酒，象征着要打发祖宗们上路。

然后，他把供桌上的所有供品都收起来，把铺在供桌上的黄纸，转移到木盘子上，摞在一起，托着木盘，走到大门外，找个路口拐弯处，从木盘子上取下黄纸，点燃后，祭奠一盅白酒，燃放一支较小规模的鞭炮，跪下，磕个头，送年仪式，宣告完毕。

这一套礼仪，后来都被我哥哥继承了。

神灵被送走了，年也被送走了，一台轰轰烈烈的大年节目，到此结束。随后，全家人再犒劳一次，每人吃小半碗水饺，静悄悄地回味刚被送走的大年。

此时此刻，一种强烈的空寂感，袭上我的心头。整整一个腊月，都在为年劳累为年忙，这才刚刚享受了两天，就戛然而止，如同拿出数月的工夫排练一台大戏，一两个小时的演出，就匆匆落下帷幕,让人心里不甘呐!

吃那半碗水饺,是临睡前的加餐,本来就是多余的,但那是神灵消费之后的残存,我们是跟着神灵沾光。若没有那半碗水饺的抚慰,我因怅然若失而起皱的心灵,定然久久难以平复。

多年以后,我在济南生活,发现济南人不在正月初二送年,而是拖到正月初五,才举行"破五"仪式,从初五那天开始,不再遵守过年期间的禁忌,商家开门营业,表示一切恢复正常。除此之外,还有"泼污"与"破吾"之说。

与济南等很多地区的"破五"相比,我老家的人,急急忙忙地把年送走,很可能是为了节省开支,并尽快终止那些特殊的禁忌,转入出门走亲的新阶段。

(十四)

送年之后,亲戚之间的互相拜访,便拉开了大幕。出门走亲和接待应酬,大约需要七八天的时间,亲戚多的人家,几乎在正月十五之前,天天都有互访安排。

亲戚们虽有某种血缘关系,但大多不在同一个村庄生活,平时各忙各的,谁也顾不上谁,相互之间都能谅解;过年了,是个空闲季,就得通过走亲戚的方式,互致问候,送上祝福,联络感情,凝聚亲情,体现出非同路人的那种血缘关系。

出门走亲,一般是先去看望最亲近的人。闺女走娘家,女婿走丈人家,孩子走姥娘家,这是优先安排的走亲计划;然后再安排到七大姑家、八大姨家拜年，最后再去拜访多年的老表亲戚。

过年之后的这次出门走亲，一般都是当天返回。路途比较远的，时常要挎上筅筅，带上礼物，踏冰迎雪，早出晚归，代表一家人，给亲戚家送上问候和祝福，纵然有"吃肥了，走瘦了"的说法，却因使命在肩，依然乐此不疲。

平时不来往，过年再不走动，这样的亲戚，慢慢就成了令人遗憾的"断亲"，那点可怜的血缘亲情，只保留在老一辈对往事的口头传说和淡淡追忆之中了。

（十五）

旧时过年，这些物化的用品和相对固定的程序，给了我们强烈的仪式感、神秘感和新鲜感，浓郁的年味儿，让我们陶醉不已，让我们兴致盎然。如果这些民间习俗，都被当作封建迷信，予以荡涤殆尽，那么我们是谁？我们是哪里人？我们生活的意义是什么？还怎么能说得清楚呢？

现在很多人，平时的日子太好了，无异于"天天过节，日日过年"，真到了过年的时候，吃的、穿的、用的，跟平时没多少区别，自然就少了一份对过年的憧憬和期待，过年只是过了一个小长假而已。

乡村的城镇化建设，很多民俗程序和传统仪式遭受冷落，年味被冲淡，势在必然。2023年春节期间，我写了一首顺口溜，作过概括："城市过年味道缺，七天长假歇一歇；放个爆仗是违法,买副对联没处贴;不做香油和豆腐,杀猪宰羊是传说;无需更换鞋和袜,无需发面做糕馍;人人捧着手机看,省了登门去唠嗑;一条微信打天下,乐刷抖音不拜佛。"

旧时年已去,何日味再来?这是全民族都很期待的问题,却越来越无法解答,很是矛盾,很是尴尬。时代在变化,传统受冲击,势在必然。不可能让我们享受着高科技带来的现代文明生活,同时还让我们继续陶醉着传统意义上的浓浓年味儿。

曾经的年味儿,我们只能眼巴巴地看着它从我们视野中日渐消失,一去不复返。那些像我这样大呼小叫着要找回年味儿的人,与唐·吉诃德先生一样,其执着精神很是可爱,但表现出来的,终归是脱离现实的理想主义狂热与痴迷。

出门儿

正月初二晚上送了年,从初三开始,出门儿的大幕就拉开了。

在鲁东南一带,"出门儿"这个词语,是对春节以后走亲拜年行为的特殊称谓。

平时,人们各忙各的,没有工夫表达相互之间的亲情,一年到头,唯有过年这几天是个闲散日子,借这个机会,带上年货,相互之间走动一下,给亲戚送上问候和祝福,能够较好满足人们表达亲情的愿望。

亲戚亲戚，越走越亲。走，是走动和交流的意思，不是见个面、握握手、转过身、快快走的意思。这就需要慢下来，坐下来，在推杯换盏之中彼此分享成功喜悦，在嘘寒问暖中相互抚平心灵皱褶，有事您说话，无事喝闲茶。这样，有血缘关系的亲戚才能保持长久。从这个角度来讲，年后的出门儿，既是亲情体现，也是感恩之举，又是家际外交。

庄户人都知道，即使有着血缘关系的亲戚，也会因为长期的不相往来而断亲。一个没有仇恨的亲戚成为断亲，是一件很遗憾的事情。

（一）

不知道是谁跟谁学的，20世纪五六十年代，人们过年以后出门儿，都兴挎着一个筅子，筅子里装着一刀（带着两根肋骨）猪肉、两个饽饽、两个面鱼、一块年糕、十多个饺子，最后再用包袱裹上一把粉条，压在最上面。在人们心里，很可能那是最上等的礼物了，带上这些东西出门儿，特有面子。

主人很明白，客人带来的这些礼物，其功能是"好看的"，不能轻易收下；如若收下其中的任何一种，差不多得用另外的形式加倍回礼才行，否则自己的面子往哪儿搁？比如，留下一个饽饽，至少得回馈两个豆包吧？留下十个水饺，至少得回赠两个大菜包子吧？作为客人一方，明知主人不会收留（至少不会全部收留）这些礼物，但为了那张面子，也得根据当地的风俗,把该备的礼物全都备上。

　　于是乎,酒足饭饱之后的告别时,主客双方的推让和拉扯,总是免不了的,像极了现在好朋友在饭店聚餐之后都争着去结账的场面。主人至多在不很重要的礼物上,做点适度的交换,猪肉和粉条是绝对不会收下的,大多情况是客人怎么带来的,再让客人怎么带回去。

　　用现在的眼光看,亲戚之间,咋就这么不实在呢?客人把东西拿来了,你怎么好让人家几乎原封不动地带回去呢?但那个年代,就是那么一种风俗,那叫时代特色,归根结底,就是一个字:穷。

　　谁都知道,大家都不容易,我若留下客人那块猪肉,客人家怎么再到其他亲戚家"出门儿"啊!这样以来,篾子里的礼物,转悠了一圈亲戚,到最后基本上还是自家的。这时候,那块猪肉,开始发臭了,那俩馍馍,也风干皲裂了,差不多也到正月十五了,正好借着元宵节的名义,将其消费完毕。

(二)

　　那个年代,没有什么交通工具,出门走亲戚全靠两条腿,所以一般是在数公里的半径以内活动;超过几十里路的,空间距离上算是很远的亲戚了,冰天雪地的,能不去就不去了,双方都能理解。

　　俗话说:"远路无轻担。"挎篾子时间长了,胳膊就会酸痛。于是人们想了个法子,找一根"褡裢"(扎在腰间的那条布带子），拴在筥子把儿上，系个扣儿，一只胳膊插进那个扣儿里，别在胸前，把筥子背在身后。这样，筥子的重量，基本上转移到肩膀上了，大大减轻了胳膊挎筥子时产生的那种偏沉感。

行走在村口胡同，如果是一家三口，大多是年轻夫妇带着小孩儿出门走亲。这种情况，于男人而言，叫做"走丈人家"，而不称"走丈母娘家"；于女人而言，通常叫"走娘家"，而不叫"走爹家"；于小孩儿而言，那叫"去姥娘家"，而不叫"去姥爷家"。这种非约定而成的说法，仔细琢磨一下，还是蛮有意思的。

这样的一家三口出门儿走亲，通常是丈夫抱着小孩儿，走在前头，媳妇挎着筥子，跟在后头，前后一般要保持十来步以上的距离；倘若男女并肩而行，就会招来路人的指指点点、说三道四。倘若媳妇走在前头，让丈夫跟在后头，那绝对是大逆不道，反正我没见过如此"不懂规矩"的女人。

同样都是走亲拜年，男人和女人到了亲戚家的待遇，可就有了天壤之别。身为女婿的男客，绝对是座上宾，可以坦然地脱掉鞋子，盘腿坐在热炕头上，跟男主人喝茶、吸烟、吃瓜子，聊个天南海北，喝个酩酊大醉；身为女儿，回到娘家，却不能享受客人的待遇，都会自觉地挽起袖子下厨房，帮着母亲、嫂子、小姑子们洗、涮、煮、炖、炒、煎、蒸，直到伺候完了男人们的吃喝以后，才能把男人们剩下的饭菜，端下炕来，跟母亲和孩子们一起吃，而且还乐此不疲，没有丝毫怨言。

这种男尊女卑的流弊，大概延续到了 20 世纪末。

（三）

20 世纪七八十年代，自行车开始流行，成为人们很平常的代步工具，所以步行出门儿的人很少了，出门儿走亲的距离，也相对延长。随着经济的发展和物质的富足，都感觉挎个箢子(或者背个箢子)太土气了，于是就把古代的柳编"箢子"，更换为人造革的"提兜"。

出门儿的时候，没有自行车的，就用手提着装满礼品的提兜，而且习惯在提兜上面盖着一条崭新的花毛巾，里边究竟盛着什么礼品，别人是无法一眼看到底的。有自行车的，就把装满礼品的提兜挂在车把儿的一侧，骑上车子，轻松潇洒地上路了。

遇到前面有行人，就按一下铃铛，丁零丁零一响，在前头步行的人，就会立马驻足让道儿，侧过身来，用羡慕的眼光，看着稍纵即逝的自行车。

如果是一家三口出门儿，一般是丈夫骑着车子，后座上载着媳妇；媳妇面向一侧坐在后座上，怀里还得抱着孩子。假如夫妻俩有两个小孩儿，也有办法，就让那个大一点的小孩儿，侧着身子坐在爸爸怀前的自行车大梁上。那时候，没有超载一说，更没有查酒驾的。

那个年代，雨雪天气比较多，正月里出门儿走亲，时不时地会赶上大雪封门的天气，道儿也不平坦，一路上摔几个跟头，是很正常的。我们在村口，经常发现走路滑倒在地的醉汉，馒头都从箢子里滚出来。那些骑自行车载着老婆孩子的，越是到了村口人多的地方，越是紧张，歪歪愣愣，稍不留意，车子就摔倒在冰雪小道上，老婆孩子满地爬。当事人该有多尴尬，可想而知。

乡间的人们，自从扔掉了笼子，换上了提兜，似乎获得了一种告别土气、走上文明的时代感。不知道是因为器具的更新促使了礼品的更新，还是礼品的多样化促使了器具的新生，自从使用提兜出门儿以后，携带的礼品，也发生了质的转变，传统的粉条和猪肉，灰溜溜地销声匿迹了，粉墨登场的则是饼干、桃酥、罐头、糖果，等等。

（四）

到了 20 世纪九十年代，人们出门儿走亲时，携带的礼品内容及包装方式，又上了一层台阶，笼子早就当成破烂儿被丢弃了，皮革提兜也难登大雅之堂了，闪亮登场的是从商店直接购买的包装精美的礼品。这些色彩艳丽、花里胡哨的包装盒里，装的东西不一定多么实惠，甚至很多都是中看不中用，但无不给人一种浓浓的喜庆感。

随着物质条件的改善和家庭人口的锐减，女客帮着女主人忙活完了厨房的活以后，也开始被呼唤到炕上来（或者围着一张餐桌）共用午餐了。这个变化，标志着男尊女卑那间古老大厦正式崩塌。

进入 21 世纪，小轿车日渐增多，成了很多人的主要交通工具，人们出门儿的距离也随之拓延，所走的对象也扩大了很多,不再局限于姥娘家、舅舅家、七大姑家、八大姨家,而且扩展到老同学、老战友、老朋友、老同事之间的沟通和来往。汽车的后备箱里,除了违禁物品之外,想装什么就装什么。从那以后,一个皮革提兜,自然承担不了全新的历史使命;一个柳编篦子,装上一块猪肉、一捆粉条、几个馒头、几个水饺的模式,更是彻底退出了历史舞台,其社会价值,迅速跃升到了文物和民俗的层面上。

(五)

时代发展到最近这几年,人们刚刚熟悉了用手机通话拜年、电子邮箱留言拜年、手机短信拜年等等,一种崭新的媒体又横空出世,它的名称叫"微信"。

微信的名字很低调、很谦虚,但微信的威力是巨大的:功能很多,使用方便,既能文字留言、语音留言,又能语音通话、视频对讲,而且这一些,在有信号的范围内都是免费的。所以,从城市到乡村,大江南北,男女老幼,几乎人手一部智能手机,玩弄微信于股掌之中,乐此不疲。

只要下载安装了微信软件,拜年的对象再多也不怕,勿需顶风冒雪、旅途奔波,也不用携带礼品登门拜访,足不出户,即可拜遍天下所有想拜之人,手指在手机屏幕上轻轻一触,就能给对方送上亲切问候和温暖祝福。对个别亲友,还可以通过微信直接发送红包,红包的数目,可以随意设置,让群友们碰碰手气抢红包,花几个小钱,就能在亲友之间,营造出喜气洋洋的情感氛围。

拜年的方式，几十年间，就发生了如此巨大的变化，真让人措手不及。当然，不管新的拜年方式多么便捷，传统的"出门儿"模式并没有被完全取代，人们对个别亲友，还是要通过"出门儿"的方式面对面拜会。

特别是长期在外地工作的晚辈，平时很难实现"常回家看看"的愿望；过年了如果还不能跟姑、姨、叔、舅们见一见、聚一聚、聊一聊，看看老人们，也让老人们看看，在情感上总是过不去的。因为这不是平常日子，这是过年！过年，是老祖宗留下来的最最盛大的节日，它承载着辞旧迎新的丰厚含义，过年就图个喜气洋洋、红红火火、热热闹闹、团团圆圆。

（六）

出门儿走亲，这种内涵丰富的交际文化，早已深深植根于我们的内心，广泛地渗透在我们的情感与血脉之中。不管携带的礼品怎么变换，也不管礼品的包装形式怎么花样百出，这个风俗至今没有失传，人们依然对其保持着浓厚兴趣。

2020年春节前后，新冠病毒肺炎重大疫情突然爆发，政府号召大家尽量不出门、不聚餐、不到人群密集的地方去。老百姓很听话，坚决响应政府号召，在家里老老实实地呆着，不传播瘟疫，也不被瘟疫传染，不用出门儿，也是对社会的贡献。大家都知道，岁月静好不会凭空产生，那是因为有人在抗击瘟疫第一线为我们默默付出，我们才能安稳地在家过年。

当时，我也曾在微信群里劝告老家亲戚中的晚辈：今年就不要面对面地拜年了，长长的日子，大大的天，以后有的是时间。

根据常态化疫情防控的需要，2021年和2022年春节，很多人积极响应政府关于"就地过年"的倡导，有的地方还发放补贴，奖励就地过年的职工。特殊时期，不管是回家过年的，还是就地过年的，都做到了尽量"少走亲，少访友"；即使非去看看不可的亲友，也是尽量不拥抱、不握手、见个面、快回走。

时间到了2023年春节，国家刚刚放开了对新冠病毒疫情的管控，老百姓纵然窝在家里不出门拜年，也有很多人遭遇病毒的侵袭。

三年疫情过后，新冠病毒经过几次变种，已成强弩之末。人们出门走亲再掀新潮，昭示着这个最富人性化的传统民俗，不可能在我们这代人的手中消失。

生日蛋

我小时候，根本就没有"生日蛋糕"的概念，过生日那天，最让我期待的，就是能吃到一个鸡蛋，俺叫它"生日蛋"，那里面浓缩着深沉的母爱。

那天，要么是全家人吃顿面条，俗称长寿面，图的就是"长命百岁"的祝福；要么吃顿小米干饭，其用意则是"数着米儿活"，一颗颗小小的米粒儿，都寄托着一岁岁年龄的期待。

三年大饥荒时期，我们是以野菜、谷糠、树皮维持生命的，吃什么米呀面呀，那是白日做梦，母亲能搞到一把高粱米，熬碗粥给我喝，就很奢侈了。但是，无论能不能吃上一顿像样的饱饭，我生日那天早晨，母亲总会塞给我一个热乎乎的鸡蛋。在她心里，这个鸡蛋，是给我过生日的标志物。

鸡蛋，含有很高比重的蛋白质、脂肪，还有丰富的卵磷脂、固醇类、钙、磷、铁、维生素 A、维生素 D、维生素 B，据说还有人体必需的 8 种氨基酸。这些成分，对增进神经系统的功能，大有裨益，可以说，鸡蛋是营养丰富的健脑食品。当时，老百姓根本不懂这些常识，完全是凭着感觉，把鸡蛋视为近乎神圣的食品。

当时曾流传着这么一个对话："世上最好吃的东西是什么？"被问者都会毫不含糊地回答："鸡蛋蘸香油！"

鸡蛋蘸糖精，行不？当然不行，据说那样会吃死人。谁吃死过？不知道，只是大家都那么说，三人成虎，便有了那么个禁忌，肆意膨胀的食欲，才得以有效扼制。

我年年都要吃个生日蛋，却从来没奢望蘸香油，更没胆量试着蘸糖精，能吃到那个单纯而质朴的鸡蛋，我就是世界上最幸福的人，即便不再吃别的了，也觉得这个生日是圆满的，没有一丝缺憾。

能在这天给我煮一个鸡蛋，在母亲看来，是她最欣慰的事情，她把这个鸡蛋，看成是释放天性母爱的最佳载体。

我刚一拿到这个鸡蛋的时候，往往还有点烫手，就把它装在口袋里，伸进一只手，攥着它，感受它的温热；摸着它，享受它的光滑；偶尔拿出来观摩一会儿，幻想着它将要给我带来的味蕾快感，绝不舍得当场在锅台上磕而破之、剥而食之。

　　几天过去了，再不吃掉就捂臭了，这才恋恋不舍地磕破鸡蛋皮，用指尖轻轻掰一点儿蛋清，填到嘴里，再掰一点儿蛋黄，填到嘴里……决不舍得一口吞掉，我要慢慢享用它、充分品味它、全面感受它。

　　我在童年世界里，积攒了很多幸福，年年生日必吃的那枚鸡蛋，在我心目中的圣坛上，占有无可替代的位置。

　　时代变了，一夜之间，很多事情也随之颠倒了。我对鸡蛋的崇拜，到了我的下一代，却成了不可思议。我女儿四五岁的时候，吃鸡蛋吃烦了，就问我："爸爸，你小时候一天吃几个鸡蛋？"我未加思索，顺嘴便说："俩！但不是一天，而是一年，过端午那天吃一个，过生日那天吃一个。"在她看来，她的父亲小时候太幸福了，不用每天吃鸡蛋，真是羡慕忌妒恨呐！

　　曾经支撑我童年幸福大厦的鸡蛋，后来竟然沦落为小孩子们的不屑之物，我所崇拜的鸡蛋，被下一代视为饮食负担，这是经济大发展了的结果，无论如何都不能说这是坏事。

　　时过境迁，大半个世纪的往事，都被沉淀为人们的记忆。现在的鸡蛋，不管在城市还是在乡村，基本上都不是什么稀罕物了，这种廉价的营养食品，早就从人们的食谱圣坛中退了出来，小孩子们不仅不缺鸡蛋吃，而且吃的大多是配方饲料催生的鸡蛋,无法从中品尝到我小时候那种"幸福的滋味",若让他们再把鸡蛋视为崇拜对象,显然不合时宜。

当然,年轻人不喜欢生日蛋,却对生日蛋糕钟爱有加,不仅仅是因为鸡蛋的质量令人忧虑,也不全是因为鸡蛋不稀罕了,更多的是缘于对生日蛋糕所包孕的现代气息所吸引。

生日蛋,是中国蛋,土气、俗气、封闭、保守一些,却有自然、精致、圆润、圆满、层次感强、内外有别、营养丰富的特点,这些,都是蛋糕不能与之比拟的。但是,蛋糕,松软、花哨、甜腻,由面粉、奶油、鸡蛋、色素、蔗糖、添加剂等多种材料组合而成,更具有开放性、融合性、现代性;订蛋糕、切蛋糕、分蛋糕、齐唱生日祝福歌、许愿、吹蜡烛,能够营造一种神秘感和仪式感。现在的年轻人,尤其是少年儿童,特别看重生日蛋糕,而冷落了生日蛋,并不值得大惊小怪。

我十分理解现在年轻人对蛋糕的钟情,但鸡蛋在我心目中,至今仍有不可替代的神圣,平时吃不吃鸡蛋,无所谓,过生日那天早晨,我必吃一个鸡蛋。那一天,蛋糕可以有,没有也无所谓;生日蛋则必须有,如果没有,我心理上那道坎儿,就迈不过去。

我的潜意识里,那枚鸡蛋,早就由具象的食物,幻化为抽象的情感,能让我在感知幸福的同时,重温久违的浓浓母爱。

我的全家福

我第一次照相,是10岁那年参与的照全家福。

半个世纪以后,我回老家探亲,看到哥嫂住的房间墙上,挂着一个相框,里面镶着的若干照片,最引我关注的,是那张历经半个多世纪的全家福照片。我站在相框前,目光聚焦在这张全家福照片上,大脑里泛起了许多碎片化的相关记忆。

照片上没有标注拍照的具体时间,但我根据1965年阴历2月出生、照相时不满周岁的外甥女的年龄,推断出那是1965年秋后的留影。

当时,我娘受雇于本村小学校,为六七个老师做饭,每月能得七八块钱的薪水,贴补家用之余,还可以供我和我哥哥上学。

有一天,从县城里来了个照相的,照相地点就设在我们村小学,在夯打的土院墙上,挂了一块背景画布,像电影幕布那么大。这在我们村里,算得上是个大新闻了,如果村里有新闻媒体的话,这个消息绝对是可以上头版头条的。

我娘在学校给老师做饭,用现在官方的语言表述,差不多很可能她大概是"第一时间"知道了这个消息的人。正好我大姐在"住娘家",于是我母亲决定,抓住机会,照一张全家福。究竟花了多少钱,我当时不知道,现在更不清楚。

我爹是个特别节俭的人,把一分钱揉搓碎了也不舍得花的他,竟然没有阻拦我娘对这个精神文化项目的投资,很顺溜地接受了我娘的意见，稳稳当当地坐在了最核心的家长位置上。他头戴毡帽，上身穿着老式棉布黑外衣，下身穿的是双膝各带一块大补丁的黑裤子，面对镜头，表情庄重，刚患过脑血栓，右边面部还有点虚。很可能，他把这次照相，视为我们家政治生活中的一件大事和喜事了。那年他59岁，比现在的我年轻多了。

我娘，既是这次拍照的策划者和组织者，也是这张全家福的当事人。她能够自主地把全家人召集起来合个影，心中有满满的幸福感和成就感。她穿着藏青色的大襟上衣、黑色的裤子，一双不太小的小脚上，穿着白色袜子、纳底子黑帮布鞋。那年她46岁，白发已经排着队，涌上了她的额头，但她依然显得很精神、很干练。

站在我爹左侧的，是比我大4岁的哥哥，那年他14岁，但论个头儿，并不比我高多少。平时俺俩在一起，经常有人问"你们俩谁大"这种问题，一直延续至今。因为，打我记事起，我都不显得比他小，到现在，他也不显得比我老。照相的时候，他穿了一双崭新的胶鞋，鞋带儿还是雪白的，成为众目之下的一大亮点。其实那不是他的鞋，而是班主任老师帮着从同学脚上脱下来应急的，一照完相就赶紧跟同学倒换过来。他的裤子，明显短了一截，露出了脚腕子，不了解情况的，还认为这小子长得够快的呀，而我最清楚，那是因为裤子穿得太久了，膝盖上的补丁可以作证。

站在我娘右侧的，是我，那年我10岁，一头繁茂昌盛的黑发，一双眯缝无神的小眼，虽然小脸蛋是圆润饱满的，但那模样给人的感觉，就是忧国忧民、苦大仇深。我那是第一次照相，照相的经验一点都没有，加上有很多人在围观，我确实有点紧张。那时候的照相师傅，没有引导着喊"茄子"的习惯，否则，我的表情也不至于那么凝重。我脚上穿的那双黑色胶鞋，是我小姨给我买的，头一回穿的时候，感觉脚底弹性十足，我一蹦老高，平时不舍得穿，一般是光着脚丫走路，去上学的路上，用手提溜着那双鞋，到了学校门口再穿上。

站在我身后的，是我二姐，她那年17岁了，正是如花的年龄，也是比较爱俊的年龄。她穿着一件格子上衣，领子内侧还衬着一条洁白的围巾，相当于后来的纱巾；额头的娃娃沿儿，打着几个卷儿，其时尚性和爱美之心，表现得淋漓尽致，只是那两条大辫子，被挡在身后，怪遗憾的。

站在父亲身后的是我大姐，那年23岁，已经是做了母亲的人。大姐怀里抱着的，是她女儿，当时不满周岁，是我们全家福当中最小的成员。按照习惯，我们本没打谱让这个小女孩儿掺和，结果她不依不饶，连哭带闹，大有一副不达目的决不罢休的英雄气概，大人们只好破格让她参与进来。平时我们都说，"能哭的孩子有奶吃"，很多的社会现象，也是如此，这个情节，又一次证明了这一点："大闹大解决，小闹小解决，不闹不解决。"

这个小女娃，从那时起，就跟我们家密不可分了，很小就开始"住姥娘家"，一直住到七岁上学的时候，才回到她父母身边。她姥爷姥娘过世以后,她从感情上,把大舅家当娘家来对待,大舅家的所有烦心事儿,几乎全被她承揽了,她大舅,一遇到麻烦事儿,就找这个外甥女。或许,那张全家福照片,赋予了她一种本能意识 —— 姥娘家的事儿、舅舅家的事儿,就是她的事儿。

我站在相框前,久久地凝视着这张老照片,父母的音容笑貌,清晰地浮现在我的脑海。照片中的七个人,两位核心人物早已故去,剩下的也并非都活得健康平安、顺心如意,而是各有各的苦恼。当年,我还是个小毛孩子,如今却变成了白发苍苍的老叟。最为痛惜的是,当年被我大姐抱在怀里的那个小女娃,不到 50 岁的时候就因病离世。

时光都弄哪去了?是谁偷走了我们的青春好年华?全家福怎么转眼间就不全了呢?时光匆匆飞逝,根本不理会我的发问。

侄子是聋哑人,不会说话,但他心里明白,这张照片于我而言,具有非同一般的精神文化意义。在我的示意下,他把这张老照片,从相框里取下来,在空白处又填补上其它的新照片,然后小心翼翼地把这张老照片用纸包起来,递给我。

我把这张老照片带回济南以后,到一家照相馆,让人家用现代技术手段,扫描成电子版以便收藏,同时又冲印了几张,分发给我的哥哥姐姐们。我知道,他们都会从这张照片中重拾旧梦,更加珍惜亲情,尽情享受余生。

写给娘的信

娘:

今天是我 60 岁的生日,我特别想您,给您写封信,寄托对您的感恩与思念。

我小时候,每年过生日那天,您都会给我煮一个鸡蛋,我知道,您在那枚鸡蛋里,注入了满满的期待,我放在口袋里,好几天都不舍得吃。后来我成家了,您儿媳妇也知道,我有生日必吃一个鸡蛋的情结,她就替您让我这个习惯延续至今。

娘,60 年前的今天,我脱胎于您,来到这个世界上,得到了您的百般呵护、万般宠爱,您给我的,是人世间最最甜美、最最温暖的母爱。

我幼年的时候,经常夜间尿炕,把您左边的褥子尿湿了,您就把我抱到您的右边,简单擦拭一下,您却挪到了湿漉漉的地方;您的右边也被我尿湿了,您就平躺着让我睡在您身上⋯⋯这样的情景,深深地刻在了我的幼年记忆中,因为那时我开始记事了,至今还历历在目。那时候,我心里没有爱的概念,后来才慢慢懂得,原来,那就是亲娘的亲,那就是慈母的爱。那亲,那爱,是最原始的,是最本能的,是最纯粹的,是最无私的。

我到了童年,您嘱咐我,到学屋里,要听老师话,好好读书学习,别跟人家打架,也不要欺负老实孩子;淌出鼻涕,不要用袖子擦;见了大人,要主动打招呼;吃饭的时候,大人没动手，你不要抢先；有好吃的，要先让给干活的大人吃；吃饭的时候，不要到别人那边夹菜；刚刚哭过，不能吃咸菜；感冒了，要喝碗姜汤，再蒙着被子发发汗……您的所有教诲，我都乐于接受，我就像是您亲手捏的小泥人儿似的，在您的关爱下一天天长大。

我小时候，经常生病，因缺医少药，您总是习惯站在门口，用木勺子敲打着门框，呼唤着我的乳名，给我叫魂儿，敲一下子门框，喊一声我的乳名，呼唤我"回家吃饭吧"。听了您神秘的呼唤与宗教般的祈祷，我心里有说不出来的安宁和踏实，病体很快就痊愈了。

少年时期，因为社会的动荡，我数次辍学，凡有复学的机会，您总是向我父亲据理力争，最终打破了我父亲对我"拉锄钩子"的预期，切实地改变了我的命运。

为了供应我和我哥哥上小学，您接受了学校老师的邀请，坚持数年，早起晚归，给老师做饭，每月可得 8 块钱的薪水。我知道您挣那 8 块钱不容易，我从小就养成了节俭的习惯，经常到垃圾堆里，捡别人废弃的铅笔头儿，用仨指头捏着写字。小姨给我买了一双胶鞋，上学路上我不舍得穿，就用手提溜着，到了学屋大门口再穿上。买张白纸，裁成 32 开，用针线订成本子，先用铅笔在上面写字，再用钢笔在上面算题，然后再在上面练习毛笔字，最后才用来擦屁股，把 3 分钱一张的白纸所含的使用价值运用到了极致。

在政治风暴席卷全国的日子里，您看不下去那些残酷的批斗场面，反复叮咛自己的儿女，出去不要跟着那些人胡闹，喊几句口号拉倒，不许动手打人。我亲历了那场政治风暴，戴过红袖章，举过小旗子，挥舞着拳头，喊了不少壮怀激烈的政治口号，目睹过红卫兵揪斗地主富农的场面，但我们兄弟姊妹，严格遵循您的教导，从未做出过分的举动。有个被管制的对象，曾悄悄跟您说："四婶子，您家里的俺妹妹、俺弟弟，真是些好人啊！"

从咱家到我姥娘家，有四五里的路程，您经常做点可口的饭菜，比如包上一碗水饺，或者擀上一碗面汤，打发我去送给我姥爷姥娘。菜园里的面瓜熟了，金黄色的，飘散着诱人的芳香。您总要挑选两个长得端正、熟得透彻、个头最大的，盛在小篦斗里，让我挎着，送给您那有口无牙的父亲——我的姥爷。我当时不知道什么是"孝敬"，但从那时候起，我就明白了一个道理，最好吃的东西，应该先送给老人品尝。

狗不嫌家贫，儿不嫌娘丑。娘在儿女的眼里，永远都是完美的，这是在很多文人著述中描述的一个普遍的伦理现象。而您，不仅在儿女心目中是个好母亲，您在家族平辈人心目中，也是个好嫂子、好妯娌，在晚辈心目中，也是好婶子、好大娘，这是邻舍百家公认的事实。他们对您那样的亲近和爱慕，我最明白其中的缘由——您对人热情、乐于助人，再加上您手头的活计做得精致，干事特别利索，谁家闺女出嫁，都愿意找您绞脸；谁家儿子娶媳妇，都愿意找您缝被子；家里来了客人，您出去借一瓢白面，归还的时候，总是盛得鼓蓬蓬的；谁家端午节不会包粽子，您就手把手地现场指导；谁家婆媳有矛盾了，都愿意到您这儿来说道说道，您守口如瓶，赢得了双方的共同信任；两家邻居发生了矛盾，是您把两家人撮合到咱家来，使之握手言和、重归于好……

您没上过一天学，连自己的名字都不会写，但您却知道落在纸面上的话，该怎么说才好听。大约在我读初中的时候，我小姨作为随军家属，生活在新疆，您姊妹俩远隔千山万水，只能依赖书信的方式沟通信息、联络感情。我小姨是有高小学历的，她的书信经常洋洋洒洒一写就是两三张纸；而您不会写字，就让我担当您的文字秘书。我忘不了，黑夜沉沉，吊在檩条下面的煤油灯，火苗儿摇摇摆摆，上头翘着一根黑色的小尾巴，在空中甩来甩去。您围着被子坐在炕西头，我围着被子坐在炕东头，母子面对面，您把大体意思先说一遍，我右手拿着钢笔，左手拿着本子，迅速把您的意思变成文字，落在纸面上。那情那景，像极了电影里演的作战指挥部的情景——首长下达指令，参谋快速记录，然后形成电报文稿。

我开始总也拧不过那个弯儿，明明是我在写信，却不能直接称呼小姨，落款也不能写我的名字，而必须按照您的口吻，写"妹夫妹妹：见字如面，最近你们全家都好吧？孩子又长高了吧？"这跟后来从事文秘工作获得的感受极其相似，给领导起草讲话稿，必须站在领导的角度、以领导的口气行文，刚开始的时候也不习惯，心理上总有舞台演戏似的装模作样、装腔作势、言不由衷的惶恐。如此这般，每写完一段，您就迫不及待地让我一字一句地念给您听，哪一句不合您意，您立刻指出来："这句不好听，别那么说，要这么说……""还不好听，再改改……""嗯，这回差不多了"。直到改得让你满意了，我才可以把草稿抄在信纸上。

咦？按您的口吻这么一改，还真的通顺多了，除了开头结尾，要严格遵循书信的格式，写上什么"见字如面""此致敬礼"的套话之外，其它的全是口语化的大白话，亲切，自然，听起来很像是姊妹俩在唠家常。

从那时候开始，我才知道，语言真的很奇妙，同样一句话，可以这么说，也可以那么说，而且句子是越改越顺溜。

娘，您虽然不识字，但在我十几年的读书生涯中，没有一个老师对我作文的指导，能比您指导得更具体、更有针对性、更有实用性。我的文字水平不高，但就这点小水平，也是您帮我打磨出来的，您是我文字表达能力的真正奠基人。

娘啊娘，您对我的疼爱和言传身教，营造了肥水丰沛的精神沃野，为我这棵幼小的禾苗健康成长，提供了强大的原动力。反过来，您也以我的成长进步为荣耀，别人夸我的时候，您总是满嘴的谦虚，却掩饰不住一脸的骄傲。

我工作了，要远离家乡，到省城去打拼。出发之前，您默默地看着我在整理书本、打包行李，您伤感不已，流着泪水，弱弱地说："好不容易养这么大，就这么要走了？"我切实地感受到了您五味杂陈的矛盾心理，但在当时，我真不知说点什么是好。儿子远走高飞，不正是您期望和梦想的吗！情感断奶的时刻，施爱的对象不在身边，您肯定会有强烈的失落感，否则那就不是我的亲娘。

我成家立业之后，您盼望着儿媳早点生个宝宝，希望在您体力尚可的情况下，能助上一臂之力，帮我拉扯几年孩子。您的愿望实现了，但您在帮我照看孩子的时候，已经病魔缠身，多年的痨病让您气喘吁吁、咳嗽不止，但您硬是坚持了一个冬季，做饭，洗尿布，喂奶粉，小心翼翼地照顾小孙女。

我骑着车子，带您去看病，背着您上楼下楼，您很不自在，心里边的高兴自不必说，但您又觉着没帮上我的忙反倒给我添了负担而深感愧疚。这一切，我都看在心里、记在心上。

快要过年了，我只是把您送上火车，却没有请几天假送您回家。您回家以后，不仅没有丝毫的埋怨，反倒向邻居大肆炫耀儿子是如何大汗淋漓地把您背上火车的，火车上的旅客是如何给您这个白发飘飘的老人让座的，很是让邻居羡慕和忌妒。

娘，多年前，您的白内障手术做得很不成功，后来又患了青光眼，啥都看不见了，心肺功能也日渐衰竭，活着一天，受罪一天。但是，心脏停止跳动的前几分钟，您还是挣扎着，让我大姐扶着您，从炕头下去解小便。娘啊，您……太要好了啊！您……太讲究了啊！

对于您的仙逝，我没有过分的悲伤，因为我早就受不了您被疾病折磨的情景，您走了，也算超脱了，离苦得乐，往生净土。

俗话说：一亩地最好有个场，一百岁也想有个娘。您走了以后，我的灵魂就像断了线的风筝，逢年过节，少了许许多多幸福甜蜜的牵挂。年关靠近的那几天，隐约听到远处传来"哞"的一阵火车汽笛声，或者看到同事们筹划着买票回家，我突然发现，自己成了无家可归的孤儿，凄凉和伤感顿时袭上心头，在一段时间里，活着的意义在我这儿也变得十分渺茫了起来。

前不久，我带着您的孙女，到您的坟前烧纸、磕头，倒不是求您保佑我们获得荣华富贵，因为您已经保佑了我整整60年，您的大爱像高山一样巍峨、似大海一般深广，您的隆恩大泽、懿德风范，必将惠及子孙好几代；我只想跟您说，将来我在阴曹地府与您相会时，请您不要拒绝我，希望您……继续……做我的……亲娘！

在此，请娘接受儿子的深深叩拜！

三偷记

（一）夜偷地瓜干

刘二叔，是个光棍汉，眼神儿不大好，有个外号叫"刘瞎汉"。

他大哥去世了，邻居们搭把手，用破草席一卷，送到野外埋了。送走了他大哥，刘二叔伤心地哭着回到村前，找个朝阳的地方，倚着墙跟儿，蹲坐着，一把鼻涕，一把眼泪，伤心地哭着："哥哥啊，我的亲哥哥啊……"那副模样，真像是个流浪街头的孤儿。

时值寒风刺骨的深冬，太阳早已西斜。还不满五周岁的我，站在这位孤独可怜的老人身边，像大人哄小孩子似的，摇晃着他的膀子，拽着他的破棉袄："二叔，二叔，别哭了，别哭了，上俺家来暖和暖和吧……"

他用皲裂的手背，揉了揉半瞎的双眼，用露着棉絮的破袄袖子，擦了把鼻涕，颤巍巍地站起来，抽泣着，一句话没说，跟我来到了我家。

从那以后，刘二叔到我家来串门的频率更高了，他一天不来，我父亲就说："什么事得罪刘瞎汉了，他今日怎么不来耍了呢？"

不久，刘二叔突然得了一场什么病，下肢瘫痪了。他在身子底下绑上一只蒲团，两只手各握着一个鞋底那么大的小杌子，支撑着身子在街上爬行，从他家一直爬到我家，身后留下一道很深很长的土痕，远远看上去，就像飞机拉线似的。

连续好几次，他一进我家门口，就喊我的小名。我听到以后，赶紧跑出来迎接他。我把他扶在炕沿上，他坐稳以后，一只干裂的黑手，就伸进了棉衣大襟里，摸出几块煮熟的地瓜干，递给我："嚷，吃了吧。"

公社每月才供应他三斤地瓜干，他自己不舍得吃，就这么一次次地当作贵重的礼物送给我,我怎么好意思接呢!

母亲见我又馋又羞的样子,就借机进行品德教育:"拿着吧,别馋翠了。吃完了,可得好好想想,等你长大了,能挣钱了,可别忘了你二叔。听清了没有?"

母亲对我的教诲和训导,我终生都不敢忘怀。几十年后,我工作了,领工资了,每次回老家过年或者探亲,都会去看望刘瞎汉二叔,或者给他带包点心,或者给他放下点钱。

四五岁的时候,我不记得吃过糖块,几乎不知道糖有多甜,当我吃着二叔给的地瓜干时,便确信世界上最甜的东西非它莫属。

我接过地瓜干,等于接过了最上等的点心。拿在手里,递到嘴边,用门牙轻轻地咬一点点,在口里慢慢地咀嚼,让它与口腔里的唾液充分融合,嚼得越久,咽得越慢,感觉越甜。那种甜蜜的享受,在后来的生活中很少再体会到。

为了能吃上一块地瓜干,我还有过一次非常尴尬的经历。

在一个万籁俱寂的漫长冬夜里,我感觉饥肠咕噜,躺在被窝里,翻来覆去,怎么也睡不着。越是睡不着,越想小便;越想小便,越是睡不着。

干脆,不睡了!我从热乎乎的被窝里爬出来,光着脚丫,从炕上跳了下去,到当门,摸索着找到了尿罐,把小便问题解决了。

小便解决了好办,肚子饿的问题并没解决,咋办?这时,我想起家里还有几斤地瓜干,是人民公社刚发下来的救济粮，我娘控制着全家人的消费总量，不舍得让我们一顿吃光，就把它装在一个小布袋里，连同布袋一并藏在盛粮食的大缸里。

那是一个能盛八担水的大缸，缸口上盖了一个梃秆大盖顶，盖顶上面，又压了好几个过去用来盛面的大泥罐。

我知道，要掀开这个大盖顶，对于一个不满五岁的我来说，并不是一件很容易的事。但是，人饿了要吃饭，如同狗急了要跳墙一样，求生的本能给了我巨大的胆量和无穷的力量。

我蹑手蹑脚地靠近大缸，两手一使劲，掀开了一道缝儿，然后，用左手托着缸盖，右手伸进大缸，翘着脚，用手在缸里划拉了一圈儿，结果啥也没够着。

这缸太大了，里边的东西太少了，我的小胳膊太短了，尺寸不达标呀！

我把胳膊从里边抽出来，一动脑筋，想出了一个办法，摸索着找了一把勺子。我再次掀开盖顶，把勺子探进大缸，向里舀去。

咦，成功了！心里洋溢着胜利的喜悦！

正在我得意地悄悄地向外捞取胜利果实的时候，父亲从被窝探出半个身子，在里屋大喝一声："谁?!"像炸雷一般，惊天动地。

我本来就作贼心虚，听见这一声大喊，就不由自主地惨叫一声，扔掉手里的勺子和勺子里的地瓜干，不顾一切地从黑暗的当门,两步冲进睡觉的屋里。一冻二饿三惊吓,我哆哆嗦嗦地哭都哭不成堆了。

父母看见把我吓成这个样子,非常心疼地问:"你在下边捣鼓什么?"

我吱吱呜呜地只知道哭,不敢跟他们讲实话。

就这样,饥寒交迫的我,不知是怎么熬过那个后半夜的。

四十多年以后,在一次用餐的时候,我把这个故事讲给闺女和侄女听,惹得她俩差点儿把嘴里的饭喷出来。她们只是笑笑而已,父辈经历了怎样难熬的童年岁月,她们是体会不到的。

(二)偷啃榆树皮

童年时的我,说不上有什么远大理想,能到姥娘家去一趟,就十分惬意了。

我家和姥娘家,相距三四里路。我每次到姥娘家,姥娘总会把她家最好吃的东西塞给我。所以每次去姥娘家,我都感觉是一次莫大的享受。

1960年的冬天,又有了一次到姥娘家的机会。我的母亲见了她自己的母亲,总有说不完的话,拉呱儿一拉就是半天。我就趁她们拉呱儿的机会,悄悄溜出大门,在西菜园里独自转了一圈,一片萧条的景象呈现在眼前:爬墙梅的枝条,在寒风中摇曳,山药豆早被人拾光了,整个菜园子失去了往日的妩媚,对我一点诱惑力也没有了。我转回身来,到了大门口。

门口外立着一棵小榆树,一下子激起了我的食欲。

那年我五岁,适逢百年不遇的大饥荒,树叶、花生壳、谷糠、草根,倒是跟我结了缘,就连哪种树皮能吃、哪种树叶不能吃,也都在我的心里列了清单。在我的清单中,最可口的就是榆树皮。这东西,嚼在口里,黏黏糊糊,没有任何怪味。

而今,像我的胳膊这么粗的一棵小榆树,就立在眼前,送到嘴边上的好东西,不吃白不吃。机不可失,时不再来,痛痛快快地享受一番吧!

我跪在地上,歪着脑袋,两手抱住树干,贪婪地啃了起来。啃下一块,就装在口袋里 …… 口袋装满了,树干也露出了一尺多长的伤疤。我怕被人发觉,就地抓起一把干土,搓在了流着汁液的树干处,装着没事的样子,回到了姥娘家的炕头上。

作贼心虚的我,在姥娘炕头上坐立不安,总是把鼓鼓囊囊的口袋背着人眼,躲避大人的目光。这很不自然的动作,最终没有逃过姥娘的法眼。她就试探着问:"布袋里装着什么东西?是好吃的吗?给姥娘尝尝。"

"没 …… 没有,什么 …… 也 …… 没有。"我害怕了,紧张得不知如何是好。

姥娘本来是随便问问,一看我这"此地无银三百两"的架势,她倒真起了疑心,非要看个明白不可 ……

一切都真相大白了。

被揭穿事实真相的我,羞愧难当,放声大哭了起来,以此表示认罪的态度。

毕竟是我亲娘的亲娘，她对自己亲骨肉的亲骨肉，没有粗暴地责骂，只是简单地批评了几句，原谅了我的过错。而我娘发现我偷亲戚家的东西吃，感觉很没面子，骂我："太馋了！"要不是姥娘劝着，她真能没收已经被我装入口袋里的"高级点心"。

后来，我再去姥娘家，几位表姐，常常指着那棵半死不活的小榆树，取笑我："都是你干的好事，不害羞！"我只好以心不在焉的样子，把话题引到别的地方去，总不愿意在姥娘家门口多逗留。每次经过姥娘家大门口，仿佛都能听到那棵小榆树在骂我："你是个坏孩子，你生吞活剥了我的皮，害得我遍体鳞伤，一辈子都成不了材！"

（三）偷看小人书

"文革"初期，谁家有四大古典名著之类的旧书，必须在限期内上交，由红卫兵集中起来，统一销毁，谁要是表现出一点怜惜之意，谁就会被戴上宝塔式的大纸帽子游街示众。

我们村的一些书香人家，保存下来的那些封面破旧、颜色泛黄的古书，都被红卫兵集中起来，准备一火焚之。这些旧书，就堆积在小学校的办公室。就是这些旧书，曾经在我的课外阅读史上，留下了无比滑稽的一页。

说来话长。学校共有三排房子，老师的厨房，在中间那排。厨房前后，各有一个门，前门通着第一二排房屋之间的院子，后门通着第二三排房屋之间的院子；厨房西边，连着两间大屋，是老师们备课和批改作业的地方；厨房东边，连着相汉章老师单独的一间小屋。

相汉章老师担任学校里的教导主任，在老师和学生中颇有威望。在我们周围几个村庄，他也处在文化巅峰的位置，他曾经教过私塾，此时已经是即将退休的老人。他特别喜欢我，常在我母亲面前夸奖我，向我母亲预言我的未来如何如何。他那间寝室兼办公室，总共不超过十平方米，一般不对学生开放，毕业以后在社会上混出点名堂的校友，回到母校看望老师的时候，才有资格在这里被相主任接见。在众多学生心目中，这间小屋很神秘，也充满了诱惑，无数学生从厨房的前后门穿过，但没几个人敢贸然闯进相主任那间小屋。

我母亲给学校老师做饭，我放学后，一般都要到厨房来走一趟。进了厨房，实际上跟进了相主任的办公室差不多，加上相主任特别喜欢我，我出入他的办公室，就相对自由一些。

一天下午放学后，我又到厨房去。母亲正在忙着给老师们做晚饭，我漫不经心地穿梭往来于厨房与办公室之间，猛然发现，相主任办公桌下面，放着一大堆旧书。后来猜想，很可能是他从即将遭受焚烧之灾的图书中挑选出来的心爱之物。这在当时，要担很大的风险。我受了好奇心的驱驶，蹲下身来，顺手抓起几本，翻了几下。那一年我才11岁，是四年级学生，对那些没有插图的厚书不感兴趣，感兴趣的只是那几本连环画，粗略一翻，就被其中的古代战争场面和精美图画所吸引。

突然间，一个不正当的念头产生了：拿几本，带回家，慢慢看。这个念头一产生，我的心脏就像一台骤然发动起来的柴油机，咚咚咚地跳个不停。我很明白，趁主人不在，拿走不属于自己的东西，实际上就是偷窃，这是一种大逆不道。但那些小人书太有诱惑力了，我就这样把含在嘴里的肉再吐出来，怎能心甘情愿！

经过一番激烈的思想斗争，最后还是私心杂念占了上风。我瞅了瞅门外，没有发现相主任的身影，就急三火四地往书包里塞了几本《三国演义》连环画，约上大我四岁的哥哥（跟我是同班同学），装模作样地回家去了。

路上，我悄悄对哥哥说："人家说，这些书有毒，看了以后会中毒的。红卫兵就是怕大家中毒，才把这些书收起来，准备烧掉。"那时候，对于什么是中毒、中了毒以后会怎样，自己并不清楚，只知道一中毒就会死亡，所以心里一直都非常恐慌。

一岁年龄一岁心。哥哥的胆子明显比我大："没事儿，咱看完以后，把它烧掉，就不会中毒了。"哥哥的主意，还是不能让我放心，我说："不是看了以后才中毒，而是看的时候就中毒了，该怎么办？"

哥哥犹豫了一下，又出了个好主意："咱看的时候，离着远一点儿；看完以后快洗手。"说着说着，我们就到家了。

一到家，我们也顾不上有毒没有毒了，进门就贪婪地分享了起来。我们兄弟两个，如饥似渴地翻阅着、欣赏着，仿佛有一阵阵刀枪剑戟的碰撞声、一阵阵惊心动魄的拼搏厮杀声和战马咴咴声，在我们耳边频频响起，只觉得眼前车轮滚滚、黄沙弥漫、尸横遍野、血流成河……我俩完全被连环画中的故事陶醉了。

看完一遍，还想看第二遍，直看到日落西山、天昏地暗，我们才从陶醉的状态中清醒过来。我推了推哥哥："行了，行了，不能再看了，快烧掉吧！"我嘴上这么说，心里还真舍不得。

其实，哥哥的心思跟我一样，更舍不得把这么高级的精神食粮烧掉："咱把它藏起来，有空慢慢地看，不跟别人说，谁会知道？"

话是这么说，但他还是担心没有不透风的墙，万一被人发现，被当作小偷抓起来，到那个时候，自己中不中毒是小事，"小偷儿"的坏名声可就毁了自己的一生啊！经过反复思忖，还是决定把它烧掉，不能因小失大。于是，我们就满怀不舍地把几本非常精美的连环画扔进了灶膛。

哥哥划一根火柴，凑上去，顿时，灶膛里充满了浓烈的火光，烤得我们脸上热乎乎的，转眼工夫，几本连环画成了面目全非的一撮纸灰。然后，我们拿起水瓢，从水缸里舀了半盆清水，把手洗得干干净净。我们想，既看了书，没被人当小偷儿抓起来，把手洗干净了，也没中毒，虽然惊险，但很过瘾，很刺激。

正宗的粽子

每个人、尤其是从贫困年代过来的人，都会保留着对某些食物的特殊味道的深刻记忆，这种刻骨铭心的记忆，不容质疑，不可替代，无法删除。

我老婆连续好几个端午节，都没包粽子了，原因在于她手头上没有粽叶。

她心目中的粽叶，不是箬竹叶，而是她小时候在老家使用的柞树叶。

柞树叶，像巴掌那么大，鲜的时候呈深绿色，很脆，需要放在锅里蒸煮，然后晾干，再经浸泡，变得软软绵绵了，才具备包粽子的功能。

其实，在物质极大丰富的当今时代，那些稍具规模的超市里，几乎都有卖粽叶和粽子的，但我老婆从来都不屑从超市里购买。她一直认为，那些用箬竹叶包的粽子，属于赝品粽子，只有像她老家那样用柞树叶包的粽子，才是正宗的粽子，吃起来才有粽子的味道。

她若是湖南人，而且小时候曾经生活在汨罗江畔，那么她说出这样的话来，也许我就默认了。因为湖南省汨罗江，是两千多年以前屈原以身殉国、以死明志的地方，五月初五包粽子的风俗据说就是从那个时候、那个地方兴起的，后来才逐步演化为全民族的一种习俗，以至流行于日本、朝鲜、韩国、越南等东亚和南亚地区。

也就是说，包粽子这个民俗的发源地，并不是她的老家，她凭什么说她老家包的粽子就是正宗的粽子呢？假如她老家要申请非物质文化遗产名录，甭说别人，连我这一关都过不了。

她即使在家里有独一无二的话语权，也不能如此武断地作出这样的结论。对此，我很不服气，总要跟她讲道理，说她有一种唯我独尊的霸道和夜郎自大的偏见。

我记得，半个世纪以前，我们村里一些光棍汉，自己不会包粽子，又懒得求人，每逢端午节的时候，就到集市买几片箬竹叶，放在黄米里煮，让黄米熏上箬竹的味道，吃了这样的黄米干饭，相当于吃了端午粽子。其实，他们要的就是那个箬竹叶的味道，有那种味道相伴，才算没有辜负端午节，也没亏待了端午节中的自己。

我也几次都试着去说服我老婆，让她知道，全国大部分地区使用的箬竹叶，才是正宗的粽叶；用箬竹叶包的粽子，才是正宗的粽子；用箬竹叶煮出来的粽子味道，才是正宗的粽子味道。使用柞树叶包粽子的，极有可能是买不到箬竹叶而不得不作为替代品勉强用之罢了，久而久之，在那些地方，柞树叶就成了非它莫属的粽叶。

可是，不管我怎么反驳她、纠正她，她都不肯接受我的观点。在她看来，否定她的观点，就等于否定了浸染她生命的文化源头，是对她老家文化的鄙视。所以她总是不依不饶、据理力争，以至于我每次纠正她对"正宗粽叶"的认识时，均不欢而散，甚至我每次评论这个问题的时候，好像都是对她自尊的严重伤害。

如果是坐井观天，她可以说"天跟井一样大"，可是她已经摆脱"井口"的局限几十年了，按理说，应该随着视野的开阔和境界的提升，不断改变对事物的认知，就算是入乡随俗，也不该执迷于童年时期形成的偏见吧。

对此，我一直非常地不解。

后来，我就试着进行自我反省：难道我对她的纠正和反驳，真的错了吗？她在这个问题上，为什么表现得如此固执呢？

结果发现，我同样也有一些终生难改的固执和偏见。比如，我到济南生活接近半个世纪了，每年除夕那天，都是只吃两顿饭，第二顿饭，必须在太阳落山之前吃，主食必须是蒸米饭，除了白菜炖粉条之外，还必须要有一碗烩猪肉，否则这顿除夕晚宴就不圆满；每到正月初二晚上，我依然坚持举行"送年"仪式，而对济南人遵循的正月初五"破五"的习俗，毫无兴趣。

这些，都是我小时候在老家形成的习惯，稍有变动，我就受不了，心理上会有强烈的失落，甚至有愧对列祖列宗的感觉。

大概，这就是童年岁月沉淀在心底的乡情、乡思、乡恋，纵然岁月之水哗哗流淌，也无法冲淡，更无法去除。

看来，"老家"的概念，不仅是指立在自己出生地的那几间破房子，"老家"也是弥漫着父母味道的那些半原始的生活用品和生产用具，以及坑坑洼洼的院落、曲里弯拐的胡同、词典里根本查不到的方言土语。除此之外，"老家"也是小时候被熏染在舌尖上、镌刻在灵魂中的那些特殊的味道。

我老婆跟我一样，虽在省城生活四五十年，但对"老家"的那种情怀至今不曾改变，对童年时期浇铸在灵魂深处的粽子味道，依然执着如初。为了找回这种味道，她曾经连续数年，都让她二姐家从老家捎来一些用柞树叶包的粽子，或者让二姐只捎一些柞树叶，她自己亲手包粽子。

后来，因为姐夫被一次交通事故严重致残，二姐没有心思和精力鼓捣这东西了，我老婆就不能像往常一样，用柞树叶包粽子，感到特别失落，我们家的端午节气氛，也随之淡化了许多。

曾经有一年，她为了再次感受老家粽子的特殊味道，端午节之前的某一天，我陪着她，坐着邻居的车，到南部山区，费尽周折，采了一些阔大的柞树叶。拿回家以后，她洗干净了，再蒸软和了，又晒干了，再用清水浸泡，最后异常兴奋地包了一次她老家那样的粽子，用高压锅煮了好几锅，打发我骑着车子，送给她的同乡，请他们尝尝老家的味道，向他们编一编自己的手艺。

她对乡情的这种迷恋，强烈地感动了我。我骑上电动车，学着外卖小哥的样子，风风火火，到处跑着送粽子。

她的同乡，见到她包的特色粽子，无不如获至宝，终于尝到了小时候的粽子味道，跟她一样兴奋不已，免不了要感叹几句、赞美几句。我回家以后，把人家的赞誉之词学给她听，她更是自豪满满，对其粽子的正宗地位，更加坚信不疑。

而那些跟她不是同乡的邻居，拿到这些看上去又黑又黄、既像大地瓜又像大土豆的粽子，无不表现出莫名其妙的惊诧。

有的表示疑问："嗯？这是啥？这……能吃吗？"

经过我们的解释，他们吃了以后，都很懂事地敷衍着说："嗯，好吃，好吃，还挺香的啊！"

我从他们的情态中感觉到，这些好邻居，都有很高的情商和仁爱善良之心，宁可暂时委屈一下自己，也不忍心伤了我家那口子的自尊。

人家说好吃，在我老婆看来，不只是对她手艺的赞美，也是友情的呼应，更重要的是，对融化在她血液中的老家饮食文化的承认、接受和肯定，她特别满足、特别幸福。那种幸福感，已成为她多年来孜孜不变的追求。

写到这里，我联想到中国台湾省知名画家、诗人、作家蒋勋先生说过的一件事。他小时候经常听到母亲说，老家西安的水果又大又甜，台湾的水果特别难吃。后来他到了西安，特意购买当地的水果予以验证，一经品尝，感觉那味道比台湾的水果差得太多了！可是，他母亲为什么总说西安的水果甜得不得了呢？后来，蒋勋先生慢慢悟出了其中的缘由，原来是老母亲在台湾居住得太久了，因为那种刻骨铭心、难以拂去的乡恋，让她把情感寄托在家乡的水果上，把故乡的水果幻化成了一种特殊的味道，水果的象征意境越来越大、越来越甜、越来越不可替代，而她每一次在异乡吃到的水果，都变成了她憎恨的对象。

与此同理，令我老婆引以为傲的她老家的所谓"正宗的粽子"，早已经远远超出了具象的粽子。她跟蒋勋先生的老母亲一样，心中念念不忘的，其实是早已失去的那个抽象的童年岁月，是她再也见不到的父母，是她难得回去一趟的故乡，是她再也找不到的记忆中的故乡印象。

乡情和习俗，是融入血脉的基因，具体而固执地沉淀在人的记忆中，任凭岁月的风雨吹打，它都很难被新的东西所取代，这事儿没理可讲。

正如她的一个同乡尹焕瑾所言："我至今仍觉得，只有老家那种粽子才是粽子，其它的粽子都没滋味。每到端午节，包粽子、煮粽子、亲戚朋友互赠粽子……营造出的浓浓节日氛围，通过吃粽子来回味童年的记忆，这不是从超市买回几个粽子所能解决的。小时候以为全世界都吃这种粽子，后来离开老家了，惊奇地发现，吃这种粽子的人，只局限于我们老家很小的一片区域，突然觉得，爱吃这种粽子的都是亲人，如果将来在中国某个地方，发现也有人喜欢吃这种粽子，我一定会当他们是同宗本家。"

这就是文化认同感的微妙之处和无穷力量，好比人体的免疫机制，它一旦形成，就像一道坚固的屏障，任凭什么刀光剑影和鼓角争鸣，它都会安如磐石、岿然不动。

我无法改变老婆对"正宗的粽子"的这一抱璞守真、终生不渝的执念，亦如别人也改变不了我除夕那顿晚餐必吃蒸米饭和烩猪肉、正月初二晚上必举行送年仪式的习惯一样，所以我发誓，再也不跟她理论什么样的粽子才是"正宗的粽子"了。

端午碎想

粽子、鸡蛋、艾草、五彩线、屈原 —— 这是端午节烙在我心灵深处的一串鲜活的文化符号。每当这些符号浮现在我的脑海，我便清醒地意识到：我是一个中国人。

（一）

过端午，吃粽子，这是全中国大部分地区多年的老风俗。

我老家没有糯米，包粽子历来都是用黄米。黄米，就是黍子米，黏度比糯米还要高。

端午节之前的一天，母亲把箬竹叶和黄米，分别浸泡在大盆里，用两个箬竹叶，就能包出三四两的大粽子，煮熟了以后，两个粽子就能盛满一大碗。

粽子包好以后，放在大锅里，添上适当的水，上面再压上一块干净的石板，免得粽子在开锅的时候咕嘟咕嘟地窜了米。

煮粽子，一般是我父亲烧火，他不仅知道什么时候该用猛火、什么时候该用文火，而且还知道煮多久才能煮熟。

粽子，是每年过端午那天必吃的一种节日食品。即使在20世纪六十年代初期三年大饥荒的岁月里，我家过端午那天也是吃上了粽子的，只不过箬竹叶里面包的不是黄米，而是用石碾压成颗粒状的地瓜干糙子。这不是故意标新立异，而是为了营造那个端午的氛围——甭管日子多难熬，端午节还是要过的；甭管有米没有米，粽子不能不吃；没有黄米不要紧，可以使用替代品。

这种执著和坚持，隐含着一种自己无法说清楚的信念和文化。

（二）

每年端午节那天，差不多都能吃到一个在粽子锅里煮的鸡蛋。煮粽子的时候，母亲都是按家里的人口数，把相应的鸡蛋放在粽子锅里一起煮。如果有一枚鸡蛋煮爆了，母亲就吃不到了；如果有两枚鸡蛋煮爆了，母亲和父亲就都吃不到了。

粽子在大生铁锅里被闷煮的过程中，箬竹叶渗出的那种颜色，就把鸡蛋外壳染成了黄绿色。箬竹叶的味道，就通过蛋壳慢慢地渗到蛋白和蛋黄之中，给鸡蛋赋予了一种特殊的清香，这些鸡蛋与平时的煮鸡蛋，就有了内涵上的区别，因为它既掺入了粽子的奥秘，又融汇了端午的神圣。

我虽然是家里的老幺，但也只能得到一枚鸡蛋。每次我拿到那枚鸡蛋，都不舍得马上吃掉它，而是把它装在衣服口袋里，随时伸进手去悄悄地把玩一阵，或者掏出来欣赏一番，然后再放回口袋里。几天以后，这个被我攥得温乎乎的鸡蛋，差不多也该被捂臭了，我这才不得不怜香惜玉般地把它轻轻磕破，用手指头一点点地掐着，填到嘴里细嚼慢咽，充分地享受它的细腻和清香。

小时候的我，对端午节的来历之类的问题毫无兴趣，在我生活的范围内，也从未听谁说过端午节的来历和讲头，似乎所有人都是稀里糊涂地过端午，尤其是我们小孩子，只要能有粽子吃就行，而且还能再得到一个在粽子锅里煮熟的鸡蛋，就感觉这个端午节过得非常圆满了。

每年端午节之前那几天，吃粽子和吃鸡蛋，都是我们按捺不住的美好期盼；端午节过后，很长一段时间内，我们都会沉浸在那种幸福的感觉之中，久久不能自拔。

（三）

端午节期间，在屋檐上插艾草，在窗台上和炕席下放艾草，这在民间有避邪、祈福、驱虫的寓意和象征。

端午节的那天凌晨，不等天亮，父母都会把我和哥哥喊醒，让我们到河涯的树林里掐艾草；父母还叮嘱我们，要顺便用艾叶上的露水擦洗眼睛。据说，用端午凌晨的露水擦洗眼睛,可以预防眼疾。

我们弟兄俩,掐了带着露水的艾草回家,交给父亲。至于这些艾草该插在哪里、放在哪里、每个地方插几根,那是父亲的责任,用不着我们操心。我们弟兄俩的任务,就是把艾草弄回家来,然后再跟全家人一起,坐下来吃粽子。年年如此,已成定例。

艾草,我们那儿叫"艾子"。因为它跟端午节有紧密的联系,所以一提起端午,我就想到了艾子;一提到艾子,就想到了端午。在我的认知中,端午与艾子之关系,如同端午与粽子之关系一样,不可分割。不吃粽子,总感觉没过端午节;过端午节的时候没亲自去采艾子,即使吃了粽子,也觉得少了一些端午节的体验。

现在,随时都可以到超市买到粽子,但从超市买的粽子无论多么精致、多么香甜,如果不在那一天早晨亲自去掐艾子,并插到门框上,没有闻到手指沾染艾草的清香,总不会获得过端午节应有的心理满足。

（四）

在我的记忆中,印象较为深刻的,还有系五彩线。

五彩线,是母亲用 5 种颜色的棉线捻成的线绳,棉线有白的、青的、黑的、红的、黄的。

那天凌晨,我尚未睡醒的时候,母亲就把五彩线悄悄地系在我的手腕上、脚腕上、脖颈上了,我醒来以后,发现早已系好了的五彩线，只觉得今天不同往日，但我并不知道这有什么说法，直到老年时期，才知道了其中有祈福纳吉的美好寓意。

原来，从阴阳五行学说来讲，这五彩线分别对应着金、木、水、火、土，同时也象征着东、西、南、北、中，代表着五方神力，可以保佑小孩子平安无恙。据说，系五彩线的习俗，至晚成于汉代，至今已有两千多年的历史了。

现在才知道，这一根细细的五彩线，竟然包孕着如此丰厚的文化内涵，竟然凝结着如此深沉的伟大母爱啊！

（五）

端午节是中国的传统节日，是融拜神祭祖、祈福辟邪、欢庆娱乐、餐饮美食于一体的民俗大节，是与春节、清明、中秋并列的"四大传统节日"之一，我们中华儿女，应该对其蕴含的历史文化价值和民族情怀，给予充分的认知。

然而，在这个问题上，我却遇到了非常尴尬的一幕。

话说2007年那个端午节，我们山东新闻访韩团，一行十数人，是在中国和韩国两个国度度过的——上午从青岛流亭机场坐飞机，中午抵达韩国仁川机场，然后坐上了大巴车，从仁川机场向全罗北道出发，5个小时后，到达首府全州。

在全州市，我们看到很多市民身穿节日盛装，沿着乡间小路，从四面八方涌向郊区的一个开放式公园，席地坐在不规则的树荫下，观看一台颇有乡土气息的歌舞演出。对此，我们深感莫名其妙。

后经当地人介绍，全州市郊区的农民，每年都用这种传统的娱乐方式，到这儿来欢度端午节，借此机会，向苍天祈福。

哦，今天是端午节啊！我们山东访韩团一行十数人，这才恍然大悟。

中华民族的传统节日，我们自己竟然不记得了，倒是韩国人热衷于过端午节的情景把我们提醒了。

全州市市长在接受山东访韩团记者采访时说："端午节从你们中国传到我们韩国来，已经有两千多年的历史了……"可见，中国的传统文化，出口久矣。

听了"从你们中国传到我们韩国来"这句话，我们才真正找回了一点中国人的面子，但同时也为我们淡忘了自己的传统节日汗颜至极。

（六）

屈原是一个古代文人、政治家，他不能忍受奸佞小人的嫉贤妒能，自投汨罗江，以死明志。他死的那一天，正是端午节，后来的人们把过端午节与纪念屈原紧密联系在一起，中华民族的这个共同节日，内涵随之更加丰厚起来。

全民族在一个节日里，同吃一种食物，来纪念一个人，这在我们的所有节日中，是独一无二的。究其原因，就是屈原的形象，隐含着中华民族集体认同的一些高贵的价值理念——

独而不群的完美人格、忍而不舍的执著精神、上下求索的探究意志、忧国忧民的爱国情怀。

中国之所以是中国，就是以这样一串串有别于其他国家和民族的独特文化符号为鲜明标志的。如果这类文化符号，不再是我们的习惯和骄傲，如果这些价值理念，不再是我们的自觉遵循和本能留恋，如果人们对它的渐次消逝毫不怜惜，那么有朝一日，我们真的发达了，却不知道是怎么发达到那一步的，到那时，中国就不再是文化意义上的中国了。我们是从哪儿来、要到哪儿去，都模糊不清了，还靠什么去跻身于世界民族之林？还怎么好意思向世界宣称"我是中国人"呢！

文化无形亦无色，它却能决定我们的来处，也能决定我们的去处。认真对待端午节之类的传统节日，不断赋予其新的时代内涵，是弘扬中华优秀传统文化、增强民族自豪感和民族凝聚力的重要举措。

欲实现中华民族伟大复兴之宏图大业，我们必须礼重优秀的传统文化，守卫好中华民族的精神家园。这如同旅行者手握一本清晰的地图册，有了它，就不至于迷失了前行的方向。

特色的乡音

我老家，是山东胶州的南部乡村。我们那儿的人，浓重的乡音与普通话有着巨大差别。这个差别，在声母、韵母、声调和方言词语上都各有体现。不走出那个环境觉不出来，还以为自己说的就是普通话呢。

（一）

20世纪七十年代中期，我刚参加工作，是在人民公社机关当通信员，自以为是个会说普通话的人。敢于作这样的自我判断，缘于我能听懂广播喇叭里的"新闻和报纸摘要"节目内容。过后想想，可笑至极。

当时，公社武装部有个年轻干事，名叫陈继武，他曾经很轻松地给我上了一课，半个世纪过去了，我依然记忆犹新。

陈干事是个转业军人，曾经在外地当过兵，经多见广，他平时说的话，虽然不是普通话，但他对方言与普通话能够分得开。

有一次，我们在一起拉呱，无意中涉及到与普通话有关的话题，我坚持认为自己说的就是普通话。他却不紧不慢地对我说："我考考你，'青岛'两个字，你用普通话说说试试。"

这能难住我吗！我顺口就发出了那两个字的读音，发"青"字用的是轻声，发"岛"字用的是平声。

我此声一出，陈干事便哈哈大笑起来："怎么样？怎么样？错了吧？"

我很是不解："哪儿错了？"

他解释道："普通话，'青'是一声，'岛'是三声。"接着，他就把"青岛"两个字连在一起，读出了 qīng dǎo，并说："这才是普通话的正确发音呢！"

咦！还真是这么回事哎！

我突然发现，自己原来对普通话的认识完全是错误的，这回彻底服气了。

如果按照我的逻辑，很多问题都会不自觉地陷入误区：看到天上的飞机，就证明我也会开飞机；听了几次京剧样板戏，就等于我也会唱京戏；能读小说，就证明我也是作家，看过电影《地道战》，就证明我也打过日本鬼子……越想越觉得不对头。

陈干事对我的这次小考，至少改变了我的一个固有偏见：听懂普通话，跟会说普通话，完全是两码事；我们的方言发音，跟普通话的发音，根本不是同一个频道。阳春白雪，下里巴人，有着云壤之别。

（二）

曾经有一段时间，上班的人，几乎都在腰带上别着一个传呼机，我也跟着时髦过一阵子。有一次，我正在上班，传呼机振动了，我摁了一下确认键，发现屏幕上显示八个字，是妻子通过座机电话，让传呼台小姐发给我的留言："下班后青岛三宿舍"。

我在济南，到哪儿去找"青岛三宿舍"？

开始，我一愣，过了好一会儿才反应过来，哦，这肯定是两种语音声调不对应造成的结果：我妻子用的是方言发音，把"请到"二字，发成了 qīng dǎo。习惯于普通话表达的传呼台小姐，只能根据 qīng dǎo 语音声调，习惯性地输入"青岛"

二字，在人家的意识库里，根本就没有 qīng dǎo 与"请到"的对应储备。

我曾经听过一位专职打字员说，她使用五笔字型输入法，把领导交给她的手写文稿输入电脑后，根本不知道文稿的整体内容，因为在她眼里，每个字都是被拆分的横、竖、撇、捺、折等笔画和偏旁部首。这与传呼台小姐把"请到"输入为"青岛"，有着异曲同工之妙。

俺家这口子，因为方言的发音，还闹过一个笑话。她一个年轻同事，要到街上去购物，她就让这位同事给捎着买点猪肉。那个同事特别认真，她认为我妻子让她代买猪油，她没买到猪油，回到公司时，提回了一块特别肥的猪肉。我妻子问她："这就是你给我买的猪肉啊？"言外之意，这块肉，太肥了啊！她同事说："没有专门卖猪油的，我就给你买了这块特肥的肉，你回家就用它炼油吧。"

从那以后，我妻子说"肉"的时候，就使劲拿捏着，尽量不发 you 音了，除非回到老家。

（三）

多次回老家，我慢慢发现，老家人的发音和声调，与普通话确实存在着明显不同。就像并列的两条道路，一条是新筑的宽阔公路，既可以跑汽车，也可以跑马车、拖拉机、自行车，还可以步行；另一条是坑坑洼洼的羊肠古道，什么车辆都无法行驶，只有熟悉地形的当地人，才能在这条小道上轻松随意地步行。

要了解这个差异，先从声母上看。

有个叫 R 的声母，小的时候，长得像棵小草（r），即使长大了，也只不过是条金鱼的样子（R）。甭管是大是小，其貌无不懦弱可欺，普通话赋予它的声母地位，一到了俺老家那儿，就被两个强势的声母挤占了。

这两个强势声母：一个是 Y，样子像弹弓的弓架，傲气十足，从小（y）到大（Y），都习惯以胜利者的姿态出现；再一个是 L，模样像极了高尔夫球杆，是专门用来击球的，具有很强的进攻性。

在这两个强势声母面前，r 知道惹不起那两个强势的家伙，只能无奈地退避三舍。俺那儿的人，谁也不抻头为 r 伸张正义、抱打不平，久而久之，r 的存在，就被忽略了，"猪肉"被读作"zhú yǒu"，"光荣"被读作"guǎng yìng"，"人民"被读作"yìn mìn"，"若干"被读作"yuě gán"，"热爱"被读作"yě ǎi"，"如果"被读作"yǔ guō"，"燃烧"被读作"yàn shǎo"，"忍让"被读作"yīn yǎng"，"儒学"被读作"yū xuè"，"尖锐"被读作"jían lēi"，"滋润"被读作"zǐ yùn"，"仍然"被读作"lēng yàn"……如此等等，不胜枚举。

（四）

再把目光转向韵母，您会发现，问题更为严重。

俺老家的人，把韵母 ing/eng/ong/iong，看作是四胞胎的兄弟，很难分清哪个是哪个，为了省心省力，干脆以简驭繁。这样，在我们的方言体系中，韵母 ong 和 iong 几乎销声匿迹，老三和老四的活儿，全让老大和老二包揽了。

于是，乡亲们就把"工人"读成了"gēng yìn"，把"笼统"读成了"lēng tèng"，把"英雄"读成了"yǐng xìng"，把"劳动"读成了"lāo dèng"，把"贫穷"读成了"pìn qìng"。如此以来，每当有了任务，就习惯性地把老大和老二拉上前线，根本不需要弟兄四个轮番上阵。久而久之，老三和老四，就长期处于失业状态。

面对老大和老二的越俎代庖，老三和老四从不喊冤叫屈，或许它们早就厌倦了那种动辄就被拉出去签到、打卡的生活状态，巴不得这样的清闲和自在。

我记得，刚上大学的时候，一个女同学，被语音老师点名朗读一首诗歌，她读到"周总理"的时候，发音是"zhōu zěng lǐ"，教室里顿时爆发出了一阵哄堂大笑。

当时我想，你们笑啥呢？真是莫名其妙！后来才知道，原来那个同学，跟我同属一个方言区，所以我没听出任何破绽；假如老师点名让我起来朗读，我也会露出同样的马脚。

（五）

"四胞胎"劳逸不均的情况，就不多说了。再说说部分韵母被改头换面、被重新嫁接的情况。

部分 ai 韵字，被改造成了 ei 韵，就是典型案例。如摘、翟、窄、宅，都读作 zhei；百、白、伯、掰、柏，都读作 bei；麦、迈、脉，都读作 mei。

有个笑话：一个老师，在课堂上，用方言讲解普通话的字义，领着学生读"白"时，念道："bái, bái, béicài de bái。"领着学生读"麦"时，念道："mài, mài, mèizi de mài。"这个笑话，流传甚广。

当然，也有几个 ai 韵母的字，八字特别硬，生命力很强，充满了威武不屈的豪气，如"败、买、卖、摆、拜"，在俺那个埝儿，一直没人敢对其动手动脚，其韵母与普通话至今都保持着高度一致。

再一种情况是，被人们奉为"一把手"的老 a，动不动就摆出正宫娘娘的架子，把 e 韵母当成可以任意使唤的侍女，经常剥夺侍女的权益。于是，在乡亲们那儿，"喝水"读作"hā shuī"，"胳膊"读作"gā ba"，"割麦子"读作"gā mèi zi"，"葛先生"读作"gā xiān shēng"。

韵母 e，也跟着"一把手 a"沾染了一些不良习气，时常使唤韵母 uo，眼睁睁地看着人们把"河、盒"等字读作 huo，它连面都不用出，只是坐享其成。

老话说得好：螳螂捕蝉，黄雀在后。韵母 e 哪会料到，正在跟声母 s 如胶似漆的关键时刻，就被彪悍的声母 sh 和韵母 ei，联手摁在床上，"色"和"涩"从俺那老家的人嘴里发出来的音，就变成了 shei。谁要是在兄弟爷们面前把"色"和"涩"读成"sè"，瞬间就会引来一道厌恶的目光。

（六）

俺那个埝儿的人，语言表达有其独特味道，除了部分声母和部分韵母与普通话格格不入之外，同时也与声调的严重脱轨有关。

仔细品味，我老家方圆百里之内，人们的口语表达，声调上有四大特色：

第一个特色：一声调大多读成三声调。比如：基 jī 读成 jǐ；瓜 guā 读成 guǎ；东 dōng 读成 děng；江 jiāng 读成 jiǎng。

第二个特色：二声调大多读成四声调。比如：人民 rén mín 读成 yèn mìn；勤 qín 读成 qìn；群 qún 读成 qùn；强 qiáng 读成 qiàng；良 liáng 读成 liàng。

第三个特色：三声调大多读成一声调。比如：懒 lǎn 读成 lān；马 mǎ 读成 mā；搞好 gǎo hǎo 读成 gāo hāo；海岛 hǎi dǎo 读成 hāi dāo。

第四个特色：四声调大多读成三声调。比如：录、路、露、录 lù，读成 lǔ；上 shàng 读成 shǎng；去 qù 读成 qǔ。

就这样，不少声母、韵母、声调，都跟普通话不搭界，便形成了我老家人发音的独特味道。凡是不这样发音的人，就会被讥笑为"撇腔拉调"。

"撇腔拉调"是个严重的贬义词，它经常被视为骚、酸、装腔作势、矫揉造作的外包装。

常用的土话

阿 —— 搭建。例如："在天井里阿了个厦子。"

昂 —— 烧火，加热。例如："她把炕昂地热乎乎的。"

管 —— 任何，不管。例如："管谁说都不行"，意思是："不管谁说都不行"。

寇 —— 脾气暴躁，蛮不讲理。

哈 —— 喝。哈酒，就是喝酒；哈水，就是喝水。

开 —— 用在语句末尾。1. 有催促之意，带有"快"的倒装意味。例如："别磨蹭了，走吧开！""客气什么？吃吧开！"2.语气助词，有"啊"和"呢"的意味。例如："你是哪里银？俺是胶县银。""胶县银总木说话不带开？""俺忘了开。""听说恁胶县大白菜很有名？""是开。"

不糙 —— 挺好的。

不依 —— 不让。

厦子 —— 棚子。

嘛人 —— 骂人。

要要 —— 玩玩。

杂碎 —— 动物下货，引申为垃圾人。

嫲嫲 —— 奶奶。

姑妈 —— 姑奶奶。

姥娘 —— 姥姥。

娘娘 —— 伯母，大娘。

管总 —— 从来，"不管怎么着"的缩略语。

嘎茬 —— 做事情不留尾巴，拖点时间做完它；不想把饭菜剩下，都吃光了。

多总 —— 啥时候。

做动 —— 糟蹋，乱鼓捣。

抛臊 —— 浪费。

归齐 —— 结果，原来。

几忙 —— 几乎，一般，一半会儿，一时半霎儿。

超盈 —— 家庭殷实，日子过得不错；绰绰有余，尚有余力。

膈应 —— 让人不舒服。

出犯 —— 能带来恶劣影响的行为。

白瞎 —— 没有出息，没有指望，白费劲。

杀才 —— 不干正事的人。

煞实 —— 地道，真实，不虚，厉害。

煞底 —— 眼光敏锐，看事透彻。

孬煞 —— 心中无数，张狂。

忘浑 —— 记忆力差。

支验 —— 检验，考验。

二思 —— 犹豫。

赶木 —— 马上，立刻。

狠损 —— 过头了，过分了，捞着就是一下子。

苟丧 —— 心狠手辣，歹毒。

吵捞 —— 打听,寻找。

忌讳 —— 醋。

畜隶 —— 畜牲。

锅台 —— 灶台。

锅头 —— 灶膛。

倒乎 —— 可能,差不多。

原情 —— 从来,一直。

轧乎 —— 交往,相处,结伙,结交,勾搭。

做索 —— 挥霍。

踢蹬 —— 坏了。

头晌 —— 上午。

晌晚 —— 晌午。

过晌 —— 下午。

下晌 —— 晚上。

夜来 —— 昨天。

婆子 —— 指某某人的老婆。

家来 —— 老婆。男人对外人称呼自己的妻子是"俺家来"。

外头 —— 丈夫。女人对外人称呼自己的丈夫是"俺外头"。

老了 —— 1. 人上年纪了;2. 老人去世了。

挺妥 —— 力气大,能力强,能办事。引申为后台硬。

熨足 —— 舒服,舒坦。

宽妥 —— 宽敞的意思,引申为富裕。

窄巴 —— 空间狭小、狭窄的意思。

倒槽 —— 倒霉。

固蛹 —— 轻微地动弹或挪动。

当是 —— 认为是。

门是 —— 难道。

嫌吼 —— 批评,埋怨。

伙羡 —— 喜欢。

陪当 —— 扮演,假装。

强梁 —— 很要强,很强势,不饶人,爱占便宜,不吃亏。

技亮 —— 两手灵巧,手艺高妙。

细鲜 —— 做事认真、仔细。

足声 —— 吱声,应答。

啯啰 —— 唠叨,说话。

能依 —— 可能,还行。

包探 —— 疾病。

展自 —— 只要,但凡。

响习 —— 别,不要。

动拥 —— 戳弄,打扰,骚扰,招惹。

翻动 —— 闹腾。

困觉 —— 睡觉。

困了 —— 睡着了。

稳着 —— 放着,搁着,收藏着。

囚着 —— 不思进取,混日子,听天由命,等和靠。

积着 —— 老是,总是,一个劲儿地。

谝弄 —— 向人炫耀。

编排 —— 忽悠，瞎扯。

扎固 —— 修理，治疗。

嘎巴 —— 胳膊。

页棱盖 —— 额头。

拨棱盖 —— 膝盖。

有抻头 —— 沉得住气。

梦盹的 —— 懵懵懂懂的。

糙其个 —— 简直就像个……

邻室记 —— 邻居家。

甘等等 —— 再等一会儿。

做下了 —— 作孽了，惹事了，麻烦大了。

拐着了 —— 触碰着了。

递他道 —— 告诉他，指导他，跟他说。

原是嘛（原是开、可不是总木着）—— 是啊，就是呢。是个肯定性的短语。

恶人毛 —— 给人添乱、让人厌恶、不招人喜欢的人。

丧门星 —— 不吉利的人。

犟根头 —— 爱抬杠，性格固执，认死理儿，不听劝，不随和。

知为的 —— 故意的。

续待着 —— 逐步地，逐渐地。

搜心着 —— 闲得没事胡寻思，费尽心机瞎鼓捣。

闪得慌 —— 心里很失落。

老爷儿 —— 公公。

老妈儿 —— 婆婆。

揍扣儿 —— 设圈套。

攀伴儿 —— 攀比，找平衡。

沤毛味 —— 霉烂的味道。

齁篓子 —— 肺结核、气管炎、肺炎等患者的统称。

不挺妥 —— 羸弱，没力气。

不能依 —— 不可能。

大通套 —— 基本套路。

一唪子 —— 流感。

一拢总 —— 总共。

一兜劲 —— 精神抖擞，很来劲，很起劲，很有劲。

安样来 —— 哎哟。

安样娘来 —— 哎哟我的妈呀。

打个盹儿 —— 睡一会儿。

木总甘儿 —— 不长时间。

老总甘了 —— 很长时间了。

住总甘儿 —— 等一会儿。

拦某后儿 —— 然后，后来。

趄一畔儿 —— 躺一会儿。

会愿事儿 —— 情商较高，考虑问题全面周到，处理事情稳妥。

满乎家子 —— 全家人。

正格地了 —— 怎么可能呢？不会的。

不能依了 —— 不行了。

挺能依的 —— 身体很好，引申为很有本事。

能分开拐 —— 能分得清轻重缓急。

绕那儿去 —— 到处走，哪儿都能去。

狐打狗干 —— 不干正事。

亲兄奶弟 —— 亲兄弟。

亲姊热妹 —— 亲姊妹。

那甘自好 —— 那太好了。

调鬼耍滑 —— 使心眼儿，耍滑头，不靠实。

木咯吱的 —— 皮厚，麻木，不敏感。引申为反应迟钝，不敏捷。

拐实头子 —— 胳膊肘。

一落稳地 —— 一次性地。

一扛伙的 —— 在一起做事的人。

某人话啦 —— 俗话说，常言道。用在即将引用的俗语之前。

一窝两块的 —— 形容兄弟姊妹轧伙不到一起。

快快懒懒的 —— 浑身无力，无精打采的样子。

磨腚蹭痒的 —— 吊儿郎当，不认真干活。

爹爹麻麻的 —— 撒娇的样子。

疑疑古古的 —— 疑心不定，疑神疑鬼。

碍事绊脚的 —— 妨碍别人做事。

派派赖赖的 —— 很埋汰，脏兮兮的。

老木咔哧的 —— 老得不像样了。

紧三火儿地 —— 匆匆忙忙地。

乍木丁儿地 —— 初次。

结木声儿地 —— 少说话，不掺言。

要木几儿来 —— 偶尔。

抹拢光滑墙 —— 只说好听的，当老好人。

三说二卖的 —— 嘻嘻哈哈，说说笑笑，轻而易举地就把事办了。

半截不拉块的 —— 不完整的意思。

这个张，那个嚷 —— "这个这么说，那个那么说"的缩略语，意为莫衷一是。

扣鼻子拆铺衬 —— 从扣鼻儿上拆碎布头，形容太节俭、太小气。

扳着脖子搂着腰 —— 无拘束、很随便、很亲昵、不正经的样子。

勤不着懒不着的 —— 没事找事，多管闲事。

一番营生两番做 —— 本来一次就该做好的事，却要反复鼓捣好几次。

仅此而已

中国民俗志编修理论和实践学术研讨会,2013 年 9 月 21 日在青岛的红岛韩家民俗村举行,来自全国各地的四十多位民俗学专家出席会议。会上,时任中国民俗学会副理事长兼秘书长的叶涛先生说,全国有 260 多万个自然村,但写"村落民俗"的书却很少,仅有 40 种左右,《大沟民俗风情录》就是全国同类图书之一,他曾经购买过这本书,接着在会上对那本书给予了大加赞赏。

随即,参会的张从军,通过手机短信,把这个消息告诉了我。

张从军是我的小学同学,时任山东工艺美术学院教授、山东省民俗学会副会长。他第一时间得到这个消息,手机短信末尾处加了一个赞叹词:"厉害!"

《大沟民俗风情录》一书,是我和逢焕试先生 2005 年着手合著的,2007 年由青岛出版社出版。就是普普通通的一本公开出版物,厉害不厉害,我心里很有数。

逢焕试,是我的三舅哥,1942 年出生于山东省胶南县大沟村,仅上了 5 年小学,13 岁时因病瘫痪,失去自理能力,曾跟随我们在济南居住了 15 年之久,最后终老在他老家的一个养老中心。他虽然不能行走,但他博闻强记、过目不忘,可谓"残疾不出门,便知天下事"。

在相处的日子里,我俩经常谈论起各自的童年往事,对

20世纪中叶农耕文明状况和乡村风情都记忆犹新，而且都一往情深。于是，聊着聊着，我便有了把它付诸文字的冲动，而且两个残疾人竟然在这个问题上一拍即合。

他不会使用电脑打字，但可以用钢笔写字；我因车祸偏瘫以后，右手不能握笔写字，但我的左手可以使用电脑打字；他的劣势是我的优势，我的劣势是他的优势。于是，我把我的想法说给他听，由他来写初稿；我拿着他的初稿，一边往电脑里输入，一边作修改整理。就这样，我们就像瞎子背着瘸子走路似的，两年后，一部16万字的书稿终于成型了。

2007年端午节那天，我与十多位新闻工作人员到韩国考察。这期间，我一直在想，要不要请个名人写一篇文字当序言？

我回国以后，闺女李群跟我说，她写了一篇关于那本书的文章。当时，她24岁，是在读硕士研究生。我看过她那篇文章后，感觉用来作序言比较合适。她虽然只是个学生，更不是什么名人，但她是那本书第一作者的外甥女，是第二作者的闺女，由她作序，不正是文化传承的一种有效方式嘛！

我跟出版社编辑一商量，顺利通过！

《大沟民俗风情录》一书，着眼微观，从农耕、饮食、饲养、建筑、商贸、技艺、节庆、婚丧、方言、歌谣、娱乐、信仰等20个方面入手，集中解剖了鲁东南地区一个颇具规模的山村（山东省胶南县铁山公社大沟大队）农民的生存状态和文化生态，展示的是一幅20世纪中叶淳朴自然的民俗风情画卷。

那本书的撰写，是两个残疾人凭借着记忆对乡野民俗进行的记录和梳理。我和逢焕试先生，都是该区域相似民俗的亲历者，对那些场、景、物、情乃至工艺流程进行纪述，能够确保其真实性，也容易把它写得比较细腻。

　　我们俩愿为那本书倾注心血和情感，不图别的，只想为后人保留一份独特的非物质文化遗产，旨在通过"村落民俗"的挖掘整理，引发社会对传统民俗文化的关注和保护。正如李群在序言中说的："尽管它有陈腐的成分，但偏偏又有我们整个中华文明所有的根。有朝一日，如果我们发达到连自己是怎么发达到这一步的都不记得了，那么中国就不是文化意义上的中国了。"

　　厉害哉？不厉害也，仅此而已。